Não namore Rosa Santos

NINA MORENO

NÃO NAMORE
Rosa Santos

Tradução
Isadora Prospero

TÍTULO ORIGINAL *Don't date Rosa Santos*
© 2019 by Nina Moreno
Publicado originalmente por Disney • Hyperion, um selo
da Disney Book Group. Publicado mediante acordo com Triada US.
Todos os direitos reservados.
© 2019 VR Editora S.A.

Plataforma21 é o selo jovem da VR Editora

DIREÇÃO EDITORIAL Marco Garcia
EDIÇÃO Thaíse Costa Macêdo
EDITORA-ASSISTENTE Natália Chagas Máximo
PREPARAÇÃO Carla Bitelli
REVISÃO Ana Lima Cecilio e Juliana Bormio de Sousa
DIAGRAMAÇÃO Gabrielly Alice da Silva
DESIGN DE CAPA Mary Claire Cruz
FOTO DE CAPA Michael Frost
IMAGENS Onda © Katyau/Shutterstock
Textura da parede © Agusyonok/Shutterstock
Azulejos © NonSense/Shutterstock

Dados Internacionais de Catalogação na Publicação (CIP)
(Câmara Brasileira do Livro, SP, Brasil)

Moreno, Nina
Não namore Rosa Santos / Nina Moreno ; tradução Isadora
Prospero -- São Paulo : Plataforma21, 2019.
Título original: Don't date Rosa Santos.
ISBN 978-65-5008-006-8
1. Ficção juvenil I. Título.
19-26547   CDD-028.5

Índices para catálogo sistemático:
1. Ficção : Literatura juvenil 028.5

Cibele Maria Dias – Bibliotecária – CRB-8/9427

Todos os direitos desta edição reservados à
VR EDITORA S.A.
Rua Cel. Lisboa, 989 | Vila Mariana
CEP 04020-041 | São Paulo | SP
Tel. | Fax: (+55 11) 4612-2866
plataforma21.com.br | plataforma21@vreditoras.com.br

Para o meu pai,

Imaginá-lo lendo este livro era parte do sonho.
Mas construímos sonhos novos. Você me ensinou isso.
Esta história sempre foi sua. E, quando o vir de novo,
lhe contarei sobre ela.

1

As mulheres Santos nunca vão para o mar.

Era uma vez uma mulher grávida que escapou de Cuba com o marido num barco que ele construíra em segredo usando apenas sucata e esperança. Eles abandonaram uma vida inteira na calada da noite. Mesmo assim, foi tarde demais. A tempestade foi súbita e violenta e o bebê não podia esperar. Enquanto lutavam contra um mar tempestuoso, ela gritou para os ventos furiosos e puxou a criança aos berros para fora do corpo.

Quando Milagro Santos chegou ao outro lado, tinha apenas sua filha recém-nascida.

Minha mãe cresceu em uma terra nova e, apesar dos alertas, ousou amar um garoto que amava o mar. Porém, um dia antes do seu 18º aniversário, uma tempestade de primavera se formou sobre as águas abertas e estilhaçou outro sonho. Encontraram o barco de meu pai, mas não seu corpo. Mamãe esperou no cais apertando a barriga onde eu crescia. Seus gritos ficaram gravados na memória da cidade.

Isso era o mar para nós, e eu sou a ponte que deveria crescer o suficiente para abarcar suas tragédias. A canção de ninar de minha vida é que conhecer o mar é conhecer o amor, mas amar para nós é perder tudo. As pessoas ainda sussurram que somos amaldiçoadas – se por uma ilha, pelo mar ou por nossos corações teimosos, eu não sei.

– É agora ou nunca. – Ana-Maria estava sentada em cima da minha escrivaninha enquanto eu andava de um lado para o outro no quarto. Ela ergueu o celular e ligou o cronômetro. Eu já queria desistir daquele ensaio para simplesmente vomitar em voz alta tudo o que estivera escondendo havia meses.

– Então, acho que escolhi minha faculdade...

Ana balançou a cabeça.

– Não diga "acho". Você escolheu. Seja assertiva ou ela não vai te levar a sério.

Sacudi os ombros, tentando relaxar. Minha *abuela* nem estava na sala, mas meu coração já martelava loucamente.

– Certo. Lá vai. Mimi, eu escolhi minha faculdade.

– ¡*Qué bueno!* – Ana exclamou com um forte sotaque cubano tão parecido com o de minha *abuela* que me espantou.

– Mas fica em outro estado.

Ana soltou um grito de desespero. Ela estava realmente empolgada com o papel.

– *Ay, mi amor*, por que vai me abandonar?

Revirei os olhos.

– Fica só a dois estados daqui. Mas escolhi essa porque tem um programa de intercâmbio…

Ana se sentou com uma bufada dramática.

– *¿Cómo?* Um país diferente? *¡Eso no es* faculdade!

Peguei os cantos superiores da blusa e afastei o tecido da minha pele já úmida de suor.

– Mas *é*. São aulas de verdade com créditos de verdade que contam para meu curso. E o programa em que eu me inscrevi…
– Eu parei e Ana assentiu. Aprumei os ombros. – O programa é em Cuba.

A Faculdade de Charleston tinha aceitado meu pedido de transferência na semana anterior. Logo que recebi o e-mail, comemorei gritando silenciosamente no quarto antes de me inscrever para o programa de intercâmbio deles: um semestre inteiro na Universidade de Havana. Eu assistiria a aulas com professores cubanos. Haveria excursões e visitas culturais – a cidade antiga em Havana, Viñales, Santiago. Meu espanhol melhoraria. Eu teria minhas próprias histórias da ilha que, por tanto tempo, havia sido uma herança intocável.

É claro que o programa era caro, mas não havia tempo para hesitação. Eu estava correndo contra um tempo controlado por políticos. Eu tinha auxílio financeiro, bolsas e uma caixa de sapatos com minhas economias do trabalho na bodega. Um visto de estudante era um dos únicos jeitos de viajar legalmente para lá agora e, como eu não tinha família me esperando em Cuba, a faculdade era a resposta.

Ao ouvir minha declaração, Ana exclamou em choque e desceu da escrivaninha, me empurrando para o lado. Então apertou o peito, perto do coração, e desabou de costas na cama, jogando minhas almofadas no chão. Era uma performance digna de novela. Eu suspirei e apoiei as mãos nos quadris.

– E imagino que esse é o momento em que minha irmã sumida há anos entra na sala e anuncia que vai roubar minha herança.

– Ou, ainda melhor, sua mãe sumida há anos.

Era só uma piada, mas tocou num ponto sensível, como sempre acontecia. Se minha mãe ainda morasse conosco em tempo integral, talvez eu não tivesse tanto medo assim de contar a Mimi que queria morar e estudar no país do qual ela fugira. Uma vez na vida, eu teria um escudo, já que mamãe costumava deixar Mimi tão furiosa que ela se esquecia de tudo mais.

Ana levantou e apertou meus ombros. Era afro-latina-americana e seus pais também vieram de Cuba. A sra. Peña deixara a ilha quando era muito jovem, pois sua família nos Estados Unidos tinha dinheiro e capacidade para trazê-los, mas o sr. Peña escapou na adolescência. Agora eles moravam juntos ali. Minha melhor amiga vivia cercada por primos e irmãos e não ansiava por entender nossa ilha como eu. Pelo menos, nunca tinha falado sobre isso.

– Você está pronta, ou o máximo que sua ansiedade e seus vários dramas familiares permitem – comentou Ana com tapinhas carinhosos enquanto me empurrava porta afora. – Vai até lá e arrebenta.

Era sexta-feira à tarde na casa da família Santos, então eu sabia onde minha *abuela* estaria: sentada ao lado da janelinha da lavanderia no lado leste da casa, entre dois limoeiros, onde os vizinhos vinham em busca de respostas, orientação e até um pouco de magia. A *curandera* do bairro ajudava com jardins murchos, pesadelos, mudanças de carreira e azar, e cultivava esperança de sua janelinha que tinha o perfume de ervas e de lençóis saídos da máquina.

Eu a encontrei ali mesmo, fechando uma garrafa com uma rolha. Do outro lado da janela estava nosso vizinho Dan, carregando um bebê nos braços. Dan e seu marido, Malcolm – meu orientador da faculdade e mago da matrícula dupla – tinham recentemente formalizado a adoção de sua filha, Penny. Mimi balançou a garrafa e estudou o líquido contra a luz de velas.

– Qual o problema? – perguntei a Dan, por um momento distraída por suas olheiras escuras. Paramédico em licença-paternidade, Dan lidava muito bem com seus turnos em claro, mas agora parecia prestes a desabar.

– Estão nascendo os dentes de Penny – disse ele com um bocejo. – E Malcolm ainda está no trabalho, soterrado por reuniões e papelada. – Malcolm era o orientador mais procurado na Faculdade Comunitária de Porto Coral. Ele tinha um jeito calmo e atencioso e tinha uma semelhança física incrível com Idris Elba. – Mas os prazos de inscrição das faculdades estão se aproximando.

– Não quer entrar? – perguntei.

A família de Dan vinha jantar com frequência conosco.

– Mimi está trabalhando, e não a farei escolher favoritos como Malcolm faz com você. Falando nisso, você não falou...

– Com ele mais cedo? Falei sim.

Por trás das costas de Mimi, lancei um olhar arregalado para Dan. Eu tinha me encontrado com Malcolm para ver se podíamos achar alguma bolsa de última hora para meu programa de intercâmbio, mas Dan estava cansado demais para captar o sinal imediatamente. Inclinei a cabeça de um jeito significativo para Mimi até que seu olhar cansado foi substituído por uma expressão de surpresa. Todos estavam chocados que eu ainda não tinha contado a Mimi, mas eles não sabiam como era falar com Mimi sobre Cuba.

– Pra você – disse Mimi, nos ignorando e entregando a Dan uma garrafa azul comprida e estreita. – Beba com chá uma hora antes de dormir.

– Dormir? – perguntou Dan. – Nunca ouvi falar disso.

Penny riu e mexeu as perninhas.

Mimi pegou uma garrafa menor com um líquido dourado como manteiga. Ela tirou a tampa e senti o aroma de torta de maçã.

– Para Penny e suas gengivas. *Pero un momento*, tenho outra coisa para ela.

Mimi passou por mim, e Dan esperou do outro lado da janela. Suas pálpebras começaram a pender, e Penny deu um tapa contente em suas bochechas.

– Já volto – falei a eles e corri atrás de Mimi.

– Mexa a sopa para mim – ela mandou sem se virar enquanto se movia pela cozinha iluminada e quente.

Geralmente ficávamos só nós duas aqui, mas a casa sempre parecia conter mais: mais luz, mais gente, mais amor. Ergui a tampa da panela no fogão e inalei profundamente. As lendas diziam que a sopa de Mimi era capaz de qualquer coisa: desde recuperar pessoas à beira da morte até curar corações partidos. O segredo estava no caldo, que era cuidadosamente nutrido com ervas, vegetais e ossos. Mexi o liquido fervente e inspirei outra vez para tomar coragem.

– Mimi?

– Aqui – ela chamou de outro canto da casa.

Recoloquei a tampa na panela e fui até o umbral da horta no outro lado da cozinha. Era uma péssima ideia tentar falar com ela enquanto estava trabalhando, mas eu queria acabar logo com isso.

– Cadê você?

– Aqui! – ela gritou de novo, mas ainda assim não a vi.

Em teoria, aquele espaço era um solário, onde as pessoas se sentavam para relaxar com um copo de chá gelado. Mimi o transformara em uma estufa. Ventilado e quente mesmo quando as janelas estavam fechadas, era o coração pulsante de nossa casa. Plantas verdejantes se esticavam e balançavam em vasos. Livros carcomidos e garrafas de remédios e poções ocupavam prateleiras. Sinos de vento feitos de madeira e aço ficavam imóveis quando o dia estava agradável, um pouco mais selvagens na chuva e agitados como uma criança assustada quando algum azar estava se aproximando. Era uma horta segura e protegida que às vezes rosnava como uma selva tropical. Vivíamos em Porto Coral, na Flórida, mas aquela era a ilha de Mimi agora.

Ela emergiu no meio de folhas de palmeira, sorrindo. Carregava um cobertor azul – da cor de um céu de verão limpo – que cintilava na luz do crepúsculo. Corri a mão sobre o tecido felpudo e macio e fui tomada por uma sensação de contentamento como a que sentia com as sopas dela. Mimi passou por mim e voltou para sua janela. Eu me sacudi para me livrar das sensações ensolaradas e segui.

– Mimi, eu escolhi minha faculdade – confessei, enquanto ela entregava o cobertor de bebê para Dan.

Ambos olharam para mim. Dan estava sorrindo.

– *Pero* você já está na faculdade?

– Bem, sim, mas é matrícula dupla.

Comecei a suar de novo. Pelos últimos dois anos tinha alternado entre o Ensino Médio, a faculdade comunitária local e cursos de verão. Não tinha sido fácil, especialmente com meu emprego de meio-período na bodega, mas agora faltavam poucas semanas para me formar no Ensino Médio *e* em um curso de dois anos. No outono, eu iria me transferir da faculdade comunitária para uma universidade e terminar minha graduação em Estudos Latino-Americanos.

– Ah, *sí*, eu sei. Certo, diga.

Ela cruzou os braços, e o tilintar de suas muitas pulseiras foi familiar como uma canção. Era com esse som que eu a encontrava quando ela desaparecia entre as plantas. Minha boca se abriu, mas o silêncio se estendeu.

Mimi esperou, porém eu não conseguia falar.

– Se pudesse ir para qualquer lugar do mundo, aonde iria?

Eu lancei a pergunta com um gesto de pânico. Dan balançou a cabeça.

As velas ao lado de Mimi tremularam.

– Havaí – decidiu ela.

– O quê? – Eu não esperava por essa. – *Qualquer* lugar no mundo, Mimi.

– Eu ouvi. – Ela abriu um sorrisinho. – Eu gosto do The Rock. Ele é muito bonito.

Dan deu risada.

– Não posso discordar.

– Mas e se pudesse ir para Cuba?

O sorriso dela desapareceu.

Tudo o que eu sabia de Cuba vinha desta nossa cidade costeira, a centenas de quilômetros da ilha desconhecida para mim. Eu encontrava minha cultura nas comidas em nossa mesa, nas canções no toca-discos de minha *abuela* e nas histórias que passavam pela bodega e pelo lar animado de Ana-Maria. Mas não conseguia encontrar minha família nessas histórias. Não conseguia me encontrar.

– Eu não iria para Cuba – Mimi disse simplesmente, como se a resposta bastasse.

Minha *abuela* era paciente e gentil, mas se fechava à simples menção de sua ilha natal. Tantas pessoas vinham lhe pedir tantas coisas e ela dava respostas e esperança para todos. Mas nunca para mim. Não sobre aquilo.

– Obrigado – Dan agradeceu a Mimi.

Ele pagou pelo chá para dormir e pelo bálsamo para os dentes. Penny enterrou os pequenos punhos no cobertor, e Dan me deu um sorriso tranquilizador antes de voltar para casa.

Mimi começou a limpar a mesa. Eu sentia o cheiro da sopa e ouvia o zumbido de música vindo do meu quarto.

— Mas as coisas mudaram – falei, fazendo Mimi se virar de maneira brusca.

Era a primeira vez que eu insistia no assunto. Meu coração acelerado bateu teimosamente contra a janela dela. – Elas vêm mudando há anos.

No meu primeiro ano de Ensino Médio, vi meu presidente descer de um avião em Havana. Todo mundo na bodega tinha congelado, assistindo sem acreditar. Mesmo aos catorze anos, eu nunca tinha esperado ver as águas entre nós voltarem a ser atravessáveis. Logo em seguida, descobri programas de intercâmbio em Cuba e me inscrevi na matrícula dupla.

Mimi exalou com força.

— *Ay*, as coisas mudam aqui, mas nunca para o povo de Cuba.

O golfo entre a ilha e eu se aprofundou.

— Então, mesmo se pudesse, você nunca voltaria?

— Meu espírito vai voltar, *mi amor*. – O arrependimento em sua voz me assombrou como um velho fantasma. – Eles se importam mais com turistas do que com o sofrimento do povo cubano. Essa é a única coisa que nunca muda. – Mimi fechou a janela com força, veio até mim e tocou meu rosto com uma mão gentil. – Onde fica sua faculdade, *niña*? Algum lugar bonito?

E fim. Eu já esperava por aquilo. Não havia motivo para ficar surpresa ou decepcionada. Não havia motivo para chorar.

— Deixe pra lá. Na verdade, ainda estou decidindo – falei, tentando manter a voz neutra.

— *Ay*, Rosa. – Mimi suspirou. – Você vai tomar uma decisão inteligente em breve.

A sopa fervia, os sinos de vento cantavam suavemente e velas iluminavam o caminho até meu quarto. Eu estava em casa, e ali não era permitido falar sobre Cuba. Mimi nunca iria voltar, minha mãe estava sempre partindo, e eu era um pássaro sem asas abandonado em um porto, procurando respostas enterradas no fundo de um mar que eu não podia conhecer.

2

Abri a porta do meu quarto e Ana ergueu os olhos do celular. Seu sorriso esperançoso morreu quando viu minha expressão.

Desabei na cadeira da escrivaninha, derrotada.

– Você precisa contar logo para ela. Pode perder sua vaga se não confirmar até maio.

Eu precisava fazer muitas coisas. Cliquei a caneta e abri meu diário, onde minhas metas estavam todas organizadas. Videiras rabiscadas cresciam e floresciam entre datas. Aquele caderno de desenhos e tarefas continha todos os meus planos que agora pareciam segredos.

Meu laptop apitou com um novo e-mail. Eram só duas palavras – *Te amo* – e um link para um álbum de fotos. Dei uma olhada nos registros da semana da minha mãe. Um cacto no deserto. Um rascunho de uma garçonete em um guardanapo de lanchonete. Uma pintura inacabada apoiada em uma parede de tijolos. Na semana seguinte, eu provavelmente receberia fotos mostrando o progresso daquele quadro e vislumbres de aonde quer que ela fosse depois. Fiquei me perguntando se ela estaria de volta em Porto Coral antes do verão.

O celular de Ana tocou.

– Que foi, mãe? – Ela ouviu o que a sra. Peña disse e sentou-se bufando. – Mas por que eu tenho que ir? ... Tá bom, tá bom, tudo bem... Eu falo pra elas... Mãe, eu disse que tudo bem! Eu não estou gritando... Também te amo. – Ela desligou e revirou os olhos. – Reunião emergencial da cidade hoje.

Tínhamos essas reuniões uma vez por mês, e a última tinha sido apenas duas semanas antes.

– O que aconteceu?

– Ela não disse, mas, conhecendo este lugar, o problema é que Simon trocou a música na lanchonete sem perguntar aos *viejitos*. E minha mãe diz que *eu* sou dramática.

Eu me levantei e conferi meu reflexo no espelho acima da mesa de canto e do meu pequeno altar. Duas velas em tons pastéis e flores frescas ficavam ao lado de uma foto sépia desbotada do meu avô e da única Polaroid que eu tinha do meu pai. Retoquei o batom e enfiei uma bala de morango na boca.

Ana rolou da cama e me seguiu para fora do quarto.

– Conte a Mimi sobre Havana agora. Ela não vai gritar com você na frente de visitas.

Eu estanquei no corredor e Ana trombou nas minhas costas.

– Quê? De jeito nenhum. Não é esse o plano.

De qualquer forma, Mimi não gritava quando ficava chateada, só ficava quieta e reclusa. Seu silêncio era letal, e eu estava desesperadamente tentando evitá-lo.

– Ah, minha querida Rosinha.

Eu havia sido chamada assim a vida toda e odiava.

Na cozinha, contamos a Mimi sobre a reunião de emergência e a ajudamos a embalar a sopa, que ela insistia em levar àquelas ocasiões. Ela carregou a panela do fogão até a mesa, então esfregou as costas no ponto que sempre parecia incomodá-la enquanto pegávamos os potes e começávamos a enchê-los. Mimi estava sempre curando os outros, mas era impossível fazê-la ir ao médico regularmente. Eu não sabia se isso era um hábito de gente mais velha ou simplesmente de cubanos, porque os *viejitos* também agiam como se pudessem viver para sempre na base de café, rum e charutos.

Quando todos os potes estavam cheios, Mimi fez uma avaliação rápida e desaprovadora das minhas roupas.

– *Nos vamos*, mas primeiro vá tirar o pijama.

Peguei uma sacola de sopas.

– Não é um pijama. É um macacão.

Eu passei por ela e saí pela porta, sabendo que ela seguiria trazendo poções e opiniões como sempre.

– ¿*Qué es um* macacão? – Mimi perguntou a Ana, que apenas deu uma risada.

A praça da cidade ficava a duas quadras de casa, e a noite de abril estava da cor de ouro quente enquanto o sol sumia no céu. Árvores floridas revestiam as calçadas, e sinos nas portas das lojas cantavam cumprimentos amigáveis enquanto seguíamos até a sala de reuniões da biblioteca.

Lá dentro, Mimi entregou suas sopas enquanto Ana e eu nos sentávamos ao lado da mãe dela. A sra. Peña estava de folga, com o avental sobre o colo e canetas ainda presas nos cachos. Todo mundo ainda chamava o lugar de bodega, mas El Mercado, que já fora uma parada rápida do bairro para apostas na loteria, petiscos e café, tinha se expandido e se tornado um grande mercado, confeitaria e restaurante graças à comida do sr. Peña. Ele era um cozinheiro incrível, mas odiava conversar com as pessoas, então era sempre sua esposa que comparecia a essas reuniões e ficava no balcão da confeitaria.

– Não se esqueça de colocar sua bateria na van. Você tem ensaio da banda de jazz amanhã – a sra. Peña informou à filha enquanto nos passava um saquinho de batata chips para dividirmos.

Ana afundou na cadeira.

– Meu Deus, não fale tão alto.

– Qual o problema da banda de jazz? – perguntei, agitando as mãos numa dancinha.

Ana quase rosnou.

– Estou cansada de usar lantejoulas e tocar congas.

Na verdade, Ana estava cansada da banda da escola. Pelo que eu ouvira dizer, seu pai era um tocador de trompete incrível – que não tocava mais –, mas a família brigava com Ana sempre que sua paixão pela bateria se afastava da ideia deles de um caminho estabelecido. Para os pais dela, a banda significava bolsas de estudo, que significavam faculdade, que significava um diploma em algo diferente de música.

Um público maior que o de costume perambulava pela sala da reunião. A uma fileira de distância de nós, Malcolm e Dan ocuparam duas cadeiras. Penny estava pulando alegremente no colo de Malcolm, não parecendo nem um pouco interessada em dormir. A cabeça de Dan deitou no ombro do marido, e eu sabia identificar uma soneca revigorante. Ana e eu dividimos os chips enquanto todo mundo se cumprimentava rapidamente e se acomodava. Os quatro *viejitos* sentaram-se na primeira fileira, como sempre. Eles eram os antigos latinos do bairro e passavam a maior parte do tempo fora da bodega bebendo café, jogando dominó e fofocando. Consideravam seu dever comparecer a todas as reuniões para fazer relatos em seu blogue e recentemente tinham aberto uma conta no Instagram, o que significava que sua resposta para tudo era: *Veja nossas stories*. Reconheci todos os rostos à medida que a sala se enchia – até que não reconheci mais. Meu próximo chip parou a caminho da minha boca.

– Quem é esse? – sussurrei para Ana.

Ela se espichou no assento e espiou o garoto que tinha se sentado à nossa frente. Eu encarei o lado de trás de seus braços tatuados.

– Não sei – ela admitiu. A gente conhecia quase todo mundo por nome ou parentesco, então era uma surpresa nenhuma de nós saber quem ele era. O garoto inclinou a cabeça para escutar a mulher ao seu lado. – Mas ele está do lado da sra. Aquino, então talvez trabalhe para ela.

A família Aquino administrava a marina. Eu nunca estivera lá, é claro, mas a conhecia dessas reuniões. Fiquei pensando se o Cara Tatuado era novo na cidade enquanto estudava as ondas azuis e quase luminescentes que subiam de seus pulsos até os antebraços antes de desaparecer sob a manga curta de uma camiseta que ficava justa no bíceps. Inclinei-me para a frente para olhar melhor.

E recuei depressa quando Mimi entrou na minha linha de visão.

Ela sentou na cadeira ao meu lado e estendeu a mão para afastar meu cabelo do rosto. Gentilmente afastei sua mão, mas ela só começou a mexer nas minhas roupas.

– Olha como é curto. Dá para ver tudo. – Ela soltou um resmungo de reprovação e sussurrou em espanhol: – Não entendo essa história de macacão.

Puxei os shorts para baixo.

– Você está me deixando toda *tikitiki*. – Era o som de nervos em frangalhos e a expressão cubana que significava "Você está me estressando".

Simon Yang, nosso prefeito, foi para a frente da sala. Estava vestido como um rato de praia em um dia casual no escritório: uma camisa branca com as mangas enroladas e shorts cáqui. Além de seu trabalho como prefeito, ele tinha uma barraca de café no calçadão. Seu cão de serviço, Shepard, estava sentado ao seu lado.

– Qual é a grande notícia? – perguntou Gladys, parecendo irritada. – Minha equipe se reúne em quinze minutos.

O cabelo grisalho dela era um emaranhado e sua camisa de boliche vermelha e amarela dizia *Gladys, a rainha do strike* nas costas. Ela era aposentada, mas não contava a ninguém qual fora seu trabalho.

Simon suspirou.

– Infelizmente, vamos ter que cancelar o Festival da Primavera.

A sala caiu em silêncio. Ao meu lado, Ana endireitou a coluna. O Festival da Primavera era em duas semanas. Tinha começado como um jeito de pescadores locais e pomares de cítricos próximos compartilharem suas colheitas, mas se transformara em um tipo de festa anual que incluía comida, música e até fogos de artifício acima do porto. O daquele ano era especialmente importante porque dois dos nossos vizinhos iriam se casar.

Os *viejitos* rapidamente pegaram os celulares.

– Cancelado? Por quê? – quis saber o sr. Gomez.

Jonas Moon se ergueu.

– Por causa do porto. – Jonas era um pescador de fala suave com cabelo ruivo encaracolado. Ele estava noivo de Clara, a dona da livraria no calçadão; era deles o casamento no festival. – Vamos ser comprados.

Com essa revelação, a sala explodiu em protestos.

O Cara Tatuado foi até Jonas na frente da sala. Quando se virou para nos encarar, vislumbrei sua barba escura curta e seus olhos castanhos observadores. Ele parecia pouco comunicativo com os braços coloridos cruzados.

Ana inclinou a cabeça e sussurrou:

– Meu Deus, é o Alex!

Eu me inclinei para perto.

– Qual Alex?

– O sr. Alto, Moreno e Doido. É Alex Aquino! – Ela me encarou boquiaberta, esperando que eu confirmasse a notícia aparentemente inacreditável.

– Não sei quem é – confessei.

– Ele estava um ano ou dois na nossa frente na escola. Fizemos uma matéria de arte juntos e ele nunca falava. Era tão magricela que juro que às vezes ele simplesmente desaparecia. Era meio constrangedor.

Balancei a cabeça, incapaz de conectar o nome e muito menos a descrição ao estranho com seus braços enormes e coloridos à nossa frente.

– Ouvi que ele tinha ido embora depois que se formou, mas acho que está de volta.

– Bem, ele parece meio bravo com isso – comentei baixinho.

Jonas ergueu as mãos para pedir silêncio:

– Uma construtora fez uma oferta. Eles planejam transformar a área em um distrito de uso misto, então vão construir condomínios e a marina provavelmente vai se tornar particular para residentes.

– E você vai simplesmente abaixar a cabeça e deixar isso acontecer? – perguntou Gladys.

– Não, senhora. Estávamos trabalhando com Simon para pedir um subsídio que impedisse as terras da região de serem vendidas. No litoral norte, a universidade vem ajudando cidades pesqueiras menores com novos métodos de aquicultura, a maioria de mexilhões, e eles veem o potencial de nos certificar como um novo distrito de conservação. Isso cancelaria a venda.

– Que esperto – disse o sr. Gomez.

– Infelizmente, a universidade acabou de cortar o financiamento para comunidades mais distantes.

O olhar abatido de Jonas me lembrou de como me senti quando vi o preço do meu programa de intercâmbio. Eu me aprumei na cadeira.

– O que o programa da universidade faria exatamente?

O olhar de Alex passou por mim antes de saltar para longe. Jonas explicou:

– Eles trazem equipes de estudantes e professores para cultivar fazendas de mexilhões e treinam nossos pescadores para trabalhar com eles. Convertem barcos e abrem chocadeiras. Isso cria uma linha de trabalho nova, estável e sustentável. – Jonas indicou Alex, e um leve franzir de testa puxou as sobrancelhas escuras do rapaz mais para baixo. – Alex vem restaurando recifes de ostras no Golfo e conhece algumas dessas pessoas, então está nos ajudando com o processo de inscrição. Mas ouvimos falar hoje sobre o corte no financiamento e, sem o projeto, não conseguiremos impedir a venda a tempo.

Simon estava parado ao lado. Com as mãos no bolso, ele deu de ombros.

– E, sem o porto, não há festival.

– Sem o porto, não há Porto Coral – observou Clara, expressando o medo de todos.

Ela era uma mulher britânica-nigeriana com uma coleção de cardigãs que eu invejava. O tremor em sua voz me lembrou o que perder o festival significava aquele ano. Nosso fim de semana de árvores floridas, banquetes e música para celebrar a estação tinha tudo para resultar num casamento de primavera mágico, por isso, quando Jonas pediu a mão de Clara em casamento, sabíamos que a ocasião seria perfeita. A mãe dela, que vivia na Nigéria, tinha até tirado um visto e comprado a passagem de avião.

– Mas e o seu casamento? – questionei.

– Haverá outros dias – respondeu Clara, suportando o golpe com coragem.

Jonas torcia as mãos.

– Talvez até outros casamentos – comentou Gladys. – Arranjem um hobby em vez disso. – Ela deu um tapinha na bolsa de boliche ao seu lado. – Casamento é para pássaros.

As pessoas se dispersaram em conversinhas resignadas. Jonas e Alex viraram para falar com Simon, que estava desolado. A sra. Peña suspirou, como se já pudesse ver uma placa de FECHADO na bodega.

Eu me levantei de repente.

– Não!

– O que está fazendo? – perguntou Ana, assustada.

– Me deixe pensar um segundo – falei, minha mente se revirando.

Jonas me observou com uma expressão curiosa. O olhar afiado de Alex era sombrio e irritado; ele parecia ansioso para o fim da reunião. Sua expressão imponente revirou meu estômago, mas aprumei os ombros. Recentemente tinha assistido a um vídeo sobre poses poderosas.

– O projeto depende de um subsídio, certo? Se custearmos nós mesmos, isso resolve um problema da lista.

– Que lista? – Jonas perguntou.

– Sempre tem uma lista. De quanto era o subsídio?

Jonas esfregou a testa.

– Para estabelecer o projeto aqui, vinte mil dólares.

Gladys assoviou. Vinte mil não era dinheiro que se guardava em uma caixa de sapato. Mas eu era uma aluna bolsista almejando um programa de intercâmbio que custava quase o mesmo. Era hora de ser criativa.

– Precisamos de uma boa ideia, e rápido, porque não vamos conseguir levantar tudo isso entre nós nesse tempo. Temos que atrair dinheiro de fora.

O sr. Gomez ergueu o celular e o apontou para mim.

– Como fazemos isso? – Jonas perguntou.

Eu olhei para Clara.

– Vamos fazer o Festival da Primavera de qualquer jeito – declarei com certeza súbita.

A ideia estava se formando depressa.

– Vocês não têm tempo para isso.

Olhei para Alex, surpresa ao ouvir sua opinião – sua opinião muito rude e negativa. Era desconcertante da parte de alguém tão agressivamente alto. Mas eu era teimosa e fiquei imóvel mesmo enquanto Ana puxava meus shorts.

– Temos o suficiente para tentar.

– Para tentar dar uma festa? – Seu tom era sério; ele não estava debochando.

Meus olhos se estreitaram quando um rubor de constrangimento esquentou meu pescoço.

– Não seria *só* uma festa. Pode ser uma arrecadação de fundos comunitária, grande o bastante para levantar esse valor.

Todo mundo estava acostumado com as minhas grandes ideias e até me encorajava quando eu era mais nova e me enfiava em conversas adultas, fazendo perguntas demais. Eles não estavam acostumados a ver alguém tão pouco impressionado com elas. Ou talvez eu não estivesse. Mas não podia desistir.

Ana puxou minha roupa de novo e sussurrou:

– Você pode, tipo, não fazer isso, sabe?

Olhei para Mimi. De certa forma, aquilo estava relacionado com a minha família – pessoas e política tinham partido o coração de minha *abuela*. Não podíamos perder Porto Coral.

– Infelizmente, a marina não pode patrocinar o festival com tudo o que está acontecendo – explicou a sra. Aquino, fazendo o olhar duro de Alex suavizar.

A sra. Peña se ergueu.

– El Mercado vai patrocinar o festival este ano.

– *Quê?* – espantou-se Ana.

Um alívio me percorreu tão rápido que tive que apertar a cadeira à minha frente.

– Rosa está certa. Nós conseguimos. Meu marido faz os melhores sanduíches e croquetes cubanos deste lado de Miami. Vamos promover o festival e o que estamos tentando fazer, então vamos vender um pouco de *lechón asado* aos turistas que vai fazê-los jogar dinheiro em nós. Tocamos um pouco de salsa, servimos mojitos e *bada bim bada boom*, salvamos nossa cidade.

– ¿*Bada qué?* – perguntou o sr. Gomez.

– Adorei. – Xiomara, a dona da escola de dança, se levantou num salto. – Posso fazer o show de graça e oferecer aulas. Entre todos os nossos negócios, todo mundo tem algo a oferecer.

– E nós não vamos precisar cancelar o casamento de vocês – falei para Clara e Jonas. Os dois não pareciam convencidos, mas notei a esperança brilhando em seus olhos. – Vamos conseguir, e sua mãe vai estar aqui, e vai ser tão romântico quanto vocês esperavam!

– Mas como? – perguntou Clara. – Já cancelamos tudo e, se transformarmos o festival em uma arrecadação, Jonas vai ter que tentar convencer a universidade que vamos conseguir o dinheiro. Não dá pra enfiar um casamento no meio de tudo isso.

– Vai, sim. Eu prometo. – Eles se entreolharam, desconfiados. Eu me recusava a olhar para Alex, o Carrancudo dos Recifes de Ostras. – Posso ajudar. Sou superorganizada e todas as minhas aulas deste semestre são on-line. Querem ver meu *bullet jornal*? Só o design das páginas já mostra do que sou capaz.

– Obrigada, mas não é necessário – disse Ana.

– Continuo achando que é coisa de pássaros – interveio Gladys.

Clara sorriu e bateu o ombro de leve em Jonas.

– Eu ainda topo se você topar.

Ele beijou a mão dela.

– Sempre.

Algo passou entre eles antes que se virassem para mim com os olhos reluzindo.

– Nós topamos.

Sorri para Ana, que estava balançando a cabeça.

– Você tem alguma ideia do que está fazendo?

– Claro que não – respondi. – Mas isso nunca me impediu.

3

Na manhã seguinte, sentei fora da bodega para tomar café da manhã com os *viejitos*. Meu último semestre era todo on-line, o que me permitia pegar turnos extras no trabalho, mas era estranho não ir à escola todo dia. Eu comi meu *pan tostado* e café *con leche* enquanto os quatro homens discutiam o treino de beisebol da noite anterior. Em poucos instantes, tinha devorado minha fatia de pão quente coberta com manteiga doce.

O sr. Saavedra observou meu rosto por um segundo, então enfiou a mão no bolso da camisa e me ofereceu um antiácido. Tomei um com o resto do café que esfriava. O sr. Gomez, o sr. Saavedra, o sr. Restrepo e o sr. Alvarez sempre usavam calças passadas e camisas abotoadas e cheiravam a loção pós-barba forte e charutos. Juntos, eram o *abuelo* da cidade inteira.

– Precisamos começar a divulgar o festival e a arrecadação – eu os informei.

– Claro – disse o sr. Saavedra. – Já postamos sobre isso. – Ele me estendeu o telefone e eu vi seu *post* mais recente. Era uma foto da marina com a legenda: *Festival da Primavera,* dale!

– *Dale?* – perguntei.

– A música do Pitbull – explicou o sr. Gomez, batendo um dedo na têmpora. – Você tem que fazer propaganda inteligente, Rosa.

– Gostei. Tenho algumas ideias para compartilhar com a sra. Peña também.

O sr. Gomez bufou.

– Você está ocupada demais para isso, Rosa. Preocupe-se com a faculdade.

– Confie em mim, tenho tudo sob controle.

– Ao contrário daquele garoto Aquino. – O sr. Restrepo sugou os dentes em desaprovação. – Ele volta com todas aquelas tatuagens. *Qué oso*. São sempre os quietinhos.

– É mesmo, qual é a dele? – Eu me inclinei para mais perto.

A única vez que Alex falara por vontade própria na reunião da cidade tinha sido para criticar minha ideia genial.

O sr. Saavedra me lançou um olhar afiado. Eu conhecia aquele olhar – sempre o recebia quando escapulia da mesa das crianças para interromper os adultos.

– Não perca tempo com isso. Preocupe-se com a faculdade. – Então ele acrescentou: – E nada de tatuagens.

– Faculdade, é só disso que falam. – Eu me levantei. – Deixem pra lá.

– Você já escolheu uma? – o sr. Gomez me perguntou, não pela primeira vez. Poucas pessoas sabiam sobre Charleston, mas eu definitivamente precisava contar a Mimi antes de contar meus planos aos *viejitos*.

– Ainda não – menti. – E parem de postar sobre isso.

Eles voltaram aos seus dominós. Fui para os fundos da bodega e encontrei o portão aberto. Lá dentro, o primo de Ana, Junior, estava fazendo uma entrega.

– Ei, oradora da turma! – ele chamou quando passei.

– Não sou a oradora – retruquei.

Lamont Morris tinha me vencido na disputa do título. Ele também tinha feito a matrícula dupla e iria se transferir para Duke no outono.

– Certo, nerd. – Junior era alguns anos mais velho que eu e cuidava do estoque. Um tempo antes vendia maconha, mas agora estava focado em fazer sua *mixtape* viralizar.

A sala dos fundos da bodega era um espaço grande com a seção de entregas de um lado e mesas e cadeiras do outro. Era mais que uma sala de descanso dos empregados: servia como segunda sala de estar, e as crianças Peña todas cresceram ali enquanto os pais trabalhavam longas horas. Havia um tapete tecido à mão, uma TV que ainda dependia de uma antena e uma pequena pintura da loja no mural de cortiça entre os cronogramas e os lembretes da sra. Peña. A pintura era um presente antigo de minha mãe.

Soltei a mochila na mesa ao lado de Benny, que estava com a perna estendida em uma cadeira com uma compressa de gelo sobre o joelho. O irmão de Ana era jogador de futebol, um ano mais novo que a gente e muito popular na escola. Seu ferimento significava não só uma pausa no futebol como também em sua vida social. Ele vinha passando bastante tempo com a gente por causa disso.

– Graças a você, sou um garoto de recados agora.

Ele me lançou um olhar de desgosto enquanto erguia uma lista de tarefas.

– Foi sua mãe que ofereceu a bodega.

Sentei e abri a mochila.

– Depois do *seu* monólogo dramático. Eu vi o Insta do sr. Gomez. Agora minha mãe diz que vamos fazer a coisa toda do jeito cubano. Azeitar um porco e fazer as pessoas correrem atrás dele antes de assar.

Meu sorriso desapareceu.

– O quê? – perguntei, perplexa.

Ele deu de ombros.

– Segundo meu tio, eles tinham que fazer isso antes de poder se casar com uma garota no vilarejo deles.

Peguei meu caderno, me perguntando se era verdade.

– Mas escute, tenho uma ideia melhor – continuou Benny. – A gente devia procurar a Tartaruga de Ouro.

– Ai, meu Deus. De novo isso?

Os *viejitos* tinham postado uma foto antiga do artefato perdido para a *Throwback Thursday* e Benny ficara obcecado. De acordo com a lenda local, a Tartaruga de Ouro tinha sido descoberta nos destroços de um navio pirata por um grupo de adolescentes – que, em vez de entregá-la aos pais, ou, sei lá, a um museu, escondeu a estatueta para os amigos encontrarem. Nasceu uma tradição, e toda turma do último ano a escondia para a próxima, até que ela foi perdida cerca de duas décadas atrás.

– Ainda está por aí, por que não tentar encontrar? – perguntou ele, parecendo sincero e determinado e bem diferente do Benny despreocupado de sempre.

Deslizei a lista de tarefas até ele.

– Porque estamos todos ocupados. Você tem que fazer tudo isso e eu tenho que terminar mais uma inscrição de bolsa, escrever um trabalho para a minha aula de ciências humanas e ajudar a planejar um casamento.

– O que aconteceu com a Rosa sonhadora?

Bati um dedo no diário.

– Ela está aqui.

Junior veio até nós, suspirando alto a cada caneta e pedaço de papel que eu tirava da mochila.

– Quantas vezes preciso te dizer que todo esse conhecimento de livros não ajuda no mundo real? – ele perguntou. – Você precisa de habilidades de vida, maninha. Como fazer negócios de verdade. Um pouco de malandragem.

Benny deu risada.

– E o que você sabe sobre qualquer tipo de malandragem?

– Eu sou de Miami. Área três-zero-cinco até a morte.

– Você nasceu em Palm Bay, mano.

A porta que dava para a loja foi escancarada, e Ana entrou batendo os pés na sala de descanso e apontou a baqueta para Benny.

– Você precisa me dar uma carona para o ensaio da banda. A mãe está ocupada agora, graças à Rosa.

Eu cliquei a caneta.

– Se quer dizer graças à Rosa por salvar o dia, não tem de quê.

– Tenho coisas pra fazer hoje – disse Benny, acenando com a lista de um jeito ressentido. – Não tenho tempo pra levar você e a droga da sua bateria.

– Ei! – A baqueta de Ana se ergueu de novo. – Aquela bateria custa mais que a merda do seu carro.

Ana era um ano mais velha, mas era o irmão que tinha o carro porque ela tinha gastado todas as suas economias no instrumento. Seus pais ainda estavam bravos por causa disso.

– Boca, *coño*! – A sra. Peña repreendeu quando entrou na sala, com o celular colado no ouvido.

Ela estava exausta, mas nunca arrefecia. Ela compartilhava minha afinidade por organização e estética tropical *vintage* e administrava a bodega como alguém que sabia tudo sobre negócios de verdade. Nas mãos dela, minha ideia podia funcionar. Minha nossa, eu esperava que funcionasse. Estava começando a sentir que tudo dependia daquele único fim de semana.

– Sra. Peña, escrevi algumas ideias ontem à noite…

Junior me interrompeu.

– Sua cabeça vai ficar do tamanho dessa mochila de livros que você carrega pra todo canto, Rosa.

Eu fiz uma careta para ele. Amava minha mochila. Quando crescesse, queria *ser* minha mochila. Ela era firme e feita com várias estampas coloridas. Mimi a tinha costurado para mim antes de eu entrar no Ensino Médio, encantando-a com palavras poderosas de modo que sempre portasse o que eu precisasse e nunca se perdesse.

– Não seja escroto, Junior – falou Ana, que só deixava a família me provocar até certo ponto.

A sra. Peña afastou o celular do ouvido.

– ¡*Oye*! Eu tenho ouvidos! ¡*Carajo*!

– Mãe – disse Ana, impassível –, todo mundo aqui fala espanhol. Sabemos que você xinga tanto quanto a gente, senão mais.

Sua mãe a ignorou e olhou para Benny.

– Por favor, leve sua irmã ao ensaio da banda.

Benny suspirou dramaticamente e se levantou com uma grande demonstração de esforço, mas beijou a cabeça da mãe antes de sair.

– Vamos, garota do bongo.

– Eu vou matar ele – resmungou Ana enquanto o seguia.

A sra. Peña sentou e continuou falando ao telefone enquanto rabiscava alguma coisa em sua prancheta. Eu empurrei meu caderno para perto dela, e ela me olhou em uma pausa na conversa.

– Estou na espera. Diga.

Falei correndo:

– Fiz uma lista de todos os negócios na praça e na vizinhança entre aqui e o porto…

A sra. Peña bateu a mão na testa.

– Esqueci! Tenho que fazer uma entrega de pães. Vou pedir a uma das crianças.

– Eu faço! – ofereci, erguendo-me num pulo. Eles nunca me deixavam fazer entregas e eu precisava das gorjetas. Benny tinha conseguido uns bons dólares na semana anterior e desperdiçara tudo num videogame.

– Tem certeza? – perguntou a sra. Peña.

– Total. Analise essas listas e me diga o que pensa quando eu voltar. Não se preocupe, eu cuido disso.

Saí da sala antes que ela pudesse mudar de ideia.

Na cozinha, o sr. Peña fatiava carne de porco, preparando o almoço. Alho, pimentas, cebolas e bacon chiavam juntos na grande panela que logo teria arroz *congrí*, de acordo com o quadro do cardápio.

– Bom dia, senhor. Como vai? – cumprimentei, me aproximando.

O pai de Ana não era muito falante. O restaurante era seu reino e a comida, o presente que ele concedia ao resto de nós – contanto que não o perturbássemos.

– Rosa? – perguntou ele, olhando além de mim para ver se alguém se aproximava.

– Sim, eu. Vou fazer as entregas hoje. – Bati continência, fechando os olhos ao sentir o cheiro de porco assado. – Desculpe, não consigo pensar direito com o cheiro do *lechón*. Sempre que Mimi cozinha, eu viro um zumbi faminto e...

– Rosa – interrompeu ele, parando com a faca na mão. Minhas mãos, que sempre abanavam enquanto eu falava, pararam também. Mimi dizia que era minha característica mais cubana. – Leve esses pães ao restaurante da marina. Agora, por favor.

Meus sonhos de ficar rica morreram instantaneamente.

Eu nunca estivera na marina. Ninguém na minha família ia lá fazia anos. Eu nunca ia além da livraria – e ela era a segunda loja no calçadão. Mesmo nessas ocasiões, eu sempre ficava do lado direito, longe da amurada à esquerda e da praia mais adiante. Quando eu tinha dez anos, meu amigo Mike pulou da amurada e quebrou o tornozelo. Eu chorei mais que ele.

O sr. Peña olhou para mim, esperando. Ele era provavelmente a única pessoa na cidade que não daria ouvidos a antigas histórias e superstições, porque estava sempre ocupado demais. Indicou a pilha de pães frescos em sacos de papel. Como eu iria ajudar a salvar o porto se tinha medo de ir até lá? Não era como se eu planejasse pular do calçadão. Eu podia fazer isso. Tinha que fazer se queria sair da mesa das crianças. Peguei os pães nos braços e pressionei o nariz no buquê, inalando profundamente. Um suspiro satisfeito escapou de mim. Eu daria conta. Era só uma entrega.

O sr. Peña pigarreou.

– Estou indo. – Eu o contornei com os braços carregados e me dirigi à porta dos fundos.

– Você sabe andar de bicicleta, não é? – Dúvida se insinuou em sua voz.

– Claro que sim – gritei antes de a porta se fechar atrás de mim.

Claro que eu não sabia como andar na bicicleta de entrega, porque ninguém nunca me deixava fazer as entregas, mas isso não me impediria agora. A cesta gigante na parte de trás era uma preocupação, mas joguei os pães nela, limpei as mãos e examinei o dragão que iria derrotar.

– Escute, a gente vai conseguir. – Apontei para o leste, na direção do mar. – Você me ajuda e eu não bato você. Trabalho em equipe.

– Com quem está falando? – Junior surgiu da esquina, me assustando.

Procurei uma desculpa, mas estava sozinha e meu celular estava na mochila.

– Comigo mesma. – O que não era muito melhor. – Tudo bem, principalmente com a bicicleta. Um discurso motivacional antes de subir nela.

As sobrancelhas dele se ergueram, e ele parou de mordiscar o palito de dentes que tinha na boca.

– Você vai fazer a entrega?

– Eu sei andar de bicicleta – argumentei.

– Não foi o que eu perguntei, mas tenho que admitir que sua postura defensiva me preocupa, Rosa.

– Vá embora. E não conte ao seu tio que eu estava conversando com a bicicleta.

Subi no assento e cuidadosamente arrumei a saia ao meu redor. Não era a melhor roupa para a aventura de hoje, mas, se eu tomasse cuidado, ninguém veria nada importante. Mike andava de skate, e depois de assistir a ele por aí, fiquei tão fascinada que ele produziu um *longboard* para mim, como presente no meu aniversário de quinze anos. Eu o revesti de adesivos da faculdade e de livros e o usava para me mover pela cidade na maioria dos dias. Uma bicicleta não devia ser tão diferente.

Murmurando uma prece, chutei para me afastar da sarjeta e parti.

– Uau. – Os guidões estavam descontrolados nas minhas mãos. – Não. *Nããão.* – As rodas entraram num buraco na rua e meu estômago despencou depois de uma quase queda. – O que *acabei* de dizer pra você?

Depois de alguns ajustes trêmulos, o vento, as rodas e eu nos alinhamos. Encontrar meu equilíbrio era emocionante. Fui até o correio e a biblioteca e desejei ter um sininho simpático para anunciar minha vitória. Ou melhor, uma corneta gutural, porque tinha me tornado uma rainha sobre seu dragão.

As coisas ficaram complicadas de novo quando cheguei aos paralelepípedos. Aquela parte do centro não era tão divertida em uma bicicleta com tanta carga no baú. No calçadão, as pessoas me observavam indo em sua direção com preocupação crescente. Frankie parou de varrer a entrada da barbearia. Simon ergueu os olhos do jornal. Seu cachorro, Shepard, me olhou estoicamente. Clara derrubou os livros que estava organizando no carrinho fora da livraria.

Eu não podia soltar os guidões para acenar e tranquilizá-los, por isso me limitei a gritar:

– Estou bem! Está tudo bem!

Quando cheguei à última tábua de madeira, onde o calçadão desembocava na marina, pisei nos freios e desci, grata por estar viva.

Dobrei o corpo e soltei o ar pesadamente.

– Consegui. A vitória é minha.

– O quê?

Eu me endireitei. Um homem mais velho usando galochas marrons e um colete verde decorado com anzóis parou à minha frente, com um olhar preocupado.

– Tudo bem, mocinha?

Tentei recuperar o fôlego.

– Eu trouxe pão.

– Isso é… bom.

– Não é para mim. – Apertei o ponto na barriga onde sentia pontadas de dor. – Nem sei direito para quem é. Eu nunca faço as estregas e eles não me deram orientações específicas além de "leve isto para a marina" e eu nunca nem cheguei ao fim do calçadão. – Olhei em direção à livraria, tentando estimar a distância exata. – Tem um restaurante aqui, não tem?

– O Estrela-do-Mar. – Seus olhos se estreitaram enquanto ele examinava meu rosto. Seu cenho se franziu ainda mais. – Você é a filha da Liliana.

Ele não disse isso de um jeito gentil, por isso suspirei. Aquilo era parte do motivo de eu não vir aqui. Mesmo assim, eu não esperava ser interrogada pela primeira pessoa que via.

– Rosa Santos – falei, porque tinha um nome. Ele recuou um passo, apoiando uma mão no corrimão da escada enquanto erguia a outra e fazia um gesto que não reconheci. Então ele se afastou em direção ao cais. – Mal-educado – resmunguei, me encolhendo quando um pássaro guinchou acima de mim.

Acompanhei seu percurso antes que ele desaparecesse no céu cinzento. Meu olhar desceu para a linha do horizonte e o mundo se aquietou enquanto eu fitava o mar.

Não era como se eu nunca o tivesse visto. Ele estava sempre lá, em algum lugar a distância, seguindo sua vida. Porém, depois de alcançar o final do calçadão e enfrentar a marina onde meu pai já trabalhara, era como encontrar a pulsação de Porto Coral. O sangue vital que corria em nossas palmeiras, nas calçadas tomadas por areia e nas casas descoloridas pelo sol. O começo de toda brisa que agitava os limoeiros de Mimi.

À minha direita havia um prédio de dois andares que parecia um barracão enorme pintado em diversos tons de azul. O pórtico amplo que o cercava se erguia acima da água em palafitas. Além dele, havia alguns prédios menores, seguros na margem do porto. Fileiras de barcos esperavam na água. Pessoas caminhavam pelo cais sem medo. Eu observava da beirada do calçadão, acima do nível do mar. Ao meu lado, escadas levavam à agitação, mas eu estava petrificada.

Havia um motivo para esta ser minha primeira vez ali. A última vez que minha família estivera naquele cais, minha mãe adolescente estava grávida de mim, gritando com o mar por ter roubado o seu amor. Meu pai não tinha uma lápide, só o pequeno altar que eu criara no meu quarto.

Apertei a grade à minha frente. Mulheres da família Santos nunca entravam no mar, mas também éramos teimosas. Mimi evitava o oceano, jamais havia voltado às águas que amara no passado, mas tinha se estabelecido em uma cidade costeira sonolenta, talvez porque não conseguisse se afastar demais do seu marido perdido ou de sua ilha. Mamãe estava sempre indo embora da cidade, mas pintava estas paisagens aonde quer que fosse. E agora ali estava eu, congelada.

Uma lufada de vento forte jogou meu cabelo contra meu rosto. Eu não podia descer ali. As pessoas repararíam em mim assim como aquele pescador, e eu acabaria remexendo em histórias antigas e dolorosas que chegariam até Mimi. Eu precisava que as pessoas me levassem a sério e precisava contar a Mimi sobre meus planos de intercâmbio, e aquele não era o jeito certo de fazer isso. Virei-me para ir embora e bati em uma parede sólida.

Infelizmente, a parede era uma pessoa.

4

— Desculpe!

Eu não pretendia gritar na cara de Alex nem agarrar sua camiseta, mas infelizmente fiz as duas coisas enquanto a lembrança do tornozelo quebrado de Mike passava pela minha cabeça. Agarrei mais forte o tecido, e as sobrancelhas escuras de Alex se ergueram um centímetro. Ossos quebrados eram o menor dos problemas: a vergonha iria me matar.

Alex parecia preocupado, mas não disse nada. Ele segurava uma plantinha em uma mão e meu bíceps na outra. A planta em seu vaso era algo tão inesperado que me deixou confusa. Hortelã? Ele me largou e eu soltei a sua camiseta.

— É a primeira vez que venho aqui – expliquei. Acima de nós, gaivotas grasnaram de novo, me dando um susto. — Isso não foi uma chamada para ataque, foi?

Ele olhou para o céu.

Outra buzina soou. Um sino repicou e alguém no cais gritou para anunciar a pesca fresca. As feições endurecidas do rosto de Alex, sombreadas por sua barba, me distraiam. Seu dedão e indicador esfregavam uma das folhas de hortelã. O aroma verde me atingiu e comecei a me inclinar para perto antes de conseguir me segurar.

Alex olhou para mim.

– Por que está aqui? – perguntou com aquela mesma nota áspera na voz da noite anterior.

Ouvi-la me incomodou mais que aquele velho pescador mal-educado.

– E por que eu não poderia vir aqui? – retruquei.

– Eu não quis dizer... – Ele parou e tentou de novo. – Você se forma mês que vem, certo?

Antes de perguntar como ele sabia disso, lembrei que *todo mundo* sabia disso. Fiquei me perguntando se ele também acompanhava o blogue dos *viejitos*.

– Sim – respondi, então um milagre aconteceu: ele não perguntou onde eu iria estudar.

A brisa marinha fresca passou entre nós, fazendo os brotos de hortelã tremularem em sua mão.

Não ser questionada sobre onde eu iria estudar era tão surpreendente e revigorante que as palavras escaparam da minha boca:

– Vou para Havana. – Era emocionante falar de um jeito tão definitivo, e quase valeu o pânico que se seguiu à confissão ousada. – Por um semestre de intercâmbio – acrescentei depressa.

Alex pareceu levemente impressionado.

– Tecnicamente eu ainda não... ai, meu Deus, o pão! – gritei. Corri de volta à bicicleta, onde os pães ainda se encontravam na cesta, e os abracei contra o peito. Alex ainda estava em pé na escada. – Você sabe quem recebe a entrega de pães por aqui?

Ele apontou uma porta aberta a poucos metros de nós.

– O Estrela-do-Mar. Fale com a Maria.

É *claro* que estaria bem atrás de mim.

– Desculpe de novo por trombar em você. Talvez a gente se veja na reunião de amanhã à noite.

– Vai ter outra reunião?

Ele pareceu tão aflito que dei risada.

– Claro que sim. Bem-vindo de volta. – Então fui com os pães até o prédio.

O restaurante era pintado em tons de azul claros e desbotados, e as mesas eram feitas de madeira envelhecida. Uma lousa com o cardápio anunciava a pesca do dia, e as janelas amplas estavam abertas para o ar fresco e salgado. Atrás do balcão havia uma mulher baixa e morena que oferecia um sorriso relaxado ao cliente sentado à sua frente. Porém, quando me notou, seu sorriso congelou. Era a sra. Aquino. Nunca tínhamos conversado além de cumprimentos rápidos.

– Isto é para a senhora – falei, entregando os pães. Ela me rasgou um recibo, me examinando de um jeito nada discreto. Suspirei. – Sim, estou na marina. Grande novidade. Vai ser o *post* mais visto dos *viejitos*, sem dúvida.

A risada dela foi súbita e satisfeita.

– Você é tão sarcástica quanto seu pai.

Esse simples reconhecimento me tirou do eixo. O comentário foi dito com tranquilidade, como se talvez meu pai ainda estivesse vivo. Quando eu era mais nova e morava só com minha mãe, a quilômetros de Porto Coral, ela também falava sobre meu pai daquele modo tranquilo. Ricky Garcia era um filho adotivo que amava ler histórias em quadrinhos e pescar e era baixo como eu. Contudo, quanto mais velha eu ficava, menos minha mãe falava. As histórias não saíam de sua boca, tinham que ser cuidadosamente barganhadas de uma coleção que ela guardava a sete chaves.

Eu queria perguntar sobre ele a essa mulher, mas não conseguia falar.

– Ele era um cara bacana. Você parece com ele. – A sra. Aquino parecia não saber mais o que dizer. Ela me deu duas caixas da padaria. – *Pastelitos* pelo pão. Diga à sra. Peña que nosso padeiro ficará contente em fazer o suficiente para o festival.

Peguei as caixas e estava quase na porta quando parei e me virei.

– Meu… pai. Ele tinha uma entrada nas docas, certo? – Eu sabia que ele trabalhara e mantivera seu pequeno barco ali.

A sra. Aquino assentiu.

– A última na doca C. Ainda é dele. – Minha surpresa devia ser óbvia, porque ela sorriu. – Marinheiros são supersticiosos.

Eu sabia um pouco sobre isso.

Quando saí de fato, o porto continuava cheio de vida e energia. Avistei Alex em um barco enrolando uma corda e me perguntei o que ele fazia com aquela planta de hortelã. Ele largou a corda sobre uma caixa e, quando ergueu a cabeça, olhou na minha direção. Percebi que eu não tinha dito a ele para não contar a ninguém sobre Havana. O céu cinza trovejou e as primeiras gotas de chuva caíram. Voltei depressa até a bicicleta e apostei corrida com a chuva até o trabalho.

De volta à bodega, peguei meu avental e fui até os caixas, decepcionada que Ana ainda estava no ensaio da banda. Paula, outra prima dela, estava no outro caixa.

– E aí, nerd? – perguntou ela com um sorriso simpático. Paula tinha vinte anos e só trabalhava ali por meio período enquanto estudava para se tornar veterinária. Ela me tratava como uma irmã caçula, mas não como se eu fosse criança, então não me incomodava muito. – Onde estava?

– Fazendo uma entrega.

Considerei mandar uma mensagem para Ana, mas ela devia estar no meio de uma conga.

Paula ouvia baixo um *reggaeton* no rádio. Ela abriu um pirulito de tamarindo e o enfiou na boca. Seus cachos curtos balançaram um pouco enquanto me olhava.

– Onde era a entrega?

– Na marina – respondi sem pensar.

O sorriso dela cresceu. Ela calmamente tirou o doce da boca e o apontou para mim.

– *Você* estava no *porto*? – Parecia uma acusação.

– E ele não afundou no Golfo. É, eu também não acredito. Você conhece a família Aquino?

Ana tinha dito que eles eram mais velhos que nós.

Ela deu de ombros.

– Estudei com Emily. Ouvi que ela trabalha em algum resort grande agora. E sei que Alex voltou para casa. – Ela deu um sorrisinho quando reparou na minha expressão. Cruzei e descruzei os braços antes de amarrar outra vez meu avental. – Uau. Então

Rosa estava dando um rolê nas docas atrás de homens. Nunca pensei que esse dia chegaria.

Frankie se aproximou dos caixas com uma cesta. O cabelo curto dele estava roxo escuro naquela semana.

– Qual dia?

– Rosa perguntando sobre caras – disse ela.

Revirei os olhos.

– Não perguntei sobre caras.

Paula registrou bifes e cereais, e Frankie se virou para mim.

– Que cara?

– Meu Deus, não tem nenhum cara – insisti. – E não tenho mais dez anos. Eu *sou* capaz de conversar com um cara.

Era verdade que eu não namorava. Não tinha tempo para isso. Tinha dado uns beijos em festas e passeios de grupo ao cinema, mas nada muito especial.

– Mimi sabe sobre isso?

– Claro que não – respondeu Paula. – Rosa o conheceu no *porto*. – Ela disse isso como um segredinho sujo, e Frankie pareceu chocado.

– Vi você na bicicleta. Achei que estava fazendo uma entrega, não indo a um encontro.

Eu me inclinei sobre meu caixa e olhei para os corredores da loja, exclamando em desespero:

– Alguém quer pagar?

– Não ligue pra gente – disse Paula, rindo. – Namore quem quiser.

Frankie assentiu sem muito entusiasmo. Eu podia ver que era um esforço para ele concordar.

– Mas, só pra garantir, tente não namorar caras com barcos.

Às vezes parecia que a ideia de ser amaldiçoada estava só na minha cabeça, como uma fábula para me lembrar de trabalhar duro e focar nas minhas metas. As mulheres que vieram antes de mim haviam tido perdas demais para que eu não me concentrasse no futuro. Eu deveria realizar grandes feitos para que toda a perda, a tristeza e os sacrifícios tivessem um significado.

A maldição, entretanto, me encarava com seus olhares preocupados, transformando uma cidade inteira em uma mãe ansiosa que temia que eu pudesse cair na água a qualquer momento. Até a ideia de eu me aproximar do mar assustava os velhos pescadores e estressava meus amigos. Se eu entrasse no mar, talvez atraísse algo mais antigo e mais selvagem que eu. Algo que coletava ossos e dava à luz furacões. Eu estava destinada a encontrar tristeza lá também, assim como tinha ocorrido com minha mãe e minha *abuela*.

No entanto, depois de ter ido para lá, eu me sentia maravilhada e um pouco rebelde. Sabia de onde meu pai tinha partido pela última vez. Ninguém jamais falava dele sem dor, mas lá ele era lembrado com afeto. Eu invejava a facilidade com que eles lidavam com fantasmas.

Ainda estava chovendo quando meu turno acabou e o vento aumentou à medida que me aproximava de casa. Peguei meu skate na mão e corri pela última quadra, me assustando com um raio e dando um grito antes de alcançar os degraus da varanda.

Quando ergui os olhos, minha mãe me esperava na porta.

5

Minha mãe estava ali, mas não estava em casa. Ela não tinha uma casa. Podia ter me dado à luz no pequeno hospital do outro lado da cidade e podia ter me ninado com canções sobre conchas mágicas na cadeira de balanço que ficava na varanda, mas aquela não era sua casa. Eu nunca duvidei de que ela nos amava, mas era como uma sereia amaldiçoada ou uma estrela cadente que não podíamos guardar.

– Oi – disse ela, parada sob a luz da varanda.

Assenti em cumprimento e passei por ela, abrindo a porta. Ela não tinha mais a chave. Também não fazia ligações – os telefones sempre cortavam as suas chamadas. A casa e ela eram como irmãos em guerra, e a casa sempre sabia quando ela voltava, porque parava de funcionar. A comida queimava, as velas não ficavam acesas e, pior de tudo, meu laptop tinha a maior dificuldade para encontrar o sinal da internet. O retorno de minha mãe era tão problemático quanto Mercúrio retrógrado.

– Terminei aquele mural no Arizona. Eles queriam uns girassóis horríveis na sala de jantar, então ganharam girassóis horríveis.

– Ela sacudiu o casaco amarelo molhado de chuva na entrada enquanto eu percorria a casa, acendendo luzes no caminho. Ela prendeu o longo cabelo escuro no topo da cabeça e perguntou, curiosa: – Quando você cortou o cabelo?

Soltei a mochila na mesa da cozinha e exalei com força.

– Não cortei.

Ela deslizou a mochila do ombro, largando-a no sofá.

– Ah – disse ela, com a voz baixa.

É, *ah*. Abri meu laptop e o liguei. Eu precisava da internet para as aulas e como um portal para longe daquela cozinha. Ao mesmo tempo, eu também queria estar ali. Queria poder simplesmente jogar os braços ao redor da minha mãe e me perder no seu aroma de violetas e sol. Ela me faria cem perguntas sobre meu dia e ouviria cada resposta divagante com atenção total, porque minha mãe era assim.

Eu havia passado os primeiros sete anos da minha vida seguindo-a em busca de um lar. Tentamos cidades e montanhas, mas ela sempre evitava o mar. Eu sentia falta de Porto Coral toda vez que partíamos depois de uma visita breve a Mimi, por isso minha mãe finalmente decidiu ficar ali de vez quando completei sete anos. Nós dividíamos um quarto, como sempre. Ela me levou a pé para a escola no meu primeiro dia do terceiro ano.

Quando cheguei ao quinto, ela tinha partido.

Suas visitas costumavam ser tão constantes quanto as marés. Quanto mais velha eu ficava, menos o calendário e a lua eram capazes de rastreá-la. Uma tempestade no horizonte, minha mãe na varanda. Ela sempre batia à porta, o que eu odiava. Ela voltava explodindo com afeto e histórias, trazendo presentes que cresciam comigo enquanto me explicava como usar contraceptivos ou me ajudava a comprar um sutiã maior antes de desaparecer de novo.

Amor e mães não eram coisas simples. Então, me instalei na mesa da cozinha enquanto ela ficava na outra sala.

A porta se abriu e Mimi entrou em casa. Ela não pareceu surpresa com a chegada de minha mãe. Talvez a chuva lhe tivesse dado uma pista – talvez ela conseguisse ver a diferença entre a precipitação típica e aquela que era um prenúncio, do mesmo jeito que seus sinos de vento sabiam a diferença entre uma brisa forte e perigo iminente.

– *Hola* – cumprimentou Mimi, trazendo sacolas de compras à cozinha. Ela parou e ergueu a bochecha para receber um beijo de minha mãe. – *¿Tienes hambre?*

– Sim, estou faminta.

Mamãe sentou-se ao balcão enquanto Mimi começava a cozinhar. Era nossa rotina sempre que ela voltava a Porto Coral entre um trabalho e outro. Sua carreira tinha deslanchado depois que ela pintara um mural retratando um café parisiense sob a luz de estrelas em uma cafeteria na Filadélfia, onde trabalhava quando eu tinha cinco anos. Ela tinha um site simples, por meio do qual as pessoas compravam sua arte, e viajava pelo país fazendo serviços encomendados... e provavelmente fazendo grafites no meio-tempo. Estar em constante movimento era o ritmo da vida da minha mãe.

– Mimi, o que isso significa? – Imitei o gesto que o velho pescador fizera para mim mais cedo. Era difícil pesquisar um gesto na internet.

Minha *abuela* arquejou, ofendida. Minha mãe riu.

– Que foi? – perguntei.

– É um antigo sinal de proteção – explicou mamãe. – Para afastar o mal.

– Um velho fez isso para mim.

As duas estreitaram os olhos ao mesmo tempo.

– Que velho? – quis saber minha mãe, como se precisasse apenas de um nome para começar a afiar uma faca ou preparar um feitiço.

– No calçadão – falei.

A expressão de mamãe ficou curiosa.

– Onde no calçadão?

Eu apertei os olhos.

– Tipo, no final?

– Quer dizer na marina? – insistiu ela.

O olhar furioso de Mimi se virou para minha mãe.

– Você foi também?

Mamãe resmungou um palavrão.

– Eu acabei de chegar e, só para constar, não tenho mais dezessete anos.

Mimi olhou para mim de novo.

– O que você foi fazer lá?

– Uma entrega. – Fui à geladeira e peguei uma lata de refrigerante de abacaxi. – Para a bodega.

Eu a observei enquanto tomava um gole.

As duas se entreolharam. Franzi a testa, sentindo-me como a Rosinha de novo.

— Talvez eu tenha que voltar para o planejamento do festival — falei sem pensar.

As sobrancelhas de mamãe se ergueram.

— Você está planejando o Festival da Primavera?

— A sra. Peña basicamente está no comando, mas a cidade inteira vai ajudar. Vamos transformar o festival numa arrecadação de dinheiro para salvar o porto de ser comprado por uma construtora.

— Uau. — Mamãe pareceu surpresa. — Então as coisas *podem* mudar em Porto Coral.

Mimi começou a bater um bife no balcão com um martelo de carne. A carne tinha ficado marinando o dia inteiro, e agora cebolas fritavam no azeite com alho triturado. Meu estômago roncou.

Minha mãe olhou para Mimi.

— Se todos estão ajudando, o que você vai fazer pro festival? Alguma coisa secreta de *bruja*?

Mamãe usou a palavra deliberadamente para irritá-la, mas Mimi não aceitou a provocação e jogou o primeiro bife empanado no óleo quente. Mimi era uma *curandera*, fazia seus próprios remédios no jardim e criava chás, infusões e tônicos, mas nunca se chamava de *bruja*. O termo, raramente pronunciado, ainda era usado de modo negativo pelas gerações mais antigas. Mas eu já as ouvira usá-lo ao falar de mamãe. Às vezes havia uma batida à porta, tarde da noite quando ela estava em casa, e uma alma de olhos tristes esperava do outro lado. Minha mãe sentava com a pessoa e espalhava suas cartas na velha mesa de madeira. Ela era uma contadora de histórias fluente em feitiços e corações partidos.

– Você quer fazer algo em especial? – perguntei a Mimi. – Eu estava pensando em uma barraca com pacotes de sálvia e infusões.

– *No sé, mi amor.* Veremos.

– Faltam tipo três semanas, Mimi.

Mimi deu um tapa na mão de minha mãe, que tinha se esticado em direção ao primeiro bife empanado.

– *Oye*, não me apresse.

Mamãe enfiou na boca um pedacinho de bife roubado.

– E qual é seu projeto pessoal? – ela me perguntou.

– Não sei ainda. Todo mundo fica me lembrando de fazer a lição de casa, como se eu tivesse esquecido alguma vez desde o jardim de infância.

– Minha Rosa, a primeira da classe – disse mamãe com afeto.

Tentei não me incomodar.

– Podemos organizar um torneio de dominó e aulas com os *viejitos*. Xiomara pode ensinar salsa e *bachata*. Vamos servir *pastelitos* e sanduíches cubanos e montar uma barraca de Pegue o Maior Peixe.

– Parece tudo muito... cubano – apontou mamãe.

Meu sorriso morreu. O impulso de defender minha ideia me deixou desconfortável. Eu pigarreei.

– Bem, a bodega está patrocinando tudo e temos muitas pessoas *latinxs* nessa cidade, não só cubanas, então devemos celebrar isso.

– *Latinxs*? – perguntou Mimi com a mão no quadril.

– É um termo inclusivo – explicou mamãe.

Mimi revirou os olhos.

– *Eso no es uma palabra.*

– É uma palavra, supere – retrucou mamãe, então sorriu. – Está vendo as mãos dela voarem quando fica animada? Se não tomar cuidado, vai sinalizar um avião.

Mimi riu. Eu tive que morder os lábios para evitar sorrir.

Comemos nosso *bistec empanizado* juntas. Minha mãe sentou à minha frente, com as pernas cruzadas sobre a cadeira e sorrindo entre mordidas enquanto Mimi contava as novidades sobre todos os nossos vizinhos. A chuva diminuiu e me deixei levar pelo conforto de estar com elas. Me perguntei quanto tempo iria durar.

– Que aula você tem amanhã? – perguntou mamãe quando se ergueu para fazer café.

Mimi levou nossos pratos à pia.

– Amanhã é domingo – respondi. – Mas não importa agora, porque são todas on-line.

– Eu nunca conseguiria fazer isso, preciso ser responsabilizada pelas coisas – disse ela sem qualquer traço de ironia.

A risada cruel de Mimi escapou rápido e alta demais para disfarçar.

A paz confortável se estilhaçou como um prato. Garfos e facas bateram uns nos outros enquanto Mimi os lavava na pia. Mamãe jogou açúcar em uma xícara de metal, derrubando um pouco no balcão e fazendo uma bagunça que teria que ser limpa depois. Ela serviu um pouco de café na xícara e mexeu a colher com força contra o metal, misturando o *espresso* quente com o açúcar e criando uma espuma raivosa no resto do café cubano. Os lábios de Mimi estavam apertados em uma linha familiar de desagrado.

A cozinha estava prestes a explodir. Lar, doce lar.

Peguei meu laptop e levantei.

– Vou terminar uns trabalhos.

No meu quarto, caminhei de um lado a outro diante do pequeno criado-mudo que continha meu altar. Em outro canto da casa, minha mãe e *abuela* tinham começado a discutir.

– Ela voltou – contei às fotos do meu pai e do *abuelo*.

Mas o que eu esperava de volta daqueles homens?

Eu sabia tanto sobre eles quanto sobre Cuba.

– Onde está aquele cobertor amarelo feioso? Aquele com as margaridas? – mamãe gritou do corredor. O armário da roupa de cama se abriu com um rangido. – É o meu preferido.

– ¡*No me grites*! Está aí! – berrou Mimi da cozinha.

Eu liguei o rádio baixo.

– Não está, não – disse mamãe, mais baixo. Ela trombou na parede enquanto vasculhava o armário; sua frustração era evidente. Abri minha gaveta e peguei uma camiseta macia para dormir. Minha mãe exclamou: – Não estou achando!

Limpei meu rosto com um lencinho demaquilante.

– *Oye, pero* está aí. Eu vi! – retrucou Mimi.

– Não está. – Mamãe suspirou, o som pesado e exausto. – Tudo bem, eu uso o azul.

Desliguei a lâmpada do criado-mudo e deitei na cama, me enroscando sob o cobertor de margaridas amarelo que sempre cheirava a violetas e sol.

6

Acordei e havia sal no chão do meu quarto. Sentei na beirada da cama, esfregando o sono dos olhos e tentando compreender o pó áspero polvilhado ao redor da minha cama.

Mamãe se inclinou da porta. Seu cabelo escuro caía solto pelos ombros e seu top cor de mel expunha sua barriga bronzeada.

– Cuidado. Mimi está passando o esfregão.

Detectei o aroma potente de limão e alecrim. Mimi estava purificando a casa. Agora eu conseguia distinguir a música que tinha me acordado, os estalos de uma velha canção cubana com uma batida boa para girar e dançar, a letra fazia referência a santos, orixás e salvação. Era um dos álbuns de Mimi. Seu toca-discos era tão velho que era preciso girar uma manivela, mas ela considerava isso parte do ritual.

Eu achava tranquilizantes seus dias de purificação. Os cheiros e sons frescos me revigoravam, mas, olhando para a pose tensa de minha mãe, me perguntei o que ela achava de sempre ter sua volta para casa celebrada daquele jeito.

– É meu *juju* ruim. – Ela deu de ombros e se virou. – Parei de levar para o lado pessoal quando tinha uns doze anos. Tem café na cozinha.

Andei sobre as linhas de reboco entre os ladrilhos. Mimi estava a meio caminho da porta, o que significava que quase tinha acabado. Quando me viu, imediatamente se inclinou para ver se eu estava usando meias, como se essa fosse minha primeira vez em uma casa com uma *abuela* e um esfregão.

Incenso de sândalo queimava, e o aroma doce e terroso da sálvia que ela sempre usava no começo da purificação ainda pairava no ar. Eu me servi de uma xícara de café e abri meu laptop. O velho aparelho levou mais tempo que eu para acordar, e, com mamãe em casa, levaria alguns minutos para encontrar a internet e sincronizar meus e-mails. Eu me acomodei.

– Me mostre suas fotos – pedi a mamãe.

Ela era péssima com celulares – toda vez os perdia –, mas sempre carregava uma câmera digital. Ela ligou a câmera e passou para mim. Abri as imagens mais recentes. Havia as pinturas e murais que ela tinha incluído no seu álbum de fotos on-line, mas outras também. Os girassóis monstruosos na sala de jantar de alguém. Um campo de flores silvestres na parte externa de um estúdio de arte. Caubóis cansados e sorridentes com os chapéus na mão. Uma doca que parecia convidar a pessoa para o mar. Limoeiros transbordando de frutas, estrelas reluzindo sobre águas plácidas, calçadas sombreadas cobertas de pétalas de flores.

Ergui os olhos e minha mãe me observava, à espera. Ela mordiscou a unha.

– São lindas – elogiei. – E os caubóis são bem bonitinhos.

Ela riu, parecendo aliviada.

– Esse foi para uma escola em Austin. A mascote deles precisava de uma transformação urgente. Ouvi que ganharam o jogo de baquete que teve logo depois.

Mimi entrou na cozinha com um ramo de ervas com aroma adocicado e uma sacola de tricô em uma mão e uma caçarola de metal preta na outra. Ela largou tudo no balcão com um suspiro. Olhou para nós e reclamou:

– *Nadie me ayuda*.

– Eu fiz o café – defendeu-se mamãe.

– Eu acabei de acordar – argumentei.

Mimi não pareceu impressionada com as nossas desculpas. Ela acendeu um pedaço de carvão e o jogou na panela.

– A *hierba* está cheia de ervas daninhas. Vão puxá-las.

– Pelo menos vamos ganhar uma mesada? – provocou mamãe.

Mimi bufou, mas seus lábios tremeram. Ela jogou algumas folhas, flores e raízes secas na caçarola e uma fumaça aromática se ergueu da panela. Todas tiramos um momento para aproveitar a fragrância calmante de sua mistura caseira de incenso.

– Vamos ficar doidonas? – quis saber mamãe.

– Fora! – exclamou Mimi, e nós duas saímos da sala, rindo.

Lá fora, começamos a puxar as ervas daninhas no jardim sem muita vontade. Cinco minutos depois, meu estômago roncou.

– Estou com fome.

Mamãe se apoiou nos calcanhares.

– Eu também. Vamos dar um pulo na bodega. Ela pôs o caldeirão no fogo e nem vai perceber que saímos.

Em dez minutos, paramos diante de uma vitrine de sobremesas fresquinhas na bodega. Eu nunca tinha visto sobremesas lá.

– O que é isso? – perguntei a Junior com o nariz praticamente colado no vidro. Era como um episódio do meu programa de cozinha favorito. Chocolate triplo com morangos maduros. Pão de ló de limão com framboesas e rosas. Maracujá com creme. Bolo de café com canela. Vi *pastelitos*. – Tudo isso é para o restaurante da marina também?

Junior passou por nós e assentiu.

– Sim.

Apontei para os *pastelitos* que restavam, impossivelmente leves, feitos com uma massa que desmanchava, salpicados com açúcar e com recheio de goiabada doce e queijo cremoso.

– Quero todos.

– Nossa, garota.

– Queria poder levar um de cada – comentou mamãe com uma risada simpática.

O olhar de Junior ficou sonhador... e não por causa dos *pastelitos*. Ele embrulhou o restante dos *pastelitos* e acrescentou um bolo de café com uma piscadela. Que nojo.

– Onde está sua tia? – mamãe perguntou.

Junior deu de ombros.

– Ficou fora o dia todo.

Mamãe pareceu decepcionada quando fomos embora.

Comemos enquanto andávamos, nenhuma das duas preenchendo o silêncio confortável, e Porto Coral começou a despertar enquanto íamos em direção à praça da cidade. Os resedás estavam florescendo brancos e rosa, enquanto os jacarandás soltavam flores roxas na grama. Papá El estava ali com os seus picolés. Os sabores mudavam todo dia, mas sempre havia algo tropical e doce. A primavera estava florescendo, e minha mãe tinha voltado, mas eu só sabia quanto tempo um dos dois iria durar. Dei uma mordida grande do meu *pastelito*, enfiando os dentes na goiabada e no queijo.

– Por que você estava procurando a sra. Peña? – perguntei.

– Para vê-la – ela respondeu simplesmente. – Se você voltasse para a cidade, procuraria Ana-Maria, não?

Às vezes eu esquecia que elas tinham crescido juntas. Eu esperava que Ana e eu nunca nos tornássemos distantes como nossas mães.

No calçadão, os passos dela não hesitaram. Porém, quando chegamos à livraria, amarelei como sempre. Antes que ela pudesse ultrapassar meu limite, sugeri depressa:

– Vamos entrar.

Ela limpou o açúcar das mãos antes de me seguir. O sino tocou e eu fui envolvida pelos estalos do fogo e pelo cheiro de cookies de chocolate recém-saídos do forno. Clara vivia ao máximo sua vida de prazeres simples.

– Vou tentar encontrar uns livros de arte. Ênfase em *tentar*. – Ela se dirigiu para os fundos da loja.

Perambulei entre as estantes lotadas mais próximas à entrada. Eram muito desorganizadas e seu conteúdo mudava constantemente, num jogo frenético de esconde-esconde. Entre um romance de brochura e uma série de mangá fora de ordem, ergui os olhos e vi Alex.

O pânico me dominou e eu me escondi.

Agachei e pressionei as costas contra a estante, e minha saia se tornou uma tenda cobrindo meus joelhos dobrados. Mas, espere. Por que eu estava me escondendo? Eu tinha um motivo perfeitamente legítimo para estar ali. Estava fazendo compras com minha mãe... Oh, Deus, minha mãe também estava ali e usando um top ainda por cima. Eu me estiquei o suficiente só para ver Alex.

Ele estava virado de lado, lendo a quarta capa de um livro. A loja ficou mais quente. Poeira entrou em meus pulmões e tossi com força. Alex se virou e eu me abaixei ainda mais. Ele devolveu o livro que estava lendo à estante. Olhei rapidamente entre as lombadas em busca de uma vista melhor.

Ele se inclinou para apanhar a caixa a seus pés e a ergueu, as linhas azuis de sua tatuagem se movendo em ondas suaves, então disse algo a Clara que não ouvi, porque meu coração estava batendo alto demais. Quando foi em direção à porta, dei a volta na estante em silêncio. Seu sorriso foi a última coisa que vi antes de trombar com uma pilha de livros.

– Você está bem? – mamãe e Clara perguntaram enquanto corriam para me ajudar a levantar.

Ergui a cabeça depressa, mas ouvi apenas o tilintar amigável do sino enquanto a porta fechava atrás de Alex.

Apertei a mão contra o coração acelerado e olhei a bagunça ao meu redor. O cheiro de livros antigos e açúcar quente pairava no ar.

– Desculpe por tudo isso – falei para Clara. – Eu arrumo.

– Ah, não se preocupe. – Clara me ofereceu um cookie; eu nunca sairia da mesa das crianças.

Peguei o biscoito, me sentindo com dez anos de idade. Mamãe olhou pela janela e, quando voltou a me fitar, parecia pensativa.

Depois que cada uma de nós comprou dois livros e eu comi outro cookie, saímos da loja.

– Achei que era para ser o contrário – disse mamãe com uma nota de provocação na voz. – Você acabou de se estatelar no chão quando somos nós que devíamos atrair os rapazes para o fim trágico *deles*.

Não foi a piada que me fez perder o ar, e sim a facilidade com que saiu dos lábios dela. Dei meia-volta e percorri o calçadão na direção oposta à marina. Minha mãe me alcançou e tomou meu braço, apertando-me ao seu lado.

– Desculpe – ela disse. Perto daquele jeito, ela era demais para mim: cabelo selvagem, perfume suave, o braço entrelaçado no meu. – Vamos, me conte sobre ele. Faz séculos que você não tem um *crush*.

Não fazia tanto tempo, na verdade. Teve um cara mais velho na minha turma de cálculo na faculdade comunitária que sempre segurava a porta para mim, e uma garota da sorveteria que nunca usava a mesma plaquinha de nome e dizia que eu tinha perfume de morangos. Minha mãe só não tinha estado presente para saber sobre eles.

– Não há nenhum *ele* – falei.

– Bem, ele é bem fofo. As tatuagens são incríveis.

– As tatuagens são do *mar* – repliquei, incrédula. – Ele tem um barco, mãe.

– É? De que tipo? – perguntou ela.

Dei uma risada, sem conseguir acreditar no que ouvia.

– Meu Deus, como pode falar disso de um jeito tão casual?

– Casual? Nossa, você viveu aqui tempo demais. – Ela suspirou e atravessamos a rua. – Estou tão cansada dessa maldição e de todo mundo que acredita nela. As coisas vão melhorar quando você for embora de Porto Coral, vai ver.

Não gostei do jeito como ela falou. Como se eu fosse partir para sempre.

– Falando nisso – continuou ela –, seu último e-mail dizia que você logo iria receber respostas de suas inscrições de universidade. Quais são as novidades?

Eu não tinha considerado como mamãe poderia encarar a notícia. Ela também devia pensar em Cuba. Não tínhamos conversado sobre isso desde que as políticas entre os Estados Unidos e Cuba começaram a mudar, e depois mudaram de novo.

– Fui aceita na Universidade de Charleston.

– Sério? Uau, isso é ótimo. – Mamãe sorriu. – E as outras?

– Outras? Ah, entrei na Universidade da Flórida, na de Miami e na Central da Flórida.

– Boa. – Ela sorriu. – Então por que a garota da Flórida quer ir para a Carolina do Sul?

– Eles têm um programa de intercâmbio excelente. – Esse era um bom jeito de começar.

– Que legal. – É claro que minha mãe viciada em viagens iria aprovar.

Agora vinha a parte difícil. Soltei o ar com força e joguei:

– Em Cuba.

Fez-se silêncio entre nós.

Eu me senti validada pela pausa tensa dela. Era *mesmo* um grande passo para nós ir para Cuba. A ilha da minha família era complicada. Havia exilados que não queriam ter nada a ver com ela até que todos aqueles no poder não estivessem mais lá, e outros que queriam que o embargo terminasse para reconstruir relações. Eu não tinha muita certeza de qual era a minha posição, mas sabia que queria entender o lugar de onde minha família fugira, assim como aqueles que viviam lá agora.

– Então você quer ir pra Cuba – disse ela. Não era uma pergunta, mas uma revelação. Pétalas rosa-claras suaves caíam na calçada entre nós. Chutei algumas de leve. – O que pretende estudar enquanto estiver lá? – ela perguntou.

– Espanhol e aulas de história focadas na ilha.

– E elas se aplicam ao seu curso?

– É claro – falei. – Vou me formar em Estudos Latino--Americanos.

– Ainda?

Parei de andar. Um poste nos separava.

– Como assim "ainda"?

Ela se inclinou contra o poste.

– Imaginei que teria mudado de ideia algumas vezes. A Universidade da Flórida não tinha aquele programa ambiental de que você gostou?

Eu tinha mencionado o programa mais de um ano antes, depois que uma aula de ciências tinha instigado minha curiosidade e fiquei fascinada com biodiversidade e sustentabilidade.

– O programa do curso era um pouco intimidador e não deixava muito espaço para atividades culturais. Além disso, o programa de graduação deles não oferece nenhuma viagem para Cuba.

– Então você vai pra faculdade só para ir a Cuba?

– Claro que não. – Estudar em Cuba era uma possibilidade incrível, mas a meta final tinha que ser me formar e conseguir um diploma. Uma carreira. – Esse é só um dos jeitos que eu posso ir, e faz sentido se vou me formar em Estudos Latino-Americanos.

– Você não tem que fazer uma graduação em ser latina, Rosa. Não é assim que funciona.

A irritação aflorou em mim como a faísca de um fósforo.

– Está falando sério?

Ela ficou em silêncio por um momento, então mudou o rumo da conversa.

– Contou a Mimi?

– Claro que não. Veja como foi divertido contar pra você.

– Só quero garantir que você não esteja tão absurdamente focada em Cuba que perca a chance de estudar o que quer. Há muitas estradas que podem levá-la aonde quer ir.

– Eu *quero* estudar isso, a questão é essa.

E tinha sido nos últimos dois anos da minha vida.

– Só lembre que a escola não é o único caminho. Eu mesma estive em alguns lugares. E, por que não, nós duas podemos ir um dia – ela disse. – A gente falava sobre isso, lembra?

Talvez fosse aí que essa ideia tivesse sido plantada pela primeira vez, brotando do otimismo contagioso de minha mãe diante do impossível. Cuba? Claro. Um dia.

Meu telefone assoviou com uma mensagem da sra. Peña me informando que a reunião de planejamento tinha sido transferida para a sua garagem depois que o clube de leitura tinha se recusado a ceder a sala na biblioteca.

– Acha que posso fazer alguma coisa para o festival?

Virei a cabeça bruscamente. Minha surpresa devia ser óbvia, porque mamãe me deu um sorriso quase tímido.

– Estava pensando em pintar algo. Um mural nada casual.

Fitei o rosto dela por um momento. Como tínhamos passado de questionar minhas escolhas de universidade para ela pintar um mural, eu nunca entenderia.

– Você me pega de surpresa às vezes. Como se fosse uma lufada de vento.

– Seu coração de poeta é gentil demais comigo – disse ela, soando quase culpada.

Mas era ela a poeta, não eu. Enquanto caminhávamos, lembrei da sua história favorita, na qual uma jovem pobre encontrava uma concha rosa enorme que podia levá-la aonde quisesse. A garota viajou a muitos lugares graças à concha e, sempre que nos mudávamos, mamãe me lembrava que ainda estávamos procurando a nossa.

– Quanto tempo você vai ficar? – perguntei com cautela.

Ela se manteve em silêncio por um longo momento. Eu me preparei para a resposta.

– Quanto puder.

Era tão simples e tão complicado. Cansada de falar, peguei meu telefone e abri minhas músicas. Ofereci um fone e ela aceitou.

Escolhi o modo aleatório e começou a tocar uma das canções de domingo de manhã favoritas de Mimi, o ritmo *guajira* de um country antigo. Andamos lado a lado, e imaginei as ruas agitadas de Havana. À esquerda, em algum lugar, o quebra-mar estaria resistindo contra as ondas selvagens que batiam nele. Carros buzinariam enquanto um espanhol amigável e familiar fluía de uma língua caribenha por janelas abertas. Às vezes, bastava ouvir uma música para voltar para casa.

7

Uma pequena multidão já estava reunida perto da porta da garagem aberta dos Peña. Era uma visão típica, uma vez que a casa de Ana era uma base para todo mundo: amigos, primos ou qualquer pessoa com uma família distante ou que tinha migrado recentemente. Nós nos reuníamos para aniversários, feriados e toda véspera de Natal para a *Noche Buena*. Quando o sr. Peña cozinhava, as pessoas apareciam.

Na entrada da garagem, mamãe devolveu meu fone e fui encontrar Ana, que estava basicamente hipnotizada pelos murais na garagem. Um era o mapa que eu desenhara da praça, que a sra. Peña tinha ampliado. O outro era uma lista organizando tarefas em um cronograma muito detalhado. Os dias eram divididos por cores, com uma legenda bonita do lado. Pus a mão sobre meu coração.

– Isso é arte.

O sorriso largo da sra. Peña vacilou quando notou mamãe atrás de mim.

– Oi, Liliana. – Houve um momento de hesitação antes que elas se cumprimentassem com um abraço rápido e um beijo na bochecha. – Quando voltou para a cidade?

– Ontem à noite. Passei na bodega esta manhã.

Mike chegou, e eu fugi daquela conversa fiada constrangedora. Quando mamãe voltava, raramente comparecia às reuniões da cidade, por isso sua presença provocou olhares curiosos.

– Ei, ouvi dizer que tudo isso foi ideia sua. – Mike sorriu para mim. – É a sua cara fazer todo mundo ganhar lição de casa extra.

Negro, nerd e superartístico, Mike morava com os pais e a avó do outro lado da rua. Skatista com hobbies de velhos, como entalhar madeira e montar quebra-cabeças, ele era aprendiz de Oscar, o Carpinteiro Ermitão. Oscar morava no antigo quartel dos bombeiros e todo mundo na cidade tinha em casa algum objeto feito por ele, como nossa mesa da cozinha. Oscar vinha atrás de Mike e parou diante do mural, estudando-o em silêncio.

Ana entrou na garagem, batucando com suas baquetas roxas, e sorriu para Mike.

– Você conseguiu tirar Oscar da oficina? Impressionante.

– A sra. Peña precisa de mesas e placas novas – explicou Mike. – Precisa também de ajuda com o palco.

Mimi chegou com Malcolm, Dan e Penny, cujos pés balançavam para fora do *sling* que o pai usava atravessado no peito. Mimi cheirava à água de hortelã que às vezes borrifava em suas plantas.

– *Doña* Santos – disse Mike quando se aproximou de minha *abuela*.

Ela ofereceu a bochecha e ele a beijou com determinação. Gostava de praticar espanhol com as *abuelitas* dos outros, e Mimi se derretia toda vez.

Os últimos a chegar foram Jonas e Clara – e por fim Alex. Ele olhou na minha direção e eu sorri, mas seu olhar sombrio passou reto por mim. Meu sorriso murchou como um bilhete não entregue.

Ele parecia o pescador carrancudo de novo. O vaso de hortelã e a caixa de livros quase tinham me feito esquecer.

A sra. Peña foi até o centro da garagem, os cartazes formando um lindo pano de fundo atrás dela.

– Obrigada por terem vindo. Temos muito trabalho a fazer em pouco tempo. – Ela parou e todo mundo olhou para mim. Eu dei um aceno rápido. – É primavera, e todos sabemos que amamos nossa estação de festas. – Um murmúrio de concordância percorreu a garagem.

Tentei prestar atenção enquanto a sra. Peña falava sobre inscrições de vendedores, um leilão silencioso, apresentações musicais e a ideia de torneio de dominós que tinha feito sucesso, só que eu estava ocupada demais tomando consciência plena da minha postura. Inclinei um pouco o quadril. Pelo canto do olho, espiei Alex examinando a garagem. Ele era uma cabeça mais alto que Jonas, mesmo inclinado contra a parede. Meus olhos começaram a doer com o esforço de olhar para o lado, e torci para não ter goiabada no casaco depois de ter comido aquele *pastelito* mais cedo.

– ...e os marinheiros vão fazer a regata...

Imaginei o porto e a água salgada borrifando enquanto os barcos partiam em direção ao horizonte. Senti uma onda de tontura.

– Eu gostaria de pintar um mural – anunciou mamãe. A garagem ficou em silêncio. Todos olharam para qualquer ponto exceto para ela. – Eu faço esse tipo de trabalho e gostaria de fazer um aqui. Vocês podem apresentá-lo no festival. – Sua voz falhou e me perguntei se mais alguém reparou.

Olhei para Mimi, que a observava com curiosidade.

O silêncio estava ficando constrangedor. A sra. Peña olhava suas anotações.

– Onde? – perguntou Mimi. – Você não tem muro nenhum aqui.

Mamãe não olhou para ela. Seu olhar havia se fixado de modo desafiador na sra. Peña, esperando uma resposta.

– Ela pode fazer no meu. – A voz rouca de Oscar me assustou. Ele passou uma mão pelo cabelo escuro, que estava ficando grisalho nas têmporas. – Pode usar o lado do quartel. Os tijolos estão desbotados, mas deve funcionar. Se quiser.

O sorriso de minha mãe transbordou de alívio.

– Obrigada, Oscar.

A sra. Peña se recuperou.

– Certo, ótimo. Então Liliana vai pintar um mural e a marina vai receber... – Ela prosseguiu com a lista, mas minha atenção estava em mamãe e Oscar. Eles eram amigos? O carpinteiro calado também tinha deixado Porto Coral e voltado depois. Eu sabia que tinha partido depois do Ensino Médio e retornara como um oficial da Marinha aposentado que construía móveis, mas será que conhecera minha mãe quando eram crianças? Ou meu pai?

– O que acha, Rosa? – perguntou a sra. Peña, interrompendo meus pensamentos e trazendo-me de volta à garagem.

– Ótimo – respondi. Do outro lado da garagem, Alex pareceu surpreso. Mimi me deu um olhar afiado de preocupação enquanto mamãe sorria como se soubesse de um segredo. – Ai, meu Deus, eu não estava ouvindo – murmurei para Mike. Ao nosso lado, Ana escondia uma risada atrás da mão. – O que aconteceu?

Ele abaixou a cabeça.

– Jonas ofereceu aquele Alex para te ajudar com a organização do casamento deles.

– Espere, o *quê*?

O olhar de ódio de Alex abrindo um buraco no mural mostrava como ele se sentia em relação a isso.

– Eu te disse – provocou Ana. – Você não tem ideia do que está fazendo.

Quando a sra. Peña terminou de distribuir as tarefas e encerrou a reunião, corri para alcançar Clara na calçada.

– Rosa! – exclamou ela, de novo a noiva ruborizada. – Eu realmente não via um jeito de conseguirmos casar depois de cancelar tudo, mas isso vai ser ainda melhor! Nunca quisemos um evento grande, mas, com todo mundo se unindo pelo festival e o porto, agora se tornou tipo uma aventura. Vai ser tão romântico Jonas e eu termos nosso momento com minha mãe aqui. Estou tão animada!

– Que bom, Clara. Mas, hm, eu estava me perguntando se podíamos repassar umas coisas, talvez, sobre o que ficou decidido lá dentro?

– Ah! Claro, bem...

– Posso providenciar a comida.

Eu me virei e dei de cara com Alex atrás de mim. Ele olhava para Clara com os braços cruzados.

– E arranjo o bolo – ele continuou.

– Maravilha! – disse Clara. – Já tenho meu vestido, é claro, e nossos detalhes pessoais como os votos, mas com tudo o que está acontecendo vamos precisar de um pouco de ajuda para organizar e executar o momento.

Clara virou seus olhos apaixonados para mim. Quase conseguia ver passarinhos de desenho animado chilreando ao redor dela.

– Não se preocupe com nada – falei. – A gente cuida de tudo.

Ela ergueu as mãos como se estivesse emoldurando Alex e eu em uma foto.

– A equipe dos sonhos – disse ela, então me entregou várias listas de flores, músicas e sabores de bolo. – Vou para Gainesville de manhã com Jonas para falar com a universidade. Nos desejem sorte!

Ela bateu palmas antes de se virar. Eu não era a melhor pessoa para distribuir qualquer tipo de sorte.

O sr. Gomez lançou um olhar desconfiado para Alex e eu e apontou para seus olhos, então para os meus. Sim, entendi a mensagem.

– Parece que vamos planejar a festa juntos então – comentei casualmente. – Mas eu tinha imaginado que você iria para Gainesville com eles.

– Não gosto muito de reuniões.

– Entendo, veja só o que acontece quando você comparece a uma – brinquei.

Então algo incrível ocorreu: ele sorriu. Quer dizer, quase. Foi um tremor suave dos lábios e sumiu em um instante, mas um raiozinho de luz tinha atravessado as nuvens daquele garoto cheio de sombras. Eu tinha que tomar cuidado; um sorriso real dele podia ser fatal.

– Hm, então, é. – Pigarrei e dei uma olhada nos papéis em minha mão. – Diz aqui que eles adorariam uma cerimônia rápida no crepúsculo. O local exato não é importante, então eu cuido disso e das flores, e você pode providenciar o bolo e o champanhe. Moleza. Tudo bem pra você?

Ele assentiu e enfiou as mãos nos bolsos.

– E se eu precisar de alguma outra coisa? – arrisquei.

– Pode me encontrar no meu barco.

Eu ri, o som um pouco alto demais para ser confortável ou divertido. Era a coisa mais absurda que alguém já dissera para mim.

– A maioria das pessoas tem celular.

Lá estava outra vez: um quase sorriso. Por motivos egoístas, eu queria tirar um de verdade.

– Se ligar pra ele, eu não poderei atender.

Que mal-educado.

– Por que não?

Ele deu de ombros.

– Derrubei o meu no mar e ainda não comprei outro.

Alex se virou e, com um aceno para trás, se afastou na calçada em direção à marina.

Ana veio até mim.

– Tome cuidado com esse aí.

– Minha mãe está olhando para mim? – perguntei num sussurro.

– Ela esteve olhando o tempo inteiro.

Suspirei. Parecia que eu estava provando que ela tinha razão sobre alguma coisa, e não gostava disso. Eu não tinha nada que ficar falando com garotos com barcos. Silenciosamente repeti isso para mim mesma enquanto o observava partir.

8

Na manhã seguinte, me dediquei a terminar minha última redação para a bolsa de intercâmbio. Quer dizer, me dediquei a começá-la. Fiquei mordiscando uma bala de morango enquanto ruminava diante do cursor e da tela em branco. O cursor era uma coisa exigente. *Vamos, Rosa, conte-nos de novo por que devemos te dar dinheiro.* Eu respondera a todas as variações de *Por que você?* apresentadas até então, mas ali estava eu, incapaz de compor uma frase. Talvez estivesse esgotada. A matrícula dupla tinha fritado meu cérebro. Alguém alerte os *viejitos*, Rosa Santos atingiu o ápice! Olhei para a data no calendário para contar os dias até maio, mas minha atenção foi puxada para o dia de hoje. O dia antes do aniversário de mamãe. O dia em que o barco de meu pai não voltou. Fechei o laptop e fui encontrar Mimi.

As janelas estavam abertas para a brisa quente que carregava um aroma doce e cítrico. Atravessei o jardim, absorvendo o perfume vicejante. Havia um conhecimento sagrado naquelas raízes vivas e vibrantes. Remédios e receitas secretas, uma coleção passada de mãe a filha. Segui a pulsação da casa até a porta de tela e cheguei ao jardim dos fundos, onde Mimi jogou pimentas em uma cesta antes de se endireitar. Ela pressionou as costas e se inclinou para se alongar, fechando os olhos enquanto erguia o rosto para o sol. Fiquei pensando sobre seu sorriso contente, e uma súbita pontada de culpa se insinuou em meu bom humor.

Reconectar-me com minha mãe tinha sido como se eu estivesse fazendo uma balança pender para um lado, uma balança que eu sequer sabia existir e que de repente havia encontrado. Ir para Cuba implicava magoar Mimi também? Eu não sabia como equilibrar essa balança e amava os dois lados igualmente.

– Precisa de ajuda? – perguntei, me aproximando.

Mimi pegou sua cesta, notando que eu ainda estava usando minha camiseta de dormir.

– *Oye, pero* acabou de acordar?

Engoli um suspiro.

– Estava escrevendo uma redação no quarto.

Ela fechou a cara com meu tom frustrado, então rapidamente desfez a expressão e apertou minha bochecha. Depois de um momento de hesitação, disse:

– *Voy a hacer uma medicina para la tos.*

– Quem está tossindo?

Ela deu risada.

– Todo mundo. Nossas flores são muito bonitas, *pero carajo,* as alergias...

Mimi abaixou a mão e voltamos para o jardim, onde trabalhamos lado a lado como sempre. Ela fatiou e mediu sem seguir nenhuma instrução escrita. Fui fazendo igual, espiando por cima do seu ombro e rabiscando notas no meu diário coberto de folhas e raspas de grafite. Ela me mostrou como cortar as pimentas do jeito certo. Eu descasquei e fatiei gengibre enquanto ela cantarolava sozinha e vertia mel dourado na garrafa, uma poção de cura que logo aliviaria uma garganta inflamada e acalmaria uma tosse persistente. Eu não sabia se era uma curandeira como Mimi, mas fazer esse xarope com ela era como ouvir um segredo, uma história sobre meu lar e minha família.

Quando ela voltou para dentro para nos preparar um chá, dei uma olhada na sua mesa bagunçada. O sistema organizacional de Mimi era quase tão ruim quanto o da livraria. Embaixo da hortelã seca havia um caderno aberto com a letra cursiva dela, com ingredientes listados para diferentes óleos e poções, notas de rodapé rabiscadas com pressa e em cores diferentes, ordens e lembretes sobre tosses e costas doloridas. O nome "tia Nela" me fez parar.

Eu nunca ouvira falar de uma tia. Pelo que sabia, nossa família se resumia a nós três. Quem tinha ficado em Cuba já tinha morrido. Não tinha? Mas as notas sobre Nela apareciam ao longo das páginas, escritas entre tônicos e plantas que, de acordo com as anotações de Mimi, ela não conseguia encontrar fora de sua ilha. Ela listou cidades cubanas, e rapidamente li cada nota para ver se havia mais nomes ou até endereços, mas em vez disso encontrei diferentes relatos de cura. Em Camagüey, um garoto doente que levantou do leito de morte. Em Pinar del Río, gado curado que salvou a fazenda de uma família. Uma mãe que encontrou a filha perdida em Holguín. Um rastro de milagres. Como Mimi sabia o que estava acontecendo em Cuba?

– Mel? – perguntou Mimi.

Pulei de susto e escondi depressa o caderno.

– Sim, por favor – gritei, embora meu coração estivesse batendo na boca.

Ela voltou com duas xícaras. Fiquei olhando enquanto ela tomava um gole cuidadoso, esperando não parecer tão culpada quanto me sentia, mas, à medida que o chá aquecia meu peito, minha mão se coçava para pegar o caderno e ler mais. Eu queria – não, eu *precisava* – saber mais. Só tinha de achar um jeito de começar a conversa.

– Vou à loja de ferramentas hoje com Oscar e Mike. Eles estão me ajudando com o casamento.

– *Qué bueno.* – Mimi pegou seu borrifador e virou-se para cuidar do manjericão.

– Como foi o seu casamento?

Ela parou, a garrafa imóvel na mão. Depois de um momento, borrifou o manjericão.

– Pequeno. Eu também me casei na primavera.

Eu aguardei, ansiosa.

– Vocês se casaram em Havana?

– Ah, não. – Ela riu. – *Papi* teria me matado. Alvaro e eu casamos em Viñales, na igreja. Alvaro ainda morava em Havana como estudante, mas sabia que era importante para a minha família casar perto da nossa fazenda.

– Espere, ele era um estudante?

Ela assentiu.

– Na universidade.

– A Universidade de Havana?

– Foi o que eu disse.

– Mas por que nunca me contou?

As defesas dela voltaram ao lugar e ela voltou sua atenção para as folhas verdes à sua frente.

– *Ay, mira*, esta está murchando.

Vou para a mesma faculdade que meu abuelo. As palavras queriam ser pronunciadas e eu queria libertá-las enquanto minha *abuela* evocava lembranças felizes para mim. Eu encontraria significado nas ruínas de uma língua que eu só conhecia em pedaços espalhados e inacabados. Porém, como um fantasma, ela flutuou para suas plantas. Minha confissão se reacomodou no seu esconderijo, empoleirada em minhas costelas. Um pássaro sem poder voar.

Era a falta de coragem que me impedia? Eu tinha medo de magoá-la e de que ela, por sua vez, partisse meu coração por causa de algo que era tão importante para nós duas.

– Onde está minha mãe? – perguntei, me preocupando outra vez com a balança. Mimi suspirou enquanto os sinos de vento tilintavam baixinho.

– Na nova parede dela. Vá lembrá-la de que dia é amanhã.

❖

No caminho para a loja de ferramentas, parei ao lado do antigo quartel dos bombeiros. Minha mãe estava em pé, estudando a tela vazia com os braços cruzados. A tinta branca parecia fresca. Seus jeans estavam desbotados e salpicados com pontos coloridos.

Ela inclinou a cabeça para trás, parecendo tanto com Mimi que me perguntei se elas reconheciam as similaridades.

– O que está pensando em fazer? – perguntei, me aproximando.

Mamãe não se assustou.

– Não sei ainda.

Ela olhou para mim antes de virar de novo para a parede, como se estivesse medindo seu oponente.

Gladys parou na calçada entre os prédios. Ela usava sua camiseta de boliche e carregava sua bolsa. Olhou para nós, depois para a parede.

– O que você vai pintar?

Mamãe não interrompeu sua contemplação.

– Não tenho certeza ainda.

– Bem, faça algo bom – disse ela. – O resto de nós vai ter que olhar pra isso todo dia, sabe. – Ela seguiu seu caminho. Mamãe pareceu ter levado um soco.

Quando Gladys sumiu de vista, comentou:

– Ela iria perder a cabeça se soubesse que pessoas de outros lugares me pagam para fazer isso.

– Eles nunca viram seu trabalho.

Mamãe só enviava seus álbuns de foto para mim.

– Estão preocupados demais erguendo proteções contra meu suposto mal. – Ela parecia cansada, e seu cabelo estava mais escuro na sombra. – As pessoas em outros lugares não olham para mim como se eu desse azar, o problema é que nenhum outro lugar parece certo. – Ela bateu o pincel contra a palma da mão. – É fácil ter uma cidade natal quando você não tem que partir.

Era a primeira vez que eu ouvia minha mãe falar aquilo tão abertamente.

– *Ter* que partir? – perguntei, mas ela continuou encarando a parede. Eu estava tão cansada do silêncio de todos. Tentei de novo. – Bem, você pode ficar por um tempo. De repente, isso ajuda com a sua reputação. – Ela também não disse nada sobre isso. Era tão teimosa quanto Mimi. – O que quer fazer no seu aniversário amanhã? – perguntei, frustrada com as duas e com sua batalha interminável.

Era a primeira vez que ela estaria em casa nessa data.

Ela pareceu confusa por um momento, como se estivesse tentando se situar no tempo e no espaço. A resposta veio com um olhar de angústia.

O aniversário dela era complicado. Seu pai tinha morrido para salvá-la. Mimi tinha se tornado mãe e viúva em sua busca por liberdade. E dezoito anos antes – um dia *antes* do seu aniversário – meu pai saiu apressado para um dia de trabalho a fim de comprar um presente para ela, querendo criar novas lembranças em um dia difícil. Mas ele nunca voltou, e agora a vida dela era marcada por duas tragédias.

– Esqueci – murmurou ela. Ficou andando diante da parede agitada por um momento. Seu olhar pulava das cores aos seus pés para o espaço em branco à frente dela. – Eu nunca esqueci antes.

A surpresa engoliu o que quer que eu estivesse prestes a dizer. Mamãe se lembrava de tudo, até os mínimos detalhes. Quando dava um presente, era sempre inspirado por uma lembrança que você quase tinha esquecido, e a emoção de relembrá-la significava tanto quanto o presente em si. Ela parecia inquieta agora, como se estivesse a um passo de ir embora outra vez.

– A entrada dele na doca ainda está vazia – contei, e ela finalmente olhou para mim.

Agora, eu também sabia uma coisa. De um jeito meio egoísta, era gratificante possuir informações desejadas.

– Como você sabe?

– Você nunca perguntou? – Ela não disse nada. – A sra. Aquino me contou.

Como era possível amar tanto alguém e nunca falar sobre as coisas importantes? A pergunta implícita parecia tão alta que praticamente quicou da parede ao nosso lado. O tempo deveria amenizar o luto, mas parecia funcionar ao contrário na minha família. Quanto mais distância ganhávamos de uma tragédia, mais fundo a enterrávamos e com mais força ela nos assombrava.

Minha mãe analisou a parede em branco à sua frente. Então se inclinou para guardar suas tintas, e um raio de sol invadiu o beco atrás dela, me cegando por um segundo.

– Tenho que ir – disse ela.

Senti uma pontada de pânico e frustração.

– Já?

– Eu volto hoje à noite.

– Aonde vai?

Em vez de responder à minha pergunta, ela disse:

– Vamos jantar amanhã para comemorar meu aniversário. Como uma família.

Se ao menos ela parecesse feliz por estar de volta...

9

— *Eu só me* sinto meio presa entre elas – confessei, apertando meu caderno contra o peito. – Mas de onde vem toda essa culpa? É porque estou mantendo um segredo, não é?

Oscar e Mike esperavam, ambos segurando pedaços de lenha. A loja de ferramentas estava movimentada.

Mike olhou entre a madeira e eu.

– Presa entre essas duas?

Estávamos ali fazia meia hora – Mike tinha vindo correndo da escola –, mas eu estava tão distraída que estava desperdiçando muito o tempo deles.

– Desculpe, é que é tão fácil conversar com vocês dois – falei.

Oscar grunhiu como se eu o tivesse acusado de algo terrível.

– Qual você queria, Rosa? – perguntou de modo um pouco brusco, mas paciente.

Olhei para a página aberta do meu diário e observei meu rascunho do arco de madeira de Clara e Jonas.

– A madeira mais clara, acho. E talvez a gente possa acrescentar um pouco daquela da praia? O que acha, Mike?

– Acho que você deu um passo maior que a perna, mas, sim, podemos usar a bétula.

Virei a próxima página, onde ficava meu projeto secreto para Clara.

– Acha que estas luzes estão boas? – perguntei a Oscar, estendendo o caderno para ele.

Ele examinou outra vez o rascunho dos meus planos.

– Sim. Vou conferir com o sr. Cordova, mas deve funcionar.

O ganido de uma serra elétrica encheu a loja, e o aroma pungente e quase doce de madeira recém-cortada pairou pesado no ar. Mike e eu fomos fuçar em gavetinhas de parafusos e dobradiças. Ele enrolou as mangas até os antebraços e prendeu um lápis atrás da orelha. Eu não sabia o que era para procurar, apesar de ter perguntado sete vezes, por isso só sentei numa caixa e peguei meu celular para conferir meus e-mails.

– Por que você anda hiperdistraída? – ele perguntou depois de um momento.

– Eu não contei para Mimi que vou para Charleston.

– Quê? – Ele pareceu chocado. – É melhor contar logo. Diacho, se minha vó descobrisse que é a última a saber de algo... não quero nem imaginar. Tudo o que eu tivesse dito desde que fiquei sabendo do fato e não contei para ela seria considerado mentira. Avós são meio exageradas.

– Mas não estou mentindo. Só não contei para ela ainda.

Ele me deu um olhar que dizia *aham, certo*.

– Só quero ir pra Cuba. Não deveria ser tão complicado. Não é como se eu fosse desistir da faculdade ou fugir com um marinheiro argentino.

– Por que argentino?

– Não sei, Mimi sempre torce contra eles no futebol. – Suspirei. – É culpa da minha mãe. Ela se apaixonou por um rapaz com um barco e agora fica vagando sem rumo, constantemente chateando a mãe dela e me deixando a ver navios. – Franzi a testa. – Péssima analogia.

– Terrível. Mas duvido que ela tenha se apaixonado por seu pai para irritar Mimi.

– De todas as pessoas, por que ele? Tinha que ter outro cara para ela se apaixonar.

Ele sorriu diante do meu sarcasmo desanimado.

– Mudança de assunto: sabe qual é a última do seu amigo Mike? Ah! Você tem que ver o barco que estou fazendo. – Seus olhos faiscavam de empolgação. – O abeto que Oscar encontrou para mim saiu diretamente dos meus sonhos. Quer dizer, no momento é basicamente uma canoa, mas vai velejar, *baby*.

– Você também? – resmunguei. – Por que de repente estou cercada por rapazes com barcos?

Mike parou de procurar entre os parafusos de cobre.

– É verdaaaade. Você e Alex estão planejando seu casamento. – Eu fiz uma careta e Mike sorriu. – Espera, você vai mesmo fugir com um marinheiro argentino?

– Você me namoraria?

– O *quê*? – espantou-se ele. Sinceramente, a pergunta era uma surpresa para mim também, mas o pânico no rosto dele era um pouco exagerado.

– Não estou te convidando para sair, Michael – falei devagar. – Só estou curiosa se você já pensou em mim desse jeito.

– Por quê? Você está pensando em mim desse jeito?

Primeiro as risadas de Paula e Frankie e a compaixão constrangedora na bodega, e agora o choque de Mike. Será que eu ainda estava na pré-escola?

– Esquece. – Eu me ergui. Nem sabia o que eu estava perguntando. – Tenho que... ai, meu Deus. – Virei de volta para Mike. Alex estava atrás de mim no final do corredor fuçando nas outras cestas. Cheguei bem pertinho de Mike e abaixei a voz. – Fale normal comigo.

– Você primeiro – retrucou ele, então olhou atrás de mim. – Ah, o seu noivo.

– Chiu – sibilei entredentes.

Mike continuou observando-o, apesar de toda a gritaria na minha cabeça para que parasse. Ele me olhou com um entendimento súbito. Não gostei nem um pouco.

– É por isso que você está toda hiperativa e culpada. Tem um *crush*.

– Quê? Não. – Balancei a cabeça. – Não tenho.

– Tem, sim. O cara é o seu tipo: misterioso e caladão.

– Eu não tenho um tipo nem um *crush*. Gostar dele seria uma péssima ideia.

– No entanto, aqui estamos – insistiu Mike, sorrindo.

– Não estamos, não. Não estamos em lugar nenhum.

– Com licença.

Mike e eu viramos abruptamente para a direita. Alex estava ali e indicou a prateleira atrás de nós. Sem dizer nada, saímos do seu caminho. Ele deu um passo para a frente e pegou uma caixa de parafusos. O silêncio era tão agudo que quase assoviava.

– Oi, Alex – falei, animada demais. – Bom te ver.

Mike estendeu a mão para Alex e eles se cumprimentaram enquanto eu lentamente morria na loja de ferramentas.

– Superlegal falar com vocês, mas preciso ajudar Oscar. A gente se vê por aí.

Mike me deu dois tapinhas no ombro, então simplesmente me abandonou para uma morte por afogamento.

Eu realmente *não* conseguia entender Alex: esperava que saísse correndo como antes, mas ele ficou onde estava. O momento foi tomado por uma expectativa tensa, e ele passou uma mão pela camiseta azul empoeirada que parecia macia.

– Veio comprar alguma coisa? – perguntou.

Aliviada por ter algo a dizer, contei:

– Não, vim planejar a pérgola para Jonas e Clara. Oscar vai construir para mim.

– Legal. – Ele não se mexeu.

O silêncio se estendeu.

– Você tinha perguntas sobre o bolo ou algo assim?

Ele me deu um olhar estranho.

– Hã, não. Está tudo certo.

– Legal, legal. Bem, tenho que falar com o sr. Cordova sobre a iluminação.

– Estou indo para aquele lado também. – Ele bateu na caixa em sua mão. – Preciso pagar.

– Certo, claro.

Tentei não gritar de vergonha enquanto íamos até o caixa. Alex tirou uma carteira de couro detonada do bolso de trás e pagou pelas coisas. O sr. Cordova, dono da loja de ferramentas, olhou para nós com curiosidade enquanto aceitava o dinheiro de Alex e embrulhava suas compras. Ele tinha sido meu professor de matemática no quinto ano.

– Oscar mostrou o que eu preciso?

O sr. Cordova sorriu.

– A encomenda já está feita, deve chegar no começo da semana que vem. – Seu sorriso morreu enquanto ele lançava um olhar perscrutador para Alex e para mim. Tentei me erguer um pouco na ponta dos pés. – Vocês estão trabalhando no casamento?

– Sim – respondi. – Em partes diferentes.

O sr. Cordova resmungou:

– Bom.

Alex não disse nada, só pegou sua mochila e foi até a porta. Segurou-a aberta e olhou de volta para mim. Eu o segui para fora, onde o sol brilhava forte.

Sozinhos na calçada, deixei escapar:

– Eu te vi na livraria.

Ele pareceu confuso.

– Hoje?

– Não, ontem... antes da reunião. Você pegou um livro e daí colocou de volta. – Meu Deus, por que eu estava dizendo isso para ele? Parecia que o estava seguindo. – Adoro aquela loja.

– Eu estava procurando um livro sobre nós.

– Nós?

Ele hesitou um segundo.

– Coisas de barco – explicou.

O cheiro de caramelo queimado e baunilha me atingiu e me perguntei que tipo de café ele bebia.

– Desculpe por ter chamado de festa sua ideia para o festival. – O pedido de desculpa surpreendente saiu rápido, mas sério. – Eu já devia ter me desculpado por isso.

– Se você me conhecesse, saberia que eu levo meus projetos muito a sério.

– Mas eu conheço... – Ele parou e finalmente olhou para mim. – Você não lembra de mim. De antes.

– Antes? – Ele pareceu perplexo com a minha surpresa, como se imaginasse que eu me lembrava de algo que não lembrava, mas eu não o conhecia antes da reunião da cidade. – Não é possível. Eu tenho uma memória muito boa e, além disso, sou uma Santos. – A parte do "e você é um marinheiro muito fofo com uma tatuagem do mar" ficou implícita.

– Bem, eu não tinha um barco na época.

Na época? Minha mente voltou anos, até os corredores do Ensino Médio, procurando por ele.

– A gente tinha aulas juntos?

– Não, mas você almoçava perto de mim.

Meu segundo ano voltou de uma vez. Eu não tinha o mesmo horário de almoço que meus amigos, então sentava sozinha em um banco embaixo dos carvalhos, onde podia fazer minhas tarefas na sombra. Em minha memória, olhei para a direita, e ali, encostado na parede de tijolos, ele estava sentado, usando fones de ouvido e segurando um caderno, assim como eu.

Ele sorriu para mim quando o encontrei. Alex, um pouco mais

velho e com barba, moldou-se no garoto quieto que já tinha sentado a alguns metros de mim um semestre inteiro, nós dois habitando o mesmo espaço e nenhum ultrapassando a fronteira do outro.

– Alejandro – soltei. As lembranças se encheram de cor: a parede de tijolos vermelhos e desbotados e a grama recém-cortada, meu aroma preferido de framboesas e o caos selvagem da hora do almoço. Mas à minha frente havia um garoto com cabelo escuro bagunçado cujo foco eu invejava tanto que decidira guardar dinheiro para comprar fones melhores. Eu o imaginei alto, como a maioria das pessoas é para mim, e ele sempre tinha um livro apoiado contra as longas pernas. A única vez que o ouvira falar foi no telefone com alguém. – Você falava espanhol.

Ele assentiu.

– Meus pais falam. Você conheceu minha mãe.

Certo. A sra. Aquino.

– Ela conhecia o meu pai. – O momento ensolarado parecia cósmico. Havia algo ali, algo curioso e inacabado. Eu queria saber mais sobre ele. Talvez houvesse mais pontos em que nossas vidas se conectavam, mais lembranças que nós dois partilhávamos. Mas o alarme do meu celular tocou. – Tenho que ir – falei apressadamente. – Mas quero saber sobre...

Você. Será que podia dizer isso? Não fazia ideia de como continuar a conversa. Fazia tanto tempo que eu não conhecia alguém. Talvez fosse só isso: nervosismo por causa de uma amizade nova com alguém tão grande que bloqueava o sol.

– ...os recifes de ostras. – Abri meu caderno de novo. – Posso marcar uma data para fazermos isso?

– Claro – disse ele depois de um segundo. Cliquei a caneta, pronta para escrever. – Tenho a maioria das tardes livres.

– Ótimo. – Escrevi rapidamente. – E onde posso te encontrar?

– No meu barco.

Minha caneta deslizou e ergui a cabeça da linha torta. Enquanto o observava partir, novamente dirigindo-se ao porto, percebi duas coisas. Primeiro, ele não era muito fã de despedidas. E segundo? Alguém avise os *viejitos* – brincadeira, não façam isso –, mas eu tinha bastante certeza de que estava prestes a ter um *crush* em um garoto com um barco.

10

Naquela noite, minha mãe ainda não tinha voltado. Frustrada, passei pela sala vazia e deitei na cama com Mimi para assistir à novela com ela.

– ¿Qué es eso? – perguntou ela, olhando para o meu rosto.

– Uma máscara facial descartável – expliquei, ajeitando os travesseiros atrás das costas.

– Máscara descartável, ¿qué es máscara descartável? – Mimi se inclinou sobre o criado-mudo e pegou seu tubinho familiar de creme. – Me encanta esta creme.

– Mimi, tenho dezoito anos. Não preciso de creme antirrugas.

Ela abriu o tubo e espalhou um pouco no pescoço.

– ¿Qué pasó?

– Nada, estou bem.

– ¿Y tu madre?

– Não sei aonde ela foi. Ela se esqueceu do aniversário, o que, é claro, significa que esqueceu que dia é hoje.

– Ay, mi niña. – Ela deu um suspiro triste e pesado, surpreendentemente maternal.

– Por que você não fala desse jeito com ela?

– De que jeito? – perguntou ela, mas, antes que eu pudesse explicar, o comercial acabou e ela me silenciou.

Assistimos ao capítulo juntas e, um pouco mais tarde, ouvimos o som da porta da frente abrindo e fechando. Depois de mais alguns instantes, mamãe enfiou a cabeça no quarto.

– O que estão fazendo?

– Miguel está prestes a descobrir que na verdade é o seu gêmeo morto, Diego – respondi, aliviada por vê-la. Ela sentou-se na beirada da cama e Mimi estendeu o creme antirrugas. Mamãe o abriu sem dizer nada e passou um pouco sobre as bochechas.

– Aonde você foi? – perguntei, porque tinha que saber.

Estava cansada de nunca fazermos as verdadeiras perguntas. Mamãe relanceou entre nós.

– Vocês duas são uma visão e tanto.

– É relaxante e hidrata a pele seca que eu herdei – retruquei.

– Certo. Bem, deixe-me ver... comprei uma garrafa de vinho e sentei no fim das docas, onde bebi tudo antes de enfiar um bilhete dentro e jogá-la no mar.

– Sério? – perguntei.

Eu não esperava isso.

– Eu faço isso todo ano.

Mimi emanava desaprovação ao meu lado.

– Mas essa é a primeira vez que está em casa nesse dia – eu ressaltei.

Mamãe balançou um pouco.

– Estou sempre em algum lugar no Golfo. Ano passado estava

em... – Ela franziu a testa em concentração, mas sua expressão ficou mais suave quando ela lembrou. – Louisiana.

– Você está bêbada – falei, irritada.

Mamãe fazia aquilo todo ano e eu nunca soube.

Ela balançou a mão.

– Vim a pé da marina.

– Alguém viu você na marina?

– Quem?

Mimi estendeu a mão para o seu medalhão de santos no criado-mudo e murmurou uma prece.

– As pessoas, mãe. Os pescadores e marinheiros que dizem que somos amaldiçoadas.

– Sim, provavelmente. – Ela devolveu o creme para Mimi depois de várias tentativas de fechar a tampa. – Nunca descobri como engolir meu luto de um jeito tão respeitável como você, Mami.

– *Borracha* – Mimi acusou de leve.

– *Y diciendo verdades* – retrucou mamãe, se erguendo.

Ela oscilou um pouco, mas conseguiu ficar em pé.

– E isso não parece meio errado para você? – perguntei.

– Bem, acho que pode ser considerado poluição marítima.

– Não, mãe. Emocionalmente errado.

Ela deu uma risada cruel e esticou a mão até a parede, apalpando o caminho até a porta. Levantei da cama.

– Vamos, eu pego uma água para você.

– Mas achei que a água tinha nos amaldiçoado – murmurou ela. Quando trombou com a porta, olhou para mim sobre o ombro e disse: – Não estou bêbada. Só sou desastrada.

Agarrei seu braço e a levei à cozinha, deixando-a numa cadeira e enchendo um copo de água. Eu o ofereci e ela considerou.

– Minha mãe nunca deixou que eu a visse chorar – admitiu ela, pensativa. – Eu sempre tive muito medo de ficar triste, porque achei que seria engolida inteira. – Ela olhou para mim com os olhos castanhos brilhando de emoção. – Quero que saiba que não tem nada de errado em ficar triste. – Ela sorriu e tocou meu rosto. Percebi que ainda estava com a máscara, então a tirei. Mamãe me observou. – Você parece um fantasma que voltou à vida. Ah, querida. Eu não devia ter deixado você aqui. Você ficou toda… séria.

– Você não me deixou, mãe. Eu escolhi ficar.

Ela me olhou como se estivesse lembrando.

– Você e ela sempre se deram bem – sussurrou, então bebeu a água, me deu um beijo na bochecha e tropeçou até o sofá.

Eu a ajudei a tirar os sapatos e fui pegar seu cobertor preferido da minha cama, mas, quando voltei, ela já estava coberta com a colcha do quarto de Mimi. Ergui os olhos; minha *abuela* estava na porta do seu quarto. Seu rosto estava exaurido de tristeza. Ela não falou nada antes de fechar a porta.

Observei minha mãe dormir e me perguntei o que ela escrevia em seus bilhetes para o mar.

❖

Mamãe dormiu até tarde na manhã seguinte. Esparramada no sofá com a boca semiaberta, ela provavelmente acordaria com uma ressaca merecida, mas isso era entre ela e Mimi.

– Feliz aniversário, mãe – sussurrei.

Ela estava apagada.

Faltando cinco minutos para o meu turno no trabalho, entrei correndo na sala dos fundos da bodega, feliz por pegar Ana a tempo. Era o meio da semana, então ela só iria à bodega pegar comida grátis na sua hora de almoço antes de voltar à escola. Desenhos coloridos pulavam na TV. Junior e Paula estavam sentados na frente de Ana com bandejas de *croquetas* de presunto e torradas.

Afundei na poltrona ao lado de Ana.

– Preciso falar com você.

– Ora, ora, vejam só quem apareceu. – Junior ergueu os olhos do celular com um sorriso provocador. – As mulheres Santos são boas em criar *chisme*. – Minha impaciência para falar com Ana foi substituída pelo medo do que minha mãe tinha feito agora. – Espere, tem uma foto.

Eu queria morrer. Ou matá-la. Oh, Deus, alguém a tinha visto bêbada nas docas. Ana, Paula e eu nos inclinamos para olhar a foto. Fui tomada de alívio, então imediatamente fiquei indignada. Éramos eu e Alex na calçada do lado de fora da loja de ferramentas na tarde anterior.

Soltei uma exclamação chocada.

– Está me espiando, seu pervertido?

Paula deu um tapa no ombro do irmão.

– Não! – protestou ele. – É do Instagram dos *viejitos*.

– Aqueles *chimosos* – sibilei.

Mas era uma boa foto. A luz do sol estava toda suave e dourada, destacando minha pele marrom e uma saia floral que dava ao meu corpo baixo e curvilíneo uma silhueta legal. A cabeça de Alex estava inclinada em minha direção.

Paula roubou o celular da mão do irmão.

– Caraca, esse é *Alex*? O cara ficou gostoso.

Ela tentou ver as próximas fotos, mas Junior conseguiu recuperar o aparelho.

– Vocês parecem bem íntimos. – Junior apontou para o celular. – Estão se dando um olhar bem intenso, se é que me entende.

É claro que eu não entendia, mas queria olhar a foto de novo. Ana estava me dando um olhar que gritava "eu te disse".

– Você arranjou tempo para sair escondida com esse cara e aposto que nem contou para Mimi.

– Sobre Alex?

– Não, sobre a faculdade!

– Escute – falei. – Não estou saindo escondida com Alex. Todas as vezes que o vi estava fazendo alguma tarefa. Começou quando eu quase bati a bicicleta de entregas...

A risada de Junior ficou engasgada na garganta.

– Que diabos você está fazendo conversando com estranhos quando foi entregar os pães? O que eu te disse? – Ele bateu na têmpora. – Falta malandragem.

– Então eu o vi na livraria e ele estava lendo sobre cordas e nós...

– Cordas e nós? – Ana praticamente berrou. – Sabe quem lê sobre cordas e nós? Sequestradores e assassinos, Rosa!

– Você escuta *podcasts* demais – acusei. – São coisas de barco.

Ana bateu um dedo na mesa.

– Isso é exatamente o que um assassino diria.

A porta para a loja se abriu e revelou a sra. Peña, seguida por Lamont Morris. Ele usava jeans escuros e uma camisa de manga curta com estampa de pequenos abacaxis e tinha a mochila jogada sobre o ombro. Sua expressão tensa relaxou ao me ver e ele abriu um sorriso.

– Oi, Rosa.

– E aí, orador? – respondi, retribuindo o sorriso.

Nossa competição para o posto de honra tinha sido amigável.

A sra. Peña pegou a prancheta.

– Adolescentes são minha sina fatal. Agora você está me dizendo que não tenho uma banda? – perguntou ela para Lamont.

O rosto dele franziu de tensão.

– Acho que Tyler e eu podemos fazer um show acústico, mas, pra ser totalmente sincero, somos péssimos nisso.

– *Dios mío.* – A sra. Peña esfregou as têmporas.

– O que aconteceu? – perguntei a Lamont, eu sabia que ele era o baixista na Electric.

– Brad se mudou para Nashville – ele me contou, então reparou no meu olhar de incompreensão. – Brad é o cretino do nosso baterista. Bem, o cretino do nosso ex-baterista.

Ao meu lado, Ana se animou.

– Eu sou baterista!

A cabeça da sra. Peña virou bruscamente na direção da filha. Ela a observou, então virou-se para Lamont.

– Ela é baterista.

– Legal. Você tem sua própria bateria?

Antes que Ana pudesse responder, a sra. Peña interveio, tanto aflita como aliviada:

– Sim, ela tem. E foi bem cara. – Ela apontou a prancheta para Ana. – Se eu te der uma baterista, você me dá uma banda de novo, certo?

– Pode apostar. – Lamont virou para Ana. – Encontre a gente na garagem do Tyler hoje à noite para ensaiar.

Ana concordou com calma, mas depois que ele saiu seus olhos se iluminaram de empolgação e ela soltou uma gargalhada descontrolada.

– Acredita nisso? Uma banda! Uma banda de verdade e um show! Ai, meu Deus, *finalmente*.

Ela agarrou meus ombros e me sacudiu.

– Ana! – a sra. Peña gritou de algum lugar dentro da loja. – Escola! Agora!

O sorriso de Ana não vacilou.

– Temos uma banda e um festival para salvar.

Ela me soltou e pegou as baquetas roxas na mesa, batucando um ritmo enquanto saía da sala.

– Não se esqueçam, o jantar de aniversário da minha mãe é hoje à noite – anunciei antes que todos se dispersassem.

A sinceridade descarada de mamãe na noite anterior tinha me inspirado. Bêbada, ela tinha revelado a Mimi que vinha jogando garrafas no mar todo ano e o mundo não tinha acabado. Mimi até a cobrira com uma colcha e a olhara com carinho depois da confissão. Eu queria isso. Talvez a gente discutisse depois que eu contasse sobre Havana, mas ficaríamos bem depois de uma conversa desconfortável. E Ana tinha razão: Mimi provavelmente não gritaria comigo em público.

– Melhor não afiar as facas hoje – disse Paula.

– Talvez eu precise de ajuda para nos separar quando começarmos a discutir.

– Você é uma neta ou um árbitro? – perguntou Junior.

– Tem diferença?

Vesti meu avental e fui estocar cerais e ensaiar como contaria as novidades para Mimi. Finalmente.

11

No fim do meu turno, encontrei minha mãe e Mimi no salão externo recém-reformado da bodega. As mesas, pintadas em cores ousadas, eram iluminadas por lanternas de lata. Mimi observou as mudanças recentes com curiosidade. A margarita à frente da minha mãe me mostrou que ela tinha superado a ressaca. Os *viejitos* nos observavam, prontos para relatar a briga inevitável.

Benny parou ao lado de nossa mesa.

– Hoje, temos entradinhas.

– Mentira, nunca temos entradinhas – falei.

O sr. Peña fazia o jantar e ponto. Ele não entendia por que as pessoas queriam petiscos antes da comida.

– Minha mãe está tentando algo novo. – Benny acenou para as luzes e as cadeiras. – Teve muita briga na cozinha, então por favor não peçam nenhuma entradinha mesmo que pareça gostosa.

– Você é um péssimo garçom – brinquei com ele.

– É o que vivo falando para eles.

Mimi soltou um muxoxo.

– Você é um bom menino que trabalha para ajudar sua família. – O elogio era para ele, mas a insinuação era um presente de aniversário para mamãe.

– Diga à sua mãe para continuar mandando tequila – disse minha mãe, agitando o gelo no copo.

Benny, obviamente notando a tensão, recuou um passo antes de dar meia-volta e sair correndo. Nem sempre foi assim. Quando eu morava só com minha mãe, costumávamos fazer algo divertido e ridículo para comemorar nossos aniversários. Quando completei sete anos, comemos pizza em todas as refeições e alugamos todos os filmes de Star Wars, e no ano seguinte fomos a um campo de patinação na Georgia que vendia picolé de conserva de picles e tocava música disco sem parar. Sempre comíamos até explodir e ríamos muito, por isso envelhecer parecia uma experiência perfeita. Contudo, quando nos mudamos para Porto Coral, o dia – como tudo o mais entre nós – mudou.

A sra. Peña nos serviu *ceviche* de camarão e vieira acompanhado de chips de plátano recém-saídos da fritadeira e *chicharrones* crocantes. A apresentação do prato estava toda elaborada, bem diferente de como o sr. Peña geralmente fazia. Como a sra. Peña esperava na mesa, adiamos nossas discussões e demos a primeira bocada.

– Como está? – perguntou ela. Mamãe e eu fizemos um joinha e Mimi se inclinou com gosto sobre a barriga de porco frita. – Bom – prosseguiu a sra. Peña, satisfeita. – Vou lá contar ao meu marido teimoso, depois talvez o mate.

Ela partiu, e eu coloquei uma montanha de *ceviche* num plátano frito e o enfiei na boca. O limão e o sal cantaram em uníssono.

— Vi sua parede hoje – Mimi comentou com minha mãe. – É branca. É só isso? Se quer pintar casas, a nossa precisava de uma mão extra.

— Não pinto casas.

— *Pero* poderia. Seria trabalho fixo, não?

— Não estou procurando um trabalho fixo.

Enfiei três chips na boca.

Mimi fez um som de desdém.

Continuei atacando o *ceviche* enquanto elas travavam outra discussão. Era moderada e principalmente passivo-agressiva, mas atraímos alguns olhares. O sr. Gomez estava fingindo tirar uma *selfie*, mas notei que a tela estava apontada para mamãe e Mimi. O sr. Saavedra estava pegando a senha da internet com Benny. Distraída, me perguntei se eles tinham aprendido a fazer vídeos ao vivo. As brigas de mamãe e Mimi eram como as marés – inevitáveis, mas o perigo poderia ser maior dependendo dos ventos. Por isso eu só ficava fora da água.

Imaginei como aquela mesa seria com mais duas pessoas. Será que, se minha família fosse inteira, e não despedaçada, nossas arestas seriam assim tão afiadas?

— Mimi, tenho que te contar uma coisa. – eu não podia vacilar desta vez, pois tinha ensaiado a tarde inteira, e as caixas de cereal tinham reagido bem à notícia.

Mimi ajeitou as pulseiras no braço.

— *¿Qué pasó, mi amor?* – ela questionou.

— Passei numa universidade na Carolina do Sul, e quero estudar lá, porque eles têm um programa de intercâmbio em Cuba, na Universidade de Havana, na verdade, e eu pretendo ir.

Arranquei o curativo como uma profissional. O silêncio resultante possivelmente iria me matar, mas e daí? Eu tinha conseguido.

Mimi pôs seu copo de água na mesa.

– ¿Qué? – ela perguntou em voz baixa, com um olhar afiado.

– Eu quero ir para Cuba – insisti. – Para estudar. Quero estudar lá.

Mimi olhou para minha mãe.

– O que você fez?

Mamãe fez um sinal para Benny lhe trazer outra bebida.

– É decisão de Rosa, não minha. Nem sua.

– Você não pode voltar. – A voz de Mimi parecia pequena e assombrada.

– Mas eu nunca estive lá. Quero conhecer a ilha, agora que podemos.

Mimi balançou a cabeça.

– Por que não? – perguntei, desesperada e frustrada.

As mãos dela se agitaram, as pulseiras sibilando.

– A fazenda não existe mais, nossa família está morta, todo mundo passa fome e um Castro ainda está vivo, e mesmo assim você quer estudar lá? *Dime qué quieres.*

A tensão fluía da nossa mesa como uma nuvem de tempestade que engoliu o restante do salão. Um jogo de dominós não se mexia na mesa dos *viejitos* e as cadeiras se recusavam a ranger debaixo de seus ocupantes constrangidos. Até a brisa parou.

O que é que eu queria? Eu queria a garantia de poder fazer todas as perguntas que tinha na cabeça a respeito da minha família e da minha cultura a alguém que perdera as duas coisas. Eu queria que ela sentisse orgulho, que me contasse as coisas, mas em vez disso ela escondia tudo. Nosso passado era uma ferida que jamais iria cicatrizar, e eu não sabia como fazê-la entender que só queria aliviar a dor. Para todas nós.

Os olhos castanhos firmes de Mimi faiscavam.

Enfiado na minha bolsa, meu celular apitou com uma notificação, interrompendo o confronto. Eu o peguei, porque era o som das mensagens que vinham do meu e-mail escolar. Meu coração deu um salto quando li que era do diretor do programa de intercâmbio. Abri sem ler o assunto do e-mail.

Então precisei ler várias e várias vezes para entender as primeiras frases.

Agradecemos o seu interesse. Houve mudanças recentes nas políticas nacionais com relação a estudantes americanos viajando para Cuba. Precisaremos revisar o programa. O restante do e-mail se tornou um borrão aquoso.

– O que aconteceu? – quis saber mamãe.

Tentei falar, mas precisei de algumas tentativas para organizar meus pensamentos fraturados.

– Hm, bem. – Guardei o telefone, com um nó na garganta. – Na verdade, acabei de receber a notícia de que o programa de intercâmbio para Havana foi... cancelado por ora.

Enquanto mamãe e Mimi me encaravam com expressões estoicas, percebi que eu devia ter adivinhado que algo assim aconteceria. Não havia motivo para ficar surpresa ou decepcionada nem para chorar. Sequer o momento do e-mail me pareceu estranho; é claro que isso aconteceria à garota amaldiçoada assim que ela tivesse juntado coragem.

– Viu? – disse Mimi depois de um segundo. – Você não pode ir. Se tentar, eles vão ficar com você. Vão jogá-la na prisão e, quando levam a pessoa para a prisão, ela não volta.

Mamãe baixou a voz:

– Ela não vai pra prisão, Mami.

– Você não estava lá – sibilou Mimi em espanhol. – Eles aparecem e te levam porque você disse a coisa errada à pessoa errada. E você não volta.

– É por isso que você foi embora? – Meu coração estava em algum ponto na garganta e parecia grande demais. Eu me sentia ávida e egoísta. – Por que ia ser presa?

– Não era seguro – explicou Mimi com os olhos assombrados. – Não estávamos seguros. – Ela piscou para a janela familiar de El Mercado. Examinou o espaço ao nosso redor, notando os *viejitos* na outra mesa e a praça da cidade iluminada por lâmpadas a gás mais adiante. Ela parecia tensa e pronta para surtar ou fugir. Com uma mão trêmula, pegou o copo de água gelada. – Eles prometem uma coisa e depois a tomam de você. *Carajo, qué mierda* – ela xingou.

Mamãe engasgou com sua bebida e desatou a tossir.

Benny entregou nossas bandejas de arroz com frango com *tostones* e *yucca* encharcados em *mojo*.

– Tem flan quando vocês terminarem.

Ele me lançou um olhar triste. Tinha ouvido a notícia, então.

Enfiei o garfo no arroz, mas tinha perdido o apetite. Uma ideia basicamente impossível tinha se confirmado como tal. Era tão simples e inevitável, como nós três. Mimi estava secretamente procurando por milagres em uma ilha que nunca mais veria, enquanto minha mãe jogava cartas no mar que ninguém jamais leria. E agora havia eu, a filha obediente que não conseguia vencer.

– Não tem nada de errado em ficar triste – disse mamãe enquanto eu entrava em luto por um futuro que nunca tinha sido meu.

12

Depois que Mimi estava acomodada na cama com suas novelas, fui para o jardim e peguei o caderno dela. Ao sair, parei na porta do seu quarto e disse:

– Tenho que terminar umas tarefas de casa com Ana.

Focada em sua TV e no creme antirrugas, Mimi só assentiu. Na varanda, silenciosamente fechei a porta atrás de mim.

– Quando eu escapava de noite, tinha que usar a janela.

Assustada, derrubei o caderno. Mamãe o fitou e depois a mim. Ela sabia que não era meu, mas não expliquei e ela não perguntou nada. Continuou a se mover para a frente e para trás preguiçosamente na cadeira de balanço.

– Bem, ela confia em mim – falei.

Mamãe assentiu com uma expressão pensativa, voltando os olhos para o céu noturno.

Sem nada mais a dizer, eu me virei.

– Tome cuidado – recomendou ela enquanto eu me afastava.

Segui o som da bateria até a garagem de Ana. A sala estava vazia exceto por ela e o instrumento. A família provavelmente estava no andar de cima, mas as regras dos Peña diziam que Ana podia tocar até as nove. Ao me avistar ela acenou, mas continuou tocando qualquer que fosse a música em seus fones. Eu me acomodei em um sofá laranja velho. Quando ela terminou, empurrou os fones para trás da cabeça.

– Como estava?

– Incrível.

Ela estreitou os olhos.

– Que música eu estava tocando?

– Você sabe que eu não sei.

– Ensaiei com a banda hoje e, nossa. Foi tão melhor do que com a banda de jazz. Quer dizer, assim que cheguei lá, o cantor, Tyler, disse que... O que aconteceu?

– Quê? Nada! Me conte sobre o ensaio. – Estava ficando mais difícil manter o sorriso.

– Você está com cara de quem vai chorar.

Dei risada. Soou um pouco desequilibrada.

– É minha cara de sempre.

Ela não se convenceu.

– O que foi?

Com a voz cuidadosa, confessei:

– Cancelaram o programa em Havana.

Ana se ergueu e me puxou para um abraço apertado. Minhas lágrimas escorreram em seu ombro. Ela não era sentimental, mas fazia um esforço quando eu precisava.

– Você vai dar um jeito – sussurrou ela, parecendo muito segura de algo sobre o que eu não tinha certeza. – A ilha está bem ali embaixo e, que inferno, até navios de cruzeiro estão indo pra lá agora. Não é como para Mimi ou seus pais. *Você* pode ir, independentemente da escola.

Eu me afastei e enxuguei o rosto.

– Estou chateada, mas também surtando porque agora... eu não sei o que quero. E eu *sempre* sei o que quero. Será que ainda quero ir para Charleston? Considerei a Flórida a sério? Miami? Ou até outro curso? Tudo tinha se alinhado de um jeito perfeito e legítimo para eu estudar em Cuba, indo contra tudo que dizia que eu não podia.

Nós nos encaramos no silêncio que se seguiu. Ana ergueu as sobrancelhas.

– A indomável Rosa Santos no meio de uma pequena crise.

Estendi o dedão e o indicador e tentei medir meu pânico em centímetros.

Ela empurrou minha mão para baixo.

– Você está ficando *tikitiki*.

– Não estou.

– Está, sim – disse ela. – Você está estressada porque está acostumada a impressionar. – Tentei discutir, mas Ana se recusou a me ouvir. Ela morava em uma casa cheia de latinos, então era difícil falar mais alto que ela. – Está, sim. Está com medo de decepcionar todo mundo. Você se preparou até a morte, mas não deve uma história de sucesso a ninguém.

– História de sucesso? Ana, *não estou* construindo uma. Pelo contrário, estou sendo muito egoísta e estava totalmente preparada para me aproveitar de todo o trabalho e sacrifício de Mimi e partir o coração dela.

Ana estava balançando a cabeça.

– Você não estava fazendo de um jeito óbvio, tentando se tornar uma advogada ou doutora. Mas não está parando para considerar o que *você* quer, porque seu sonho de diáspora sempre foi crescer e parar de questionar se é latina o suficiente ou se merece o que Mimi perdeu.

– Isso não é... – Não terminei.

Suficiente. Eu ainda estava tentando entender como me sentia. Eu era uma coleção de hífens e palavras bilíngues, sempre presa no meio. Duas escolas, duas línguas, dois países, nunca completamente certa ou suficiente para qualquer um dos dois. Meus sonhos eram baseados em um empréstimo feito muito tempo antes de mim, e eu o pagava com culpa e sucesso, cuidando de um jardim cujas raízes não conseguia alcançar.

– Eu *quero* ver Cuba – falei com a voz baixa, porém firme.

– Eu sei.

– E quero que Mimi fique feliz e orgulhosa de mim e... – Suspirei, disposta apenas a admitir parte da verdade vulnerável. – Quero que minha mãe volte para casa.

Ana bateu no caderno em minhas mãos.

– Deixe eu adivinhar, você já escreveu um plano novo para fazer tudo isso acontecer.

– Na verdade, não. Este caderno é de Mimi. Eu queria ver se você podia me ajudar com um feitiço de purificação, porque preciso me livrar dessa nova leva de energia ruim depois da última reviravolta decepcionante.

– Rosa Santos, está me dizendo que veio pra cá, depois da sua hora de dormir, para fazer *brujería* comigo?

Eu quase podia ouvir Mimi sibilando.

– Sim.

Ana sorriu.

– Incrível.

Folheei o caderno.

– Eu devia fazer algum tipo de ritual – decidi. Lembranças de Mimi e minha mãe trabalhando juntas voltaram tão claramente que pude sentir o cheiro pungente das ervas e o aroma cítrico e doce da água-de-colônia. – Uma purificação ou algo assim. Acender umas velas, falar as palavras certas e chutar pra fora o *juju* ruim.

Ana assentiu.

– Lembra aquela vez que amarramos um fio numa maçaneta?

– Isso foi para São Dimas. Eu tinha perdido meu caderno e precisava que ele me ajudasse a encontrá-lo.

– E quando escrevemos nossos desejos e os deixamos em tigelas de água sob a cama?

Meu sonho tinha sido ficar mais alta. Suspirei.

– Você realizou o seu?

– Hã, *parece* que eu fui descoberta pela Janelle Monáe e vou tocar com a banda dela na sua próxima turnê mundial? – Ela bateu num címbalo, então apontou a baqueta para mim. – Ei, Walter Mercado, encontrou meu horóscopo aí?

– Não, mas talvez tenha encontrado uma tia perdida.

– Quêêê? – Ana ficou boquiaberta. – Uau. Talvez isso realmente acabe como uma novela.

Encontrei o nome de Nela em outra página ao lado da cidade de Santiago e outra cura milagrosa.

– Nem sei se Mimi tem irmãs, ela só menciona os pais mortos. Talvez Alvaro tivesse irmãs?

Virei uma página nova e encontrei um pequeno desenho de uma raiz. Eu nunca pensei em Mimi como alguém que gostava de desenhar, mas parecia uma ilustração de botânica, com detalhamento das partes da raiz. Ao lado, havia instruções para queimá-la e jogar as cinzas no mar junto com sete moedas de um centavo. As cinzas eram para libertação e as moedas eram uma oferenda, pedindo proteção. A segunda parte fazia sentido. As coisas sempre eram feitas em números ímpares e moedas carregavam muita energia – as pessoas as infundiam com desejos antes de jogá-las. Mimi me aconselhava a nunca pegá-las por aí. Quando passavam pelas suas mãos, ela as purificava e guardava para oferendas futuras.

– Acho que encontrei algo. – Descrevi o ritual para Ana. Antes de fazer qualquer coisa, eu precisava me certificar de que estava com a cabeça no lugar. – Vou fazer uma limpeza antes de fazer isto.

Eu não tinha tempo para um banho espiritual, embora precisasse fazer um em breve, e definitivamente não tinha fumaça de charuto, mas havia outras coisas que eu sabia fazer.

– Mas você não tem essa raiz – observou Ana.

– Não, mas aposto que Mimi tem.

Corremos para a minha casa e nos esgueiramos para o jardim através de uma das janelas abertas.

– Espero que a gente não tope com minha mãe – sussurrei.

– Por quê? Ela vai ficar brava?

– Não, porque eu estaria provando que ela tem razão.

Tentando nos mover do jeito mais furtivo possível, silenciosamente vasculhamos as mesas e estantes de Mimi. Os jarros de vidro tinham tamanhos diferentes e todo tipo de ingredientes. Garrafas mais escuras estavam enfiadas nos fundos, com infusões envelhecidas. Afastei os ramos de ervas secas pendurados e examinei os jarros.

– Olha só a gente fuçando as coisas de bruxa de Mimi. – Ana riu baixinho. – É como no Ensino Fundamental. Não vou encontrar olhos nem nada assim, certo? – Uma tigela de cerâmica bateu contra a mesa e Ana rapidamente a endireitou. – Desculpa.

Enfim, na terceira estante, achei uma raiz parecida com aquela que Mimi tinha desenhado. Tirei do jarro e notei que cheirava como alcaçuz.

– Consegui.

Antes de sair, conferi a mesa dela e encontrei uma pilha de moedas. Havia exatamente sete. *Quando o número certo se apresenta, é um convite*, Mimi me dissera certa vez. Peguei as moedas.

Ana pulou da janela e eu a segui, tentando não rir.

Na casa dela, sua mãe perguntou se eu já tinha jantado. Falei que sim enquanto Ana roubava um ovo da geladeira às costas dela, então corremos para o andar de cima e nos escondemos no seu quarto.

Jogamos os bens pilhados na cama dela.

– Esqueci do óleo – murmurei.

Ana pegou uma vela azul aromatizada da estante.

– De que tipo?

Eu queria um dos óleos de unção de Mimi, mas não queria

entrar de novo na casa escondida para não pôr em teste o meu terrível azar.

– Não tenho certeza.

– Tenho óleo de coco no banheiro, espere. – Ana saiu do quarto e bateu na porta do banheiro. – Você está aí faz uma hora! – ela gritou. Benny gritou algo de volta. Ana desceu as escadas batendo os pés, então voltou correndo um momento depois. Ela fechou a porta atrás de si e ergueu uma garrafinha. – Peguei azeite.

Esquentei algumas gotas na palma antes de fazer um círculo no pavio da vela com o azeite.

– Espere, eu esqueci... – murmurei.

Ansiosa, bati a vela contra a mesa três vezes e exalei trêmula antes de pedir por proteção e orientação. Ana apagou as luzes, me observando. Passei o fósforo na caixa, acendi o pavio e segurei o ovo sobre a vela tremeluzente por alguns segundos antes de fechar os olhos e mentalizá-lo acima da minha cabeça. Eu o passei pelo meu couro cabeludo em movimentos circulares antes de abaixá-lo para a nuca, sobre a garganta e em volta dos ombros. Abri um olho e sussurrei:

– Esfregue isso em mim.

– Se Mike pudesse nos ouvir – murmurou Ana antes de pegar o ovo e fazer o que eu pedi. Quando terminou, se ergueu. – E agora?

A porta estremeceu, assustando nós duas. Benny enfiou a cabeça dentro do quarto.

– Ei, o que vocês estão...

Ana pulou e bateu a porta na cara dele.

– Vou contar pra mãe que vocês estão fazendo *brujería* – ameaçou ele do outro lado.

Trocamos um olhar, então Ana escancarou a porta e o deixou entrar, furiosa.

Eu peguei o copo de água em cima do criado-mudo dela e quebrei o ovo dentro.

– Me lembre de não beber isso – disse Ana.

– Que merda vocês estão fazendo? – perguntou Benny.

Analisei a gema. Parecia bom, não havia nada flutuando. Nenhum sinal de qualquer coisa selvagem ou perigosa pairava sobre mim.

– Certo – falei, aliviada. – Só preciso queimar aquela raiz, jogar as cinzas no mar, então devo estar pronta para decidir onde vou fazer faculdade.

Benny ergueu as sobrancelhas.

– Cara, você leva os estudos *muito* a sério.

13

Foi uma caminhada silenciosa até a marina, onde parei nas escadas outra vez. Meu novo ponto sem volta. Nos bolsos da jaqueta jeans havia um saquinho de cinzas e as sete moedas. Dei o primeiro passo em direção às docas. Ali era muito escuro, ventoso e selvagem. Como eu ainda estava em Porto Coral? Minha cidade aconchegante e confortável tinha sumido, engolida por um oceano faminto e revolto que eu não conseguia enxergar. Quando um gato preto se descolou das sombras e parou à minha frente, outra pessoa poderia ter considerado um sinal de azar, mas esta *brujita* aqui viu um familiar.

– Onde fica a doca C? – sussurrei.

O gato começou a se lamber. Esperei, patética e desesperada.

Finalmente, ele se esticou e se afastou pelas docas. Eu o segui depressa. Os barcos pareciam todos atracados para a noite. Procurei algum tipo de placa ou mapa, mas não havia nada, só as luzes que pendiam em fios, como estrelas, no deque dos fundos do restaurante Estrela-do-Mar.

Tinha passado das nove horas. Eu devia estar em casa, indo

deitar com um livro, uma caneca de chá de erva-cidreira e uma máscara facial – aquela nova, dourada e cintilante que cheirava a mel.

Inteiramente perdida, suspirei para as estrelas.

– O que estou fazendo aqui?

– Rosa?

Soltei um grito.

Alex congelou com um pé na doca ao meu lado e o outro ainda no barco.

– *O que* você está fazendo aqui?

Apontei acusadoramente para o gato.

Ele franziu o cenho, olhando entre nós enquanto saltava para fora do barco.

– Luna?

– Você a conhece? – perguntei com a voz esganiçada.

– Ela passa bastante tempo aqui. Rosa, sério: o que você está fazendo aqui?

Eu não sabia como minha despreocupada mãe andava pela cidade com pincéis e garrafas de vinho enquanto eu me sentia ridícula e deslocada só por estar ali. O tom ríspido e emburrado de Alex não ajudava, e meus olhos se encheram de lágrimas constrangedoras. De jeito nenhum eu iria me expor ainda mais e mencionar minha mãe ou meu pai. Pobre Rosinha, tão perdida que saiu perseguindo gatos de rua.

– Foi você que me disse para te encontrar no seu barco – falei.

Alex me olhou como se eu tivesse três cabeças.

– Eu não quis dizer à noite.

– Bom, falha minha – retruquei de modo arrogante e dei meia-volta, sabendo perfeitamente que podia estar seguindo na direção errada.

– Rosa, espere. – Parei e olhei por cima do ombro. Alex estava parado atrás de mim, esfregando a testa. – Não quis ser grosso. – Ele parecia tão sincero e ansioso que me virei para encará-lo. Ele passou a mão pelo cabelo, que caiu sobre sua testa quase numa onda, e gesticulou para um banco que eu não tinha visto. – Quer sentar?

Considerei ir embora, mas precisava de um momento, e aquele *crush* em potencial realmente queria que eu sentasse para conversar com ele. Cada um numa ponta, encaramos a escuridão. Ele se inclinou para a frente e ficou analisando as mãos, girando os dedões em padrões tranquilizadores. Luna se enrodilhou a nossos pés. Era quase aconchegante.

– Eu vim ver de onde meu pai partiu pela última vez. – Falar em voz alta era como aceitar um desafio.

Eu me sentia ousada e, sim, um pouco confusa também. Mas não era terrível.

– Mas por que veio à noite?

Dei risada, sentindo-me cansada e um pouco delirante.

– Não queria que ninguém me visse.

Eu olhava fixo para a frente, evitando vislumbrar o que quer que houvesse no rosto dele. Eu não tinha como explicar o que carregava nos bolsos.

Alex apontou para a frente.

– É aquela no fim dessa doca.

Eu examinei o ponto vazio com um nó na garganta. Então, foi ali que tudo tinha dado errado. De novo.

– É tão comum – falei.

Eu tinha passado a maior parte da vida tentando não virar minha mãe, pelo bem de Mimi, porém foi só quando agi um pouco como ela que descobri algo importante.

– As pessoas mencionaram quando eu atraquei meu barco aqui. Essa parte das docas não é a mais... popular.

– Você não é supersticioso?

– Sou falido, principalmente – admitiu ele. – Ter que pagar um ano de uma faculdade que você não terminou deixa a pessoa humilde.

– Por que não terminou? – perguntei, então fiz uma careta. – Desculpe, você não precisa responder.

– Tudo bem. Fico surpreso que os *viejitos* ainda não tenham feito um relatório completo.

A suavidade de seu sotaque espanhol me distraiu por um cálido momento. Era estranhamente fácil conversar com ele assim, nós dois olhando para a frente e trocando olhares de relance em instantes furtivos e cautelosos. Nas sombras, éramos como duas crianças sussurrando depois que os outros já foram dormir em uma festa de pijama.

– Foi mais um obstáculo necessário para provar que eu sei o que funciona ou não para mim – explicou Alex. – Eu odiava a escola e era um péssimo aluno, e a faculdade não mudou isso.

– Você odiava por algum motivo particular?

Eu amava ser estudante e às vezes temia que fosse a única coisa em que era boa.

– Eu tinha dificuldades de aprendizado. – Seu tom era automático, como se tivesse ouvido as palavras aplicadas a si um milhão de vezes. – A escola era uma chatice e eu tinha que aprender coisas de um jeito que meu cérebro não entendia, então fazia muitas matérias em turmas especiais na escola. Provavelmente é um dos motivos para você não lembrar de mim.

– Talvez, mas você também tem barba agora.

Ele pareceu confuso, então apontei para meu queixo e depois o dele.

– A barba te faz parecer ter mais de dezenove anos.

Alex apalpou a metade inferior do rosto e me peguei imaginando como seria passar a *minha* mão pela sua barba e talvez pressionar meu rosto contra o pescoço dele. Fiz uma careta, surpresa comigo mesma. Conversar sob o luar realmente suavizava *muitas* arestas.

– Onde você estudou?

– No Texas. A família do meu pai é de lá, e foi onde a gente morou até eu fazer dez anos e minha mãe nos trazer para cá, pra ajudar com o Estrela-do-Mar depois que a mãe dela morreu. Eu sempre quis voltar.

Ele olhou para a água como se estivesse procurando sua cidade natal do outro lado do Golfo.

– Não é muito fã de Porto Coral?

– Não sou fã de mudanças.

Em algum momento na conversa, ele tinha pegado um pedaço curto de corda e suas mãos estavam ocupadas amarrando nós enquanto ele falava. Fiquei assistindo, fascinada. A corda parecia gasta e macia.

Alex ergueu os olhos e parou. Imediatamente eu me senti uma intrusa.

– Desculpe, não quis... – comecei a falar, mas ele balançou a cabeça.

– É uma válvula de escape – admitiu ele com a testa franzida. – Me acalma quando fico nervoso.

Por que ele estava nervoso? Será que era por minha causa? A sensação era eletrizante.

Seus dedos puxaram a corda, e o nó se desfez.

– Meu pai me deu esta corda para me ensinar diferentes tipos de nó quando eu era mais novo. Era um jeito de me manter ocupado ou distraído enquanto ele trabalhava nos barcos na marina. Depois de um tempo, se tornou um jeito de manter as mãos ocupadas e relaxar.

– E você ainda tem a mesma corda?

– Sim – disse ele, com uma nota de orgulho na voz.

Refleti sobre as pedras de toque e os talismãs que todos portávamos e a energia que eles continham depois de tanto manuseio e esperança. Enfiei a mão no bolso e recontei as moedas.

– E ajudou na escola?

– Várias coisas ajudaram, mas nunca ficou mais fácil. A corda me lembra que, apesar de reprovar em Física, eu sou um ótimo marinheiro.

Olhei na direção de onde ele tinha aparecido antes.

– Aquele é o seu barco?

– Sim. Se você perguntar ao meu pai, é por causa dele que larguei a faculdade. Não é verdade, mas não me arrependo. Eu amo meu barco. Quer dizer, até moro nele.

Encarei o barco a vela com fascínio renovado e notei a luz acesa do lado de dentro. Ele morava naquela minúscula casa que podia levá-lo aonde ele quisesse ir.

– A única coisa boa do meu ano de faculdade foi o estágio no departamento de biologia. Como eu sabia navegar, ajudei com os projetos no Golfo. Isso abriu oportunidades diferentes de trabalho.

– E agora você voltou para ajudar Jonas?

– Voltei para comer corvo servido por meu pai *e* para ajudar Jonas. A marina é importante para mim. Eu fiz umas coisas legais e quero poder fazê-las aqui também.

– Então você *gosta* de Porto Coral?

Alex observou as estrelas por um momento antes de se virar para mim.

– Às vezes gosto muito. E você? Aonde vai depois que se formar? Havana, certo?

Eu não tinha mais uma resposta definitiva. Era tão desorientador quanto estar ali à noite.

– Acabei de descobrir que o programa com a Universidade de Havana foi cancelado, agora não sei mais. Fui aceita em alguns lugares. Tenho até maio para decidir. – Estreitei os olhos como se estivesse contando. – Em outras palavras, tenho algumas semanas para fazer minha escolha.

– Muita coisa pode acontecer em algumas semanas.

Alex cruzou os braços, e o luar refletiu em suas tatuagens. Percebi com um susto renovado que ele era um marinheiro com um barco *ali do lado*.

Me ergui num pulo.

– Está tarde. É melhor eu ir.

Alex levantou, e eu tive que erguer o queixo para encarar seus olhos. Ele me examinou por um momento com um semblante amigável e curioso.

– Bem, agora você sabe onde me encontrar.

Ele voltou para o barco e Luna o seguiu. Esperei um pouco antes de ir até a doca vazia. Meu cabelo açoitava meu rosto enquanto eu confrontava a água escura e respirava lentamente o ar frio e salgado.

Meu pai havia partido para sempre, mas também estava lá fora em algum lugar. Talvez fosse por isso que mamãe nunca ficasse parada. Será que eu queria ficar livre do azar ou da possibilidade de me apaixonar? Enfiei a mão no bolso e lancei as cinzas e as moedas no mar.

14

— Dormiu tarde?

Mamãe e eu estávamos sentadas à mesa da cozinha, e ela me examinou por cima da xícara de café. Meu olhar foi para o fogão, mas Mimi já tinha voltado à janela da lavanderia.

— Eu conheço o som da janela do seu quarto abrindo — continuou ela.

— Só porque saiu por ela um monte de vezes.

O nome dela tinha sido entalhado na madeira velha do batente. Ao lado, havia um coração meio torto com o nome do meu pai.

— E ontem você entrou por ela — disse ela, achando graça. — Foi a primeira vez? Você fez um barulhão.

— Eu caí, pra ser brutalmente honesta.

E tinha aterrissado no cotovelo.

— Erro de principiante.

— E *eu* vejo que suas mãos estão cobertas de tinta. — Pontos brancos e azuis manchavam seus dedos. — É algo novo ou você vai terminar aquela parede?

Ela sibilou como se eu a tivesse queimado, mas seus olhos brilhavam de divertimento.

– Você fica emburrada quando se sente culpada, e olha que eu nem perguntei o que você foi fazer.

– Fale baixo – implorei, tomando um gole fortificante de café.

– Desculpe, mas não era de mim que você devia estar escondendo isso?

Ela se reclinou na cadeira e tombou a cabeça de lado.

– Foi você que garantiu que aquela janela nunca ficasse trancada.

– De nada. Me diga onde estava e eu não conto nada pra Mimi.

– Contar o que pra Mimi? – perguntou minha *abuela* ao voltar à cozinha carregando uma caixa de frascos de conserva. Ela os colocou no balcão e explicou: – Geleias. Morango, acho. Vão combinar bem com *pan tostado*.

– Você está permutando seus serviços agora? – quis saber mamãe. – Qual é o próximo passo? Uma vaca?

– Contar o que pra Mimi? – ela perguntou de novo, teimosa.

Seu olhar desconfiado passou de mamãe para mim. Eu me sentia uma cúmplice furtiva de um algum crime desconhecido.

– Sobre as atividades da sua neta – respondeu mamãe preguiçosamente.

Olhei feio para ela.

Mimi cruzou os braços.

Eu estava prestes a vomitar o café e o *pastelito* que minha mãe tinha comprado na bodega para mim numa tentativa de me amolecer antes de me matar.

– Ela encontrou um novo oficiante para Clara e Jonas.

Relaxei tão rápido que quase derrubei minha xícara.

– Ele é bem natureba e hippie – prosseguiu ela, repetindo o que eu tinha contado mais cedo. – Mas bilíngue. Cubano, né, Rosa?

O oficiante não era, na verdade. Dei uma mordida na goiabada e no queijo.

– Interessante.

Mimi beijou o topo da minha cabeça e voltou à sua janela.

Quando ela sumiu de vista, lancei um olhar furioso para minha mãe.

– Está tentando me matar?

– Só mantendo você alerta. – O sorriso dela era diabólico. Ela deu uma grande mordida do seu *pastelito*, sorrindo. – Minha garotinha é um pouco sorrateira. É errado ficar orgulhosa?

Ser sorrateira era exaustivo. Eu estava uma pilha de nervos por ficar até tão tarde nas docas, e minha mãe estava sorrindo como se eu tivesse tirado a nota mais alta da classe.

– É divertido não ser mais a adolescente imprudente da casa.

Ergui uma sobrancelha descrente, e o sorriso dela vacilou.

– E é gostoso ver um pouco de mim em você também.

❖

Naquela tarde, fui para o colégio. Era estranho não ter mais que ir para a escola; todo mundo ainda estava por lá. Ana provavelmente estava brigando com alguém na sala da banda, e eu apostava que Mike estava projetando seu barco em vez de fazer suas tarefas. Por mais algumas semanas, eles pertenciam àquele lugar, mas ninguém estava guardando meu lugar exceto a srta. Francis, a orientadora escolar, com quem eu tinha marcado um horário para discutir meus planos subitamente não mais concretos diante dos meus prazos iminentes.

— Tenho que dizer, Rosa, que me sinto honrada por você vir discutir o assunto comigo em vez de com Malcolm. Todos os meus alunos de matrícula dupla vão falar com Malcolm.

Eu gostava da srta. Francis. Engraçada e honesta para uma pessoa adulta, era uma mulher branca com trinta e poucos anos e cabelo ruivo encaracolado que sempre prendia em um coque desleixado no topo da cabeça. Ela levava Destroço e Entulho, seus dois *dobermanns*, para passear pela cidade à tarde, e eles eram muito desconfiados. Eu tinha me encontrado com a srta. Francis muitas vezes ao longo dos anos e nosso relacionamento agora era tranquilo e confortável. Ela sabia dos meus planos de intercâmbio desde o início, e eu sabia que ela estava pronta para se casar, embora estivesse com dificuldade para encontrar alguém de quem seus cães gostassem.

Ela se reclinou na cadeira da escrivaninha. Uma música das Spice Girls tocava no rádio.

— Então seu programa de intercâmbio foi colocado na reserva. É só pelo semestre que vem?

— Talvez. De acordo com o e-mail que recebi, eles estão monitorando as políticas nacionais, mas com a administração atual... — Dei de ombros. — Há outras escolas com programas na Universidade de Havana, mas não só não tenho tempo para me inscrever como eles também provavelmente vão ser cancelados. Não posso arriscar perder bolsas.

Ela clicou a caneta e se virou para um espaço em branco no caderno à sua frente.

– Bem, não vou citar nomes, mas sempre que *alguém* que eu conheço precisa tomar uma grande decisão, faz uma lista bastante detalhada de prós e contras, então desenha em cima dela.

Dei um sorrisinho.

– Mas Havana *não pode* estar na minha lista. Não é mais uma opção a essa altura.

– Charleston ainda está na sua lista? – Quando hesitei, a srta. Francis se endireitou na cadeira. – Em vez de considerar *onde*, considere *por quê*.

Eu queria conselhos específicos e concretos, não um tema de redação.

– Sinceramente, eu preferiria só pensar sobre Porto Coral neste momento.

Ela tamborilou a caneta na mesa e me examinou.

– Então você está ajudando a cuidar de seu lar antes de partir?

A insinuação me pareceu estranha.

– Não é como se eu fosse embora para sempre. Aqui ainda vai ser meu... Eu ainda vou morar aqui.

– A faculdade é um momento, Rosa. Um momento importante, é claro, mas o importante não é o destino, é...

– Juro que se você disser *jornada*... – interrompi.

– ...a exploração – ela terminou com um olhar afiado e provocante. – Você está obcecada com o lugar porque Havana foi sua resposta por um longo tempo, por motivos muito importantes, mas a questão nunca foi Charleston. Era a conexão de Charleston. – A caneta dela ainda estava tamborilando. Minha pulsação acelerou enquanto eu observava. – Esse momento de indecisão oferece a oportunidade para uma perspectiva nova. Escolher uma faculdade não vai responder a todas as suas perguntas; aliás, se fizer isso, você precisa de perguntas melhores. Tem que exigir mais das suas possibilidades. – O celular dela vibrou com um alarme e sua caneta parou de repente. – Droga, acabou nosso tempo.

Eu ainda não sabia o que fazer.

– Preciso confirmar minha vaga até primeiro de maio.

– Sua vaga em Charleston?

– Não sei. – Peguei minha mochila e ela passou por mim para abrir a porta. – Talvez eu escolha uma das outras faculdades que me aceitaram – falei, passando as alças da mochila sobre os ombros. – Mas é assustador considerar isso tão no fim da linha.

Ela bufou, rindo.

– Você é tão nova. Prometo que não é o fim da linha, Rosa.

Eu odiava quando adultos falavam coisas assim. O Ensino Médio era divertido até que precisávamos enfrentar enormes prazos e escolhas que decidiriam a direção – e a dívida – do resto de nossas vidas.

– Mas e se eu ficasse no estado? Eu poderia economizar e…

Com uma bufada de frustração, ela enfiou um chiclete na boca.

– São dois anos, Rosa. Nem te conto onde fiz faculdade…

– Está bem ali no diploma na sua parede. Você estudou em Nebraska.

– Você é uma das alunas mais obstinadas que já entraram na minha sala. É determinada, mas às vezes essa determinação pode estreitar demais o seu foco. Você não sabe o que quer por um motivo. Descubra o motivo, e aposto que vai entender o que quer. Você tem algumas semanas para refletir sobre isso, e estou aqui se precisar de mim, mas agora você precisa ir porque o pai de Chris Miller está a caminho.

O pai de Chris era um veterinário divorciado em quem a srta. Francis estava de olho desde o começo do ano. Aparentemente, Destroço e Entulho não o odiavam. Eu desejei sorte a ela e fui embora.

Lá fora, a aula de Educação Física corria a todo vapor. Ouvi a algazarra enquanto passava. Risadas soaram e soou um apito.

– Rosa! – Benny veio até mim, com as mãos nos bolsos, e começou a andar ao meu lado. – O que está fazendo aqui? Mais *brujería*?

– Tinha uma reunião com a srta. Francis.

– Se meteu em problemas? Tem inspirado muita *chisme* ultimamente.

– Nem todo mundo vai falar com a orientadora porque está com problemas. E que *chisme*? – Seu sorriso alegre e carismático me fez revirar os olhos. – Esqueça. – Notei que ele não estava usando roupas de ginástica. – Nada de corrida pra você?

– Esse joelho me livra de tudo agora.

As palavras eram brincalhonas, mas o tom não.

– Tipo o futebol?

– Não vamos falar sobre o futebol.

Suspirei. Ele era tão teimoso.

– Você definitivamente é de Touro.

– Não vamos falar sobre isso também. Vamos falar sobre você e o velho lobo do mar que você está namorando.

– *O quê?* Sua família é péssima, e ele não é meu namorado – disparei, embora sentisse um aperto estranho e preocupante nos pulmões. – E ele não é um velho.

– Não é o que ouvi por aí.

– Porque você não escuta.

– Talvez, mas é verdade que ele tem um barco?

– Por quê? – perguntei desconfiada antes de perceber o motivo óbvio da pergunta. – Meu Deus! Em primeiro lugar, eu conheço minha própria maldição e, em segundo lugar, ele *não é* meu namorado.

– Não é sobre isso. – Benny abaixou a voz e seus olhos correram pelo campo. – Acho que sei onde está a Tartaruga de Ouro.

Eu estava faminta e, se me apressasse, conseguiria almoçar antes que o sr. Peña trocasse para o cardápio do jantar e eu perdesse as *croquetas*.

– A Tarta... você ainda está pensando nisso? Benny, você tem que deixar pra lá. Não vamos encontrar um tesouro perdido em Porto Coral.

– Encontrei o mapa hoje.

– Que mapa?

– *O* mapa. Todo ano havia um mapa, um modo de começar a busca. Mas ninguém nunca encontrou o último, por isso nunca acharam a Tartaruga, e os criadores do mapa nunca confessaram.

– E você encontrou esse mapa perdido?

– Tenho feito um estudo independente durante o segundo

período, o que aparentemente significa organizar depósitos velhos, e hoje encontrei uns anuários do começo dos anos 2000. Procurei nossos pais e tinha uma colagem lá com um mapa grafitado da cidade. E o que eu vejo nele? Uma tartaruga de ouro.

– E ninguém percebeu esse tempo todo?

– Era um anuário. Ninguém olha o próprio anuário depois da formatura. E o mapa era uma bagunça, todo poluído. A estética na época era ridícula.

– Espere. O que isso tem a ver com Alex ter um barco? – eu perguntei.

– A Tartaruga está em uma ilha barreira.

Parei de caminhar. Não podia ir a uma ilha barreira. Por outro lado, uma semana atrás eu não podia ir à marina.

– Podemos nos tornar lendas da cidade. – Benny abriu um sorriso largo. – Só precisamos pedir pro seu namorado marinheiro nos levar.

❖

Atravessei a cidade correndo, fazendo pétalas rosas e brancas voarem na minha pressa, antes de entrar com tudo em El Mercado. Alex não tinha celular, o que significava que eu teria de descer à marina para tentar chamar sua atenção de fora do barco ou algo assim. Antes, porém, precisava de comida.

Ainda havia algumas *croquetas* atrás da vitrine, e mais para o fim do balcão ficavam as sobremesas novas e os *pastelitos*. Eu dei sorte – o ar tinha um aroma doce de canela, então os doces deviam ter acabado de chegar. Procurei o sr. Peña, mas outra pessoa estava no balcão, entregando caixas de cookies. A luz da tarde era filtrada pela janela atrás dele, fazendo as ondas azuis em seus braços tremeluzirem e revelando a farinha que polvilhava sua camiseta cinza.

– É você o confeiteiro?

Alex congelou, então apoiou a última caixa no balcão e virou para mim.

– Rosa?

Abri os braços para abarcar todos os doces entre nós e perguntei:

– Você fez tudo isso? – Ele confirmou com a cabeça. – Por que não me contou?

Ele pareceu confuso.

– Você não perguntou.

– Se eu tivesse feito tudo isso, contaria para todo mundo. Qualquer conversa que eu tivesse começaria com "O senhor tem um momento para ouvir a palavra do *dulce de leche*?". Meu Deus. – Cobri meu rosto vermelho. – Você faz o *dulce de leche*. – Grunhi contra as mãos.

– Isso é bom?

– Sim – respondi, ainda me escondendo.

O sr. Peña veio da cozinha, me olhou com curiosidade e disse do seu jeito brusco:

– Sobraram três.

Ele colocou as últimas *croquetas* em uma sacolinha de papel para mim. Alex e eu ainda estávamos ali parados quando o sr. Peña começou a selecionar o arroz para o jantar.

Olhei para Alex.

– Tem um minuto?

Ele tirou a chave do carro do bolso.

– Claro. Só tenho que devolver a camionete na marina.

Eu o segui para fora da bodega. Milagrosamente, não havia ninguém na sala dos fundos para nos ver saindo para o estacionamento. Será que ele estava sorrindo? O sol da tarde estava tão forte que me cegava, então talvez ele só estivesse apertando os olhos. Eu tinha que parar de encarar seus lábios. Corri para acompanhar seu passo. Paramos ao lado de uma velha camionete azul, e eu apertei as alças da minha mochila. Falei em um fôlego só:

– Existe uma lenda local antiga de quando uma turma escondeu uma...

– Tartaruga de Ouro.

Parei, aliviada.

– Você conhece a história?

– Eu também cresci aqui, Rosa. – Ele pendeu a cabeça.

– Meu amigo encontrou o mapa. – Olhei ao redor e me inclinei para perto. Ele me encontrou na metade do caminho e fiquei momentaneamente distraída pelo cheiro de açúcar que emanava da sua pele marrom quente. Cheguei ainda mais perto e sussurrei:
– Está numa ilha barreira.

– Sério? Eu desenhei mapas de pesca dessa área anos atrás e conheço bem as ilhas por aqui.

– Ótimo! Porque eu ia perguntar se você podia nos levar lá.

– É mesmo? Você está pronta pra isso?

A pergunta era simples, mas gigante. Ele entendia que o que eu estava pedindo era maior que desvendar uma lenda da cidade ou me esgueirar nas docas à noite procurando alguma marca da vida do meu pai. Rosa Santos estava pedindo para subir num barco e se afastar do litoral.

Eu não estava pronta. Mas queria tentar.

15

— Rosa, você não pode usar dois coletes salva-vidas – insistiu Ana.
Parei de tentar fechar o segundo.
– Certo.
Em vez do barco a vela de Alex, embarcamos em um pontão que os pais dele tinham alugado. Ele tentou explicar que era complicado navegar a vela, a fim de me tranquilizar de quão simples seria esse passeio, mas isso não ajudou nem um pouco a acalmar meus nervos. O pontão era basicamente um monte de sofás em cima de uma banheira flutuante. Alex foi até o leme e lentamente nos afastamos da marina.
– O Golfo não é o oceano – ele me explicou.
– É uma questão de semântica – retruquei, apertando a beirada da mesinha à minha frente, aparafusada no chão. – É uma bacia oceânica conectada ao mar do Caribe e ao Atlântico.
– De acordo com seu mapa, estaremos lá em poucos minutos.
– Não é meu mapa.
Eu não tinha me dado tempo para pensar sobre o assunto. Assim que Alex concordou, mandei uma mensagem para Ana,

Benny e Mike falando para nos encontrarem nas docas se quisessem a infame tartaruga. Até incluí um *emoji* fofinho de tartaruga. Estava orquestrando essa missão doida porque tinha um *crush* insensato. Estávamos condenados.

Benny se reclinou, apoiando os braços nas costas da cadeira, e sorriu enquanto observava o mar aberto.

– O que tem na sua mochila? – perguntei. Tudo aquilo era ideia de Benny, mas ele tinha sido o último a chegar às docas.

– Fogos de artifício. Se vai ganhar, ganhe com estilo. – Ele deu um tapinha na sua mochila, ao lado da minha. – E podemos usá-los como sinalizadores se nos perdermos.

Alex virou o leme bem de leve.

– Não vamos nos perder. – Ele olhou para mim e assentiu de modo tranquilizador.

Estávamos cercados por água com um céu laranja-escuro acima, mas atrás de nós Porto Coral estava viva, com o calçadão todo iluminado. Observei a cidade diminuir. Parecia um cartão--postal, uma foto perfeita de casa.

– Lindo, né?

Olhei para trás e vi Alex sorrindo para mim.

– Eu nunca tinha visto o porto desse lado – comentei, maravilhada.

Aquele porto sonolento era tão aconchegante quanto a casa de Mimi, tão suave e caloroso quanto um *pastelito* de goiabada. Não era assombrado e melancólico, mas vivo. E valia muito a pena salvá-lo.

– Estamos quase chegando – prometeu Alex.

– Não acredito que o mapa estava no anuário esse tempo todo – disse Ana, folheando as páginas e rindo das fotos mais velhas com Mike. – É muito do mal.

– Não me surpreende – disse Mike. – Veja o delineador pesado que eles estão usando.

– Quero ver.

Eu estava nervosa demais para levantar enquanto o barco estava em movimento, então Ana trouxe o anuário até mim. Eu o abri na página do mapa outra vez e corri o dedo pela imagem colorida. Lá estava a praça da cidade, com sua grama da cor de manjericão e cercada por prédios familiares em tons arenosos de marrom e rosa coral. A oeste ficava a minha rua – as casas eram pequenas demais para distinguir uma da outra –, mas na frente da casa de Mimi havia uma mancha verde pontilhada com amarelo: seus limoeiros. – Provavelmente foi um editor sorrateiro que queria que o mundo viesse abaixo.

– Esperto, mas perigosamente sutil – comentou Alex.

– É o tipo de coisa que eu teria feito se alguém me deixasse encarregada do anuário.

Eu tinha sido editora no Ensino Fundamental e pensei que seria de novo, mas o Ensino Médio se transformou na faculdade rápido demais para que eu brincasse de adulta.

Ergui os olhos e peguei Alex me observando. Ele apontou o mapa com o queixo.

– O que você vê?

A pergunta me fez dar uma risada espantada.

– Você acabou de me lembrar da minha mãe.

Alex pareceu surpreso. Benny franziu a testa e balançou a cabeça como que para dizer: "Alerta vermelho, você está sendo estranha".

– É que minha mãe e eu viajávamos muito quando eu era mais nova, para lugares bem comuns, e ela sempre perguntava "Onde estamos, Rosa?", que era a minha deixa para fingir que um pedacinho de céu era a Califórnia ou que um pomar era uma vinícola na Itália. Como se o mar diante de nós fosse Cuba.

Alex me observou, pensativo.

– Você quer ir a esses lugares?

– É claro.

Ele virou um pouco o leme, e antigas lembranças se remexeram. Janelas abertas, meu cabelo esvoaçando, outro mapa no meu colo. Minha mãe cantando e tamborilando os dedos enquanto ouvia uma velha música *country* no rádio. Ana pegou o anuário para mostrar algo a Benny que eu não entendi o que era, por causa do barulho do motor e do vento. Havia tantos lugares aonde eu queria ir, e, sentada ali com meus amigos, pela primeira vez em muito tempo me senti capaz de ir a qualquer lugar.

– Chegamos – anunciou Alex.

Ele desligou o motor e o barco deslizou até parar. Eu me ergui em um pulo. A percepção chocante de que eu tinha atravessado um pequeno corpo d'água e estava agora em uma ilha foi ofuscada pela visão de outros barcos atracados e vários pontos de luz espalhados por ali.

– Benny! – exclamei.

– Certo, então eu não era o único naquele depósito e parece que falo meio alto.

Saímos às pressas do barco.

– Nossa, a minha família é a pior – anunciou Ana ao pular da amurada.

– Nunca conte um segredo a um cubano – concordei, alguns passos atrás dela.

– Ei, só nós temos o anuário. – Benny ligou a lanterna do celular e nós o seguimos. Não estava totalmente escuro ainda, mas era quase noite e, embora a ilha deserta não fosse grande, estava coberta de vegetação. – Me dê o anuário, Rosa.

Nós nos reunimos ao redor dele. Dava para ouvir vozes vindas dos outros grupos. Por enquanto, ninguém estava gritando alertas sobre cobras ou jacarés – nem comemorações de vitória. Apontei para a tartaruga.

– De acordo com essa bússola estilizada, está na ponta noroeste. – Ergui os olhos. – Para que lado fica noroeste?

Alex saiu na dianteira.

– Tomem cuidado – recomendou ele, examinando o chão.

A terra estava coberta de folhas de palmeira caídas e conchas espalhadas.

– De acordo com as fotos antigas, a tartaruga é do tamanho de uma bola de futebol. – Eu estava andando depressa e topei com as costas de Alex. – Desculpe!

– Tudo bem. – Ele reduziu o passo para acompanhar o meu ritmo. Eu queria tanto me aproximar mais, era como lutar contra um ímã.

– O que ganhamos se encontrarmos esse negócio? – quis saber Mike, chutando um tronco. – Minha nossa, tem um mundo de insetos embaixo dessa coisa. – Ele se agachou para investigar com um graveto.

– Ganhamos a fama de ter encontrado a Tartaruga de Ouro – respondeu Benny. – Não é pouca coisa. Ei, Rosa?

– Que foi? – perguntei sem olhar para trás.

Eu estava tentando andar enquanto espiava Alex pelo canto do olho.

– Meu pai disse que o vencedor ganhava pizza de graça na Pizzaria do Bonito – disse Mike.

Então, ele direcionou a lanterna para cegar Ana. Ela saltou sobre ele, que desviou dando risada.

– Rosa! – gritou Benny.

– Que foi?!

Parei e olhei para ele. As outras vozes estavam se aproximando.

– Estamos fazendo isso para encontrar algo que está perdido há mais tempo do que estamos vivos – comentou ele com seriedade.

Aquilo era importante para Benny. Ele estendeu a mão e lhe dei o anuário, então seguimos sentido noroeste sob a luz de nossos celulares em busca do tesouro.

❖

Depois de meia hora, ainda não tínhamos encontrado.

Provavelmente não ajudou muito o fato de Benny ser o único que estava procurando de verdade. Alex voltou para ficar de olho no barco, Mike estava atrás de gravetos para entalhar, e Ana e eu andávamos sem rumo chutando folhas e terra.

– Seu namorado é supergostoso – comentou ela.

– Fale baixo! – exclamei. – É difícil de lidar, na verdade. Olho para ele e quero chegar mais perto, sabe? Ando ficando toda suada e atrapalhada.

– A diferença de altura é muito fofa. Você pode escalar ele ou algo do tipo.

– Quero fazer um ninho nos ombros dele onde poderei deixar vários presentinhos. Voltei *meses* no Insta dos *viejitos* procurando qualquer informação sobre ele, mas não tinha nada, e agora descobri que ele também faz doces!

– Fatal.

– Eu vou me apaixonar. Isso é um *crush* nível cinco. Quer dizer, nós temos um passado. Almoçamos juntos um semestre inteiro, lendo sem nunca conversar. Não sei o que fazer.

Ana deu risada.

– Lendo em silêncio do seu lado? Meu Deus, é tipo seu romance dos sonhos. E, pelo jeito que ele estava te olhando no barco, acho que aceitaria aquele ninho.

Tropecei numa pedra gigante.

– Ele estava olhando para mim? Descreva a expressão do rosto dele.

– Ei, olha, é o Benny – gritou uma voz vinda das árvores escuras.

Benny empurrou o anuário para mim e resmungou um xingamento.

– Lá se vai o elemento surpresa.

– Perdemos isso assim que você encontrou o mapa e deu com a língua nos dentes – apontou Mike.

A luz do meu celular bateu na pedra em que eu tinha tropeçado. Era curiosamente redonda e lisa. Me abaixei para espanar as folhas mortas.

Uma casca dourada apareceu. Meu Deus, Benny tinha razão.

– Benny! – chamei com um sussurro alto.

Ele virou a cabeça depressa com um olhar inquisitivo.

– Peguei o porco azeitado – falei.

Ele abriu um sorrisinho.

– Que sorte, agora pode casar com uma garota do seu vilarejo.

Ele foi tranquilamente na direção das vozes, fazendo piadas que não ouvi porque estava distraída com meus próprios pensamentos acelerados. Abaixei e afastei o resto da vegetação morta.

Mike e Ana se postaram ao meu redor.

– Relaxem – falei entredentes. – Ajam com naturalidade.

Eles imediatamente se dispersaram. Mike cantou uma música do Coldplay para Ana:

– *Look at the stars. Look how they shine for you.*

– As estrelas brilham mesmo pra mim – ela disse.

Lá estava: a Tartaruga de Ouro. Mais enferrujada que nas fotos, mas inconfundível. Eu a peguei e percebi que ela era maior que uma bola de futebol.

Ana esbarrou em mim.

– Cara, a gente conseguiu! – Sua admiração se transformou em determinação implacável. – Como vamos voltar com isso pro barco sem sermos vistos?

– Por que não podemos ser vistos?

Mike se aproximou.

– Porque estamos numa ilha cheia de ratos e você tem o queijo. Peguei minha mochila.

– Não vai caber – observou Mike, preocupado.

Caberia. Cabia tudo ali quando eu precisava e, como esperado, mesmo com meu laptop e livros lá dentro, consegui enfiar a estatueta. Fechei o zíper e já estava com a mochila nas costas de novo quando Benny apareceu com seu grupo.

– Ei, seus panacas. – Ele estava sorrindo e olhando só para mim. Eu sorri de volta. – Que foi, já estão entediados? – ele perguntou.

– Profundamente – disse Ana. – Além disso, nossas mães vão nos matar por termos vindo aqui para tentarmos ser assassinadas.

– *Podcasts* demais – cantarolei para ela.

– Vamos embora – decidiu Mike.

– Tudo bem – disse Benny, a voz inundada por decepção. – Divirtam-se na busca – completou aos outros, e depois seguiu nossa caminhada sossegada de volta ao barco.

Alex se ergueu quando nos viu chegando. Quando começamos a correr, ele ligou o motor. Assim que embarcamos e eu vesti meu colete salva-vidas, ele enfiou o pé no acelerador e nos virou para as águas abertas. Gritamos em vitória. De algum lugar da ilha, vieram xingamentos. Com a luz de lanternas, tiramos fotos com a estatueta para imediatamente postar a prova.

– Não acredito que encontramos. – Ana a segurava, com o cabelo voando ao vento.

Benny se reclinou na cadeira e cruzou os pés. Ele tinha um sorriso satisfeito e arrogante nos lábios.

– Sabem o que isso significa? – gritou Ana mais alto que o rugido do barco e do vento. – Vamos ter que escondê-la de novo antes da formatura!

– E sabe o que isso também significa? – perguntou Mike. – Pizza grátis.

❖

De volta à marina, todos seguiram para a praça, segurando no alto o nosso tesouro. Eu fiquei com Alex enquanto ele atracava o barco.

– Você vem? – perguntei a ele. – O sr. Bonito às vezes exagera no molho, mas o melhor tipo de pizza é a pizza grátis.

Atrás dele, o céu estava azul-escuro e as estrelas cintilavam. Seu cabelo escuro dançava suavemente em uma brisa incansável.

Alex era o mar, e eu queria fechar os olhos e mergulhar nele.

– Ainda tenho que cuidar de umas coisas, mas obrigado. – Ele tentou endireitar o cabelo bagunçado pelo vento. – Aproveite a vitória.

– A gente não teria conseguido sem você. – Enfiei os dedões embaixo das alças da mochila e o fitei. – Sério, tudo isso. Ir até lá e encontrar a tartaruga, mas também simplesmente *sair* daqui. Não acredito que fiz isso, mas foi... – Ele esperou. – Incrível.

Meu cabelo estava uma bagunça e meus pulmões ardiam depois de tomar aquele vento marítimo gelado, mas eu não conseguia parar de sorrir.

Alex pareceu contente.

– Tenho uma novidade.

– O que é? – Eu não pretendia sussurrar a pergunta, mas ele chegou mais perto e olhou para os meus lábios. Tentei me lembrar de como falar.

Ele enfiou a mão no bolso e tirou um celular.

– Comprei um novo.

– Posso ter seu número agora?

Houve um momento retumbante de silêncio que quase me matou, e de repente ele soltou uma risada. O som profundo e sincero foi uma onda de alívio que me provocou um sorriso igualmente alegre. Ele subiu de volta no barco e, de algum armário por ali, pegou um pedaço de papel e lápis e rabiscou alguma coisa.

– Então você não só entrega pão de bicicleta e salva cidades costeiras como também tem uma mochila inacreditável que consegue guardar qualquer coisa.

Meu celular vibrou no bolso traseiro da calça – uma, duas, três vezes. Meus amigos, sem dúvida, prontos para celebrar. Ignorei a chamada e girei para mostrar minha amada mochila.

– Sua história é definitivamente interessante – disse ele e saltou de volta no barco.

Ah, como eu queria que fosse.

– Ainda estou descobrindo qual é, para ser sincera.

– Bem, no capítulo desta noite, você subiu num barco sob o luar e encontrou o tesouro perdido de um pirata.

Houve um ganido inesperado, e o céu explodiu com faíscas amarelas. Três outros fogos de artifício voaram acima enquanto Benny gastava seu estoque, mas eu não conseguia desviar os olhos da expressão afetuosa de Alex.

Eu queria mais. Muito mais.

Ana gritou meu nome e Alex olhou para além de mim. Seu peito subia e descia, e ele me ofereceu uma reverência galante de despedida antes de me estender o pedaço de papel.

– Meu número – disse ele.

Eu apertei o papel.

– Rosa! – Ana gritou da doca.

– ¡*No me grites*! – berrei, seguindo em direção a ela, aos fogos e à pizzaria mais antiga da cidade.

16

Emergimos da nossa refeição de vitória com os celulares explodindo de notificações. Lá fora, um carro esperava. Três garotas, todas do grupo de dança da escola, se inclinaram para fora das janelas e sorriram para Benny. Ele olhou para a gente com um sorriso satisfeito.

— Posso ficar com a tartaruga hoje?
Acho que o astro do futebol está de volta.
— Não — disse Ana.
— O que você vai fazer com ela? — perguntei.
— Essa mocinha esteve perdida por muito tempo, Rosa. Ela merece comemorar.
— Acho que é você que estava esperando para comemorar — comentei.

O baixo profundo de uma música tocava dentro do carro à espera. Elas estavam impacientes pelo seu herói.

— Vou ficar de olho nela — Benny prometeu, sorrindo.
— É, aposto que vai — falei. — Só não a perca nem faça nada nojento com ela.

– Palavras sábias, mas minha carruagem me aguarda. – Ele entrou no carro.

– Você não vai junto? – perguntei a Mike quando eles partiram.

Ele enfiou um palito de dentes na boca e deu de ombros.

– Foi uma noite longa e acabaram os fogos.

Seguimos as calçadas sinuosas até nosso bairro. As casas daquela rua, em sua maioria, eram térreas e de alvenaria pintada com tons coloridos que complementavam seus jardins bem-cuidados. As noites estavam ficando mais quentes, e o ar noturno sussurrava para nós em brisas adocicadas que farfalhavam os limoeiros na quadra.

– Acha que ele vai perder a tartaruga? – perguntei para Ana.

Ela enrolou os cachos em um coque cuidadoso antes de verificar o telefone.

– Não – respondeu. – Acho que vai trocá-la assim que receber uma boa oferta.

Ela enfiou o celular no bolso traseiro da calça.

Um guincho elétrico soou na casa à nossa frente. Diante de uma porta de garagem aberta, um rapaz estava ajoelhado em frente a um amplificador. Ele olhou para trás e nos viu ali.

– Ana! – chamou, sorrindo.

Eu conhecia Tyler Moon, o cantor da Electric, de vista da escola. Tyler era baixo, vivaz e cegava você com seu cabelo loiro brilhante e o sorriso cheio de energia. Ele estava no último ano quando eu dei início à minha matrícula dupla.

– Ensaio a essa hora? – perguntei para minha amiga.

– Ei, Ana! – gritou Tyler. – Você tem que ouvir isso.

Ana se afastou de nós e foi até a garagem.

– Não se esqueça do seu toque de recolher! – gritei.

– Tá bem, *mãe* – ela disse entredentes.

Soprei um beijo para ela e eu e Mike seguimos em frente.

– Ei, parabéns por subir no barco. – Ele ergueu a mão e batemos as palmas. – Uma grande realização para uma Santos, né?

– Voltei sã e salva e até encontrei um tesouro.

Mike riu.

– Espero que o tesouro não passe pras mãos do grupo de dança pela manhã.

Ele acenou em despedida e foi para casa, e eu andei os poucos metros restantes até a minha. Do outro lado da rua, o carro de Malcolm embicou na sua garagem, e fui até ele.

– Dia longo no escritório? – perguntei.

Ele saiu do carro e me ofereceu um sorriso cansado enquanto relaxava a gravata.

– Nem todo aluno é tão motivado e organizado quanto você.

– Ah, você só diz isso porque sou sua preferida.

Malcolm era muito sossegado e culto, mas no fundo uma mãezona. Ele me ajudou com todas as novas regras e exigências da matrícula dupla e me lembrou de que eu era capaz quando fiquei sobrecarregada.

– Como vão as coisas? – Ele cruzou os braços e se recostou no carro.

– Tudo bem – respondi, e era verdade.

Malcolm me examinou como se eu fosse uma estante desorganizada.

– Fiquei sabendo do seu intercâmbio, então queria ver como você estava.

– Ah, isso. É claro que estou megachateada. Eu ia te contar, mas fiquei meio distraída com toda a história do festival e do casamento.

– Isso pode ser bom. Ainda está pensando em Charleston?

– Não tenho certeza, estou dando um tempo para avaliar todas as minhas opções. – Cruzei os braços e dei de ombros. – Mas estou bem. Superbem.

– Certo – disse ele, com cara de quem não acreditava, mas não queria insistir. – Bem, vi sua mãe no mural dela mais cedo. Ela parecia meio estressada.

– É o jeito de sempre dela.

– Ela ainda está aqui?

Ele não estava falando por mal, eu sabia. Malcolm sempre me visitava depois que mamãe partia e me distraía com livros novos quando eu era criança, e livros novos mais artigos de papelaria agora que eu era mais velha, mas o *ainda* da pergunta doeu.

– É, ela está em casa. A gente devia jantar juntos amanhã ou algo assim.

– Parece um bom plano. Boa noite, Rosa.

– Pra você também. Espero que Penny deixe vocês dormirem.

A risada dele parecia um pouco delirante enquanto ele seguia para a casa.

Atravessei a rua. A luz da varanda tremeluziu e fiz uma anotação mental, enquanto abria a porta, para comprar lâmpadas. Na sala de estar, minha mãe e avó estavam de lados opostos, seus rostos tensos e palavras cortantes que foram engolidas pela minha chegada.

As malas de mamãe estavam aos seus pés.

– O que está acontecendo?

– Sua mãe está indo embora – anunciou Mimi.

Meu rosto ainda queimava do frio, o mesmo rosto que agora estava em todas as redes sociais erguendo um tesouro perdido enquanto usava um colete salva-vidas laranja. Senti uma pontada de dor onde a possibilidade tinha acabado de brotar. Mimi começou a implorar, em espanhol, por paciência aos santos e ancestrais.

– Volto logo – disse mamãe, parecendo ansiosa.

Essas eram sempre suas primeiras palavras, uma promessa e uma maldição.

– Por que hoje? – perguntei, odiando o tremor na minha voz. – Por que tem que ser *agora*? E o seu mural? *E eu?*

– Eu vendi uma pintura e preciso ir... – Ela franziu o cenho, distraída por Mimi, que ainda lamentava a escuridão que minha mãe carregava dentro de si. – Recebi uma encomenda e preciso... – Ela tentou focar em mim, mas sua respiração rimbombava como um trovão. – Basta! – explodiu, por fim, e se virou para Mimi. – Estou fazendo o melhor que posso. Lamento que seja tão decepcionante.

– O que você está procurando, filha? – implorou Mimi. – E por que não é aqui? Por que isso não é suficiente para você?

Mamãe congelou, chocada e furiosa. Seu peito subia e descia. Aquela briga estava tornando-se grande demais.

– Porque nunca foi suficiente para você.

Mimi a encarou.

– Como pode dizer isso?

Minha mãe jogou a cabeça para trás com uma risada amarga. Seu cabelo escuro estava solto e emaranhado, seus olhos brilhando de agitação.

– Sua história é uma tragédia, mas eu sou a vilã da minha – disparou ela. – *Nós duas* perdemos muito, mãe. Estou tentando. Eu a deixei no lugar que ela amava, mas que nunca me amou.

– Você não está indo embora por causa de uma pintura. – Tirei minha mochila das costas e a joguei no chão. – A essa altura merecemos mais que isso. Tomamos café da manhã, rimos e fazemos planos e eu penso, como uma idiota, "ei, talvez dessa vez a gente se entenda", mas você já tinha ido embora, não é? Já tinha feito as malas?

Seus olhos marejaram. Ela não disse nada.

Nós não fazíamos sentido. O amor não era para ser assim. Eu olhei para Mimi.

– Então me conte você. Por que ela vai embora? Por que você se recusa a falar sobre Cuba? Por que somos assim?

Mimi fechou os olhos e levou a mão até a medalha de santo que ela sempre usava. Fui tomada por raiva por tê-la magoado. Era aquilo que acontecia quando mamãe voltava para casa; e eu me tornei cúmplice.

– Diga para ela o que você disse para mim – mamãe ordenou a Mimi com a voz rouca.

Mimi congelou. Seus olhos se abriram e focaram minha mãe.

– Todo mundo se lembra de mim gritando nas docas por ele, mas conte para ela o que aconteceu logo antes.

– Você não entende nada – disse Mimi em voz baixa. – Você foge e fica achando que é a única que saiu ferida.

– Diga a ela que foi meu amor que o matou – continuou mamãe, falando bem alto e implacável. – Que eu o amei demais e por isso o mar o levou. Enquanto esta cidade inteira chorava pelo garoto perdido no mar, você olhou para sua única filha e a barriga crescente dela e disse que era a maldição. Que a culpa era *minha*.

A última palavra soou como o badalar de um sino que despertou nossos fantasmas. A sala ficou mais fria.

– Você não sabe como é voltar pra cá, morder a língua e enfrentar olhares como se eu fosse a personificação do azar. Ouvir meu amado em cada esquina. Me sinto mal o tempo todo que estou aqui, mas volto pela minha filha, porque, apesar de tudo, ela ama este lugar. *Essa* é a minha maldição, não o seu mar idiota.

Enquanto mamãe se abria, Mimi soltava faíscas. Eu já tinha visto as duas brigarem, mas nunca desse jeito.

– Eu entendo – sussurrou Mimi.

– Não entende, não. Se...

Minha *abuela* perdeu a paciência.

– Eu desci daquele barco quebrado com você nos braços sabendo que cada passo que dava nos afastava mais dele. – As palavras estavam enferrujadas, mas Mimi as desenterrou com dentes cerrados. – Eu o vi afundar. Eu o vi afundar sabendo que não havia nada que pudesse fazer. Eu me arrastei para fora do mar por você. Eu mordi a língua enquanto aprendia um idioma por nós, e toda vez que olhava para o mar eu sentia a falta dele, então vi a mesma coisa acontecer com você e resolvi ficar. Por você. – Ela olhou para mim. – E por ela. Eu entendo, mas mesmo assim sou a *sua* vilã, Liliana.

– Você me afastou – sussurrou mamãe.

– E o que você está fazendo agora com ela? – retrucou Mimi.

Elas se voltaram para mim de repente. Era demais. Eu estava na encruzilhada da dor e do amor delas e não era capaz de carregar tudo aquilo.

– Eu fico tentando consertar isso. – Soltei um riso amargo e envergonhado. – Porque daí talvez minha mãe volte pra casa e a mãe dela diga que a ama e talvez, talvez, talvez...

– Rosa... – começou minha mãe.

– Não – interrompi. – É a minha vez. Em alguns minutos, você vai sair por aquela porta e Mimi vai se enfurnar no quarto dela e eu vou ficar sozinha. – Indiquei nós três e o triangulo que formávamos. – Alguma coisa está quebrada aqui. É triste e cansativo, mas continuamos quebrando cada vez mais.

Eu me inclinei para a minha mochila. Peguei o caderno de Mimi e o estendi para ela.

– Estava procurando jeitos de me purificar da energia ruim. Queimei uma das suas raízes e joguei moedas no mar. Ninguém me conta nada, então tentei encontrar sozinha.

Mimi pegou o caderno.

– Ninguém te conta nada? Então tá, venha comigo.

Ela se virou e foi até o jardim. Eu a segui e observei minha *abuela* geralmente calma empurrar tigelas e pilões e almofarizes para fora da mesa e virar um vaso cheio de terra. Ela acendeu uma vela e a bateu no centro da terra enquanto eu observava, fascinada e confusa. Não sabia o que ela estava fazendo porque quase nunca via Mimi fazer aquele tipo de magia.

– Quantas moedas você jogou?

– Quê?

Em um borrão de movimento, ela pegou a vela, a virou de ponta cabeça e a apagou na terra. Eu me assustei com o impacto.

– Quantas? – ela perguntou de novo, mais alto.

– Sete – respondi depressa. – Peguei da sua pilha.

– *Bueno* – disse ela, aliviada.

Mamãe estava na porta.

– Eu ajo como uma *borracha* quando estou triste, mas você está agindo como uma *bruja*.

– *Y dicendo verdades* – rebateu Mimi.

Elas eram espelhos uma da outra. Mimi, sozinha em uma terra nova, tinha enterrado toda a sua dor, e dela tinha nascido uma filha furiosa.

– Quem é Nela? – perguntei de repente.

Sombras se curvaram e avisos sussurraram sobre minha pele. A surpresa no olhar vulnerável de Mimi partiu meu coração.

– Por que está fazendo todas essas perguntas?

– Porque você ainda não está me contando nada.

– Eu te ensino *tudo*, mas você é impaciente. É você que não me conta nada. – Antes que eu pudesse objetar, ela disparou: – Procura todos os meus segredos enquanto guarda tantos outros. Faculdade, Havana, *y qué más? ¿Tienes novio?*

– Quê? Não, eu não tenho um namorado.

Pânico gelado tomou meu peito.

Mamãe deu uma risada amarga.

– Por que pensar em romance quando temos que viver com a sua maldição?

– !*No es mío!* – retrucou Mimi, com a voz falhando. – Não é a *minha* maldição. Eu morri naquele barco também.

Mimi recuou e fez algo que nunca fazia no meio de ritual: apagou a vela em vez de deixá-la queimar sozinha.

Ela passou por mim e tentei agarrar seu braço, mas ela continuou até chegar ao seu quarto. Fechou a porta suavemente – foi pior do que se a tivesse batido.

– Rosa – chamou minha mãe.

– Vá logo de uma vez. – Eu não me virei.

Ela hesitou, mas se afastou como sempre. A casa caiu em silêncio. Minha mãe tinha partido e Mimi também, mas nossos fantasmas permaneceram ali.

17

Fora da janela do meu quarto, o sol tinha sumido atrás de nuvens raivosas e cinzas como pedra. Ele havia sido engolido pela tempestade iminente. Eu tinha certeza disso.

Na cozinha, encontrei Mimi diante do fogão, de costas para mim. Não falamos nada, as duas sensíveis demais para dizer novas palavras. A janela da lavanderia permaneceu fechada enquanto ela preparava um café da manhã temperado com sua frustração. Ela fazia a mesma coisa toda vez que minha mãe partia, salgando-o com lágrimas, arrependimentos amargos e preces furiosas. Meu laptop assoviou com a notícia do retorno da internet, mas o fechei gentilmente. Eu não queria o resto do mundo hoje. Queria um cobertor feio com estampa de margaridas e o silêncio consumidor que se assentava no espaço deixado por minha mãe.

Meu primeiro amor pedido.

Talvez a lembrança de casa fosse assim para Mimi: dor, perda e amor teimoso, um desespero para manter as lembranças doces enquanto contava as novas cicatrizes e entrava em luto por todas as escolhas que nunca pôde fazer.

Eu me acomodei na cadeira e acendi a vela no parapeito da janela. Ao lado dela havia três nozes, acomodadas nos sulcos dos nomes entalhados de meus pais. Me enrolei mais no cobertor amarelo e, como um farol, acompanhei a tempestade e mantive vigília sobre meu porto.

18

A chuva diminuiu e a manhã seguinte revelou uma névoa baixa que teceu um casulo nebuloso sobre a cidade. Mimi me ofereceu café *con leche* e o preparou igual fazia quando eu era mais nova: fervendo suavemente o leite e o misturando com o café adoçicado antes de passá-lo de uma xícara a outra, várias vezes, para criar espuma. Quando terminou, ela o deslizou pelo balcão. Eu não perguntei sobre Nela, e Mimi não me falou que eu não podia saber. A conversa ficou guardada na estante como mais um fantasma que nunca seria mencionado.

Fiz minha mochila e me preparei para descer ao Estrela-do-Mar. Alex tinha mandado uma mensagem no dia anterior pedindo minha ajuda com o cardápio do casamento. Eu não tinha nada que ter um *crush* nele; agir como minha mãe não romperia aquele ciclo amaldiçoado. Eu precisava terminar de coordenar aquela festa com ele, então o festival salvaria o porto e eu iria embora exatamente como tinha planejado. Calcei os sapatos, conferi o batom no espelho acima do meu altar e enfiei uma bala de morango na boca. A vida continuava, como sempre.

A caminho do calçadão, evitei o quartel dos bombeiros e passei reto pela livraria, sem parar para me preocupar com tornozelos quebrados e mares revoltos. Nada de passos vacilantes, tropeções atrapalhados ou reflexões ansiosas.

Então talvez não fosse *exatamente* como sempre.

O restaurante estava vazio. Era cedo, mas o cheiro de açúcar quente pairava pesado no ar.

– Alex?

A porta atrás do bar abriu e Alex apareceu, sorrindo ao me ver.

– Venha para os fundos.

Eu o segui e encontrei na cozinha um mundo de fantasia de confeitaria. O lugar cheirava a limão, bananas e canela, e todas as superfícies estavam cobertas com bolos e massas folhadas. Em algum lugar, um rádio tocava um *blues* arranhado, como um dos discos de Mimi. Olhei para Alex, chocada.

– Tudo isso é para o casamento?

A parte de mim que gostava de fazer esforços além do necessário estava maravilhada. O resto de mim queria provar tudo.

– Claro que não. – Ele ergueu uma bandeja com várias fatias delicadas de bolo. – Esses são os do casamento. Clara gostou de todos e pediu sua opinião. O resto é só o que eu faço para o Estrela-do-Mar e El Mercado. – Eu não conseguia parar de olhar para ele, e apoiei a bandeja no balcão como se ele tivesse simplesmente me mostrado sua tarefa de casa. – Todo mundo precisa trabalhar e isso paga as contas por enquanto.

– É como ouvir Mary Berry dizer que seu bolo de cereja é só um hobby.

– Quem?

Um homem que eu não conhecia entrou na cozinha. Ele parecia com Alex, mas era mais velho, mais baixo e tinha um rosto mais suave e amigável.

– Ele não assiste a muita TV – disse o homem em tom bem-humorado, então veio até mim e me cumprimentou com um aperto de mão. – Sou Carlos, o irmão mais velho. É um prazer te conhecer oficialmente. Vocês dois são a grande história das docas. Alex não fala com ninguém, mas aqui está ele, todo tagarela com você e saindo escondido em pontões como se tivesse quinze anos e um encontro especial.

– Ah, não foi nada assim – me apressei em dizer.

A expressão de Alex se estilhaçou: o retorno do pescador rabugento. Ou confeiteiro rabugento, no caso.

O sorriso de Carlos se abriu ainda mais.

– Sim, bem, é uma boa estratégia. Foi assim que conquistei minha esposa. Pensando bem, é como nossa irmã conquistou a dela também. – Carlos deu um tapa no ombro de Alex. – Esse garoto é como uma árvore alta e muda. Escuta, tenho que fazer algumas ligações, mas estamos atrasados.

Ele entregou alguns documentos para Alex e os dois se reclinaram sobre os formulários de encomendas. Eu me afastei para espiar os vários ingredientes espalhados pela cozinha. Morangos e limões. Creme de leite fresco. Raspas de chocolate amargo. Perguntei-me quanto tempo iria demorar para sua mãe mandá-lo limpar aquela bagunça. Será que ela era dessas? A minha não era, mas todo mundo sempre tinha histórias sobre suas mães latinas que os tiravam da cama na manhã de sábado porque ninguém as ajudava com a casa. Sempre que eu tentava participar da conversa e contar histórias sobre a minha mãe, inspirava olhares tristes.

Sua mãe vai embora?

Sim, mas ela sempre volta.

Pobre Rosinha.

Tirei um morango da cesta e o mordi. Um suco doce, vermelho e suculento escorreu pela minha língua. Espiei e vi Alex – agora sozinho – me observando.

– Desculpe – falei envergonhada. – Pareciam deliciosos.

– Que bom – disse ele, ainda me observando. – Você está triste hoje.

A última vez que ele tinha me visto eu estava comemorando a descoberta da Tartaruga de Ouro.

Contornei o balcão e senti seu olhar me seguindo.

– Um pouco. – Eu odiava o que tinha que dizer em seguida e a reação que sempre inspirava. Não queria que ele me visse como uma criança perdida. Estava frustrada e cansada, eu queria reclamar e possivelmente chorar, mas também queria defender minha mãe antes que outra pessoa pudesse dizer algo contra ela. – Minha mãe foi embora ontem.

– Por quê?

Era sempre eu que tinha que responder a essa pergunta.

– Porque essa cidade está presa num vórtice temporal e ela volta a ter dezessete anos e um coração partido quando vem pra cá.

Vi o olhar de Alex suavizar quando um raio de sol dourado entrou na cozinha e fez o açúcar cintilar e o caramelo borbulhar. Ele deslizou a bandeja com as amostras de bolo para perto de mim.

Naquela cozinha iluminada tal como um sonho, enfiei um garfo no bolo amarelo e dei uma mordida. O sabor era forte como uma lembrança repentina, e fechei os olhos para capturá-lo. Levemente azedo, o creme de limão explodiu como fogos de artifício, e eu corri para oferecer um bocado a Alex antes de terminar a fatia toda. Atento a mim e à minha reação, ele abaixou a cabeça e mordeu. A cozinha ficou mais quente. Alex engoliu sua bocada, ainda me olhando.

Cobri a boca e perguntei, preocupada:

– O que foi?

– É só que… – Ele balançou a cabeça como se quisesse clarear a mente. – Você me fez lembrar de umas coisas.

Isso soava gentil, mas também intenso. Gostei.

– Conte a sua que eu conto a minha.

Ele se inclinou na mesa entre nós e pegou o garfo, então cortou o canto do bolo de chocolate.

– Quando eu era criança, passava todas as tardes e as férias de verão com minha tia Victoria. A casa estava sempre quente. Apesar de ter ar-condicionado e ventiladores por todo canto, nada conseguia aliviar o calor, e mesmo assim ela estava sempre cozinhando chiles, o que fazia até meus olhos suarem.

– Eu te lembrei de assar chiles? – provoquei. – Se falar que sou apimentada, vou embora.

Ele terminou sua bocada com um sorriso.

– Foi ela quem me ensinou a fazer isso. – Ele gesticulou para as sobremesas. – Eu era um garoto um pouco hiperativo. Surpreendente, eu sei. Mas, para me tirar da sua cola, ela me ensinou a fazer arroz *con leche* e depois *sopaipilla*. *Panes dulces* eram meus preferidos.

Relaxei, derretendo contra o balcão enquanto o timbre grave da sua voz – ele rolava suavemente os erres *e* tinha uma inflexão suave e sulista – me transportara a uma cozinha do Texas superaquecida onde um pequeno Alejandro mal-humorado se inclinava sobre uma tigela com foco intenso.

– Ver você gostar de algo que eu fiz me lembrou da primeira vez que cozinhei uma coisa gostosa – admitiu ele, deslizando a bandeja de bolos para ainda mais perto de mim com um empurrãozinho insistente. – Agora é sua vez, qual foi a sua lembrança?

Peguei o garfo.

– Para comemorar meu último dia do quinto ano, Mimi fez um sorvete com limões que ela me deixou colher do seu limoeiro. Foi importante porque minha *abuela* leva suas árvores muito a sério. Nós três sentamos na varanda para tomar o sorvete, e foi a melhor coisa que eu já comi. – Terminei de comer o bolo com um suspiro suave. – Mamãe foi embora naquele verão. Não costumo comer sobremesas de limão com muita frequência, mas ainda são minhas favoritas.

– Tem umas cem coisas que quero cozinhar para você agora.

Dei risada, e o som alto afrouxou o nó no peito que eu vinha carregando havia dois dias. Terminamos o restante das amostras e foi difícil, mas escolhi o bolo de banana e abacaxi com a cobertura de *cream cheese* mais fofa que já experimentei na vida. Na porta, Alex me entregou uma pequena caixa de padaria.

– Você tem que parar de me encher de comida – eu disse, mas aceitei. – O que tem dentro?

Ele bateu no topo da caixa.

– Com o *cheesecake* que sobrou, fiz algumas barras de *dulce de leche*. – Apertei a caixa contra o peito de um jeito protetivo, e ele se inclinou na porta com um sorriso que aqueceu seus olhos. – É bom lembrar como eu gosto de fazer isso.

– Me encher de comida?

– Cozinhar.

Ele riu e voltou ao seu reino de caramelo e chocolate.

Saí com a minha caixa sem qualquer intenção de ser paciente. Talvez eu não tivesse tempo para um *crush* fadado à ruína, mas havia tempo para sobremesas, certo? Lá fora, o sol matinal escaldante dissipava as últimas nuvens.

19

Uma onda de calor nos atingiu e, depois de comer os bolos de Alex, eu me senti responsável.

Acordei no sábado de manhã corada e ainda cansada, com os lençóis chutados da cama e o ventilador girando devagar. Virei e peguei meu celular. Tinha notificações demais para aquela hora.

Então me sentei, afobada. Não era cedo, eram quase dez e meia. O dia estava praticamente na metade.

Ana – sempre notoriamente atrasada – já tinha mandado várias mensagens, uma mais irritada que a outra. Todo mundo iria se encontrar na praça para trabalhar na organização do festival e eu estava *muito* atrasada. Pulei da cama, me vesti rapidamente e fui depressa até a praça, pegando o skate na mão quando alcancei a grama.

Parei ao lado de Ana, que examinou minhas roupas com surpresa. Eu não tive tempo de lavar o cabelo, então só prendi e cobri com um lenço vermelho. Nada estava passado e estava quente demais para um cardigã, então eu tinha colocado minhas roupas de jardinagem. A calça jeans era velha e tinha manchas insistentes de grama, e a camiseta justa estava um pouco apertada no busto, mas era escura o bastante para esconder o suor.

– O que foi? – perguntei.

– Você parece pronta para fazer uma flexão e falar que a gente também consegue fazer.

Ana se abanou com um pedaço de papel. As brisas agradáveis de primavera tinham ficado quentes demais, e a umidade estava se assentando sobre tudo. Em algum lugar lá no alto, a tampa havia sido colocada sobre a panela e nós estávamos dentro, fervendo como sopa.

A sra. Peña estava no modo comandante, armada com canetas no cabelo e uma prancheta na mão. Não havia nenhum mural atrás dela desta vez, e sim um palco com muitas pessoas andando de um lado para o outro com caixas e cabos. O sr. Peña estava parado ao lado dela com os braços cruzados, estoico e silencioso. Ele lançava olhares sombrios a qualquer um que não escutasse a sua esposa.

A srta. Peña bateu na prancheta.

– Todas as inscrições para vendedores têm que ser entregues hoje, pessoal. Certifiquem-se de que estejam nas minhas mãos. Temos uma semana, ouviram? *Una semana.* – Ela deu um olhar gélido para os *viejitos* e seus celulares. – Como vão os preparativos do casamento, Rosa?

Contei as tarefas nos dedos.

– Oscar está terminando o arco, eu vou passar pelo bairro coletando doações de flores de jardins locais…

– Fique longe do meu jardim – interrompeu Gladys.

– ...e um pomar de laranjas da região ficou sabendo do que estamos fazendo e vão nos dar caixas do seu espumante de toranja de graça. – Avistei Mimi do outro lado da praça vindo em minha direção como um míssil furioso. – Eu não vou beber, é claro, mas nos demos bem.

– *¿Qué pasó?*

Ela parou na minha frente com os olhos arregalados e a mão sobre o coração.

– Não aconteceu nada. Fiz um bom negócio.

– *Pero mira tu ropa.* – Ela gesticulou para as minhas roupas. – O ferro queimou?

Ela começou a catar fiapos não existentes da minha camiseta e fez um som de desaprovação ao ver como estava apertada.

Afastei suas mãos. Ela estava carregando uma cesta de conchas, um ramo de lavanda e alecrim e uma sacola de entrega de Beta & Ovos.

– Espere, o que você estava fazendo?

Mimi ficou com uma energia pensativa e silenciosa depois que minha mãe partiu. Na noite anterior, quando cheguei do trabalho, minha *abuela* – que nunca saía depois do jornal das seis – tinha acabado de voltar de algum lugar. Quando perguntei aonde ela tinha ido, ela respondeu: "Eu precisava de uma resposta". E – história da minha vida – ela não me contou quem era que tinha a tal resposta ou se a conseguiu.

– Mimi vai montar sua própria área para o festival. – O sorriso da sra. Peña estava um pouco forçado. – Ela me contou uma hora atrás.

– Sério? – perguntei a Mimi. – Você anda cheia de surpresas.

– E, para tornar as coisas ainda mais emocionantes, ela se recusa a nos contar o que vai fazer ou se precisa de alguma coisa. Mas tenho certeza de que será ótimo. – A sra. Peña se virou a Mimi. – Será ótimo, não será?

– *Claro que sí* – declarou Mimi com segurança e tranquilidade. – Teremos carne *con papas* para o jantar – ela me avisou suavemente antes de se afastar.

Eu não sabia o que estava acontecendo com ela, mas quem era eu para recusar meu jantar favorito?

Ana acenou para a mãe.

– Os caras chegaram. Vou me mandar. – Tyler e Lamont vieram até o palco. – Vejo você depois – disse ela para mim, então correu para encontrá-los.

A sra. Peña olhou para a prancheta outra vez. O grupo ao seu redor tinha diminuído à medida que ela distribuía tarefas. Ouvi o som de furadeiras elétricas, e vi Oscar e Mike do lado direito da praça trabalhando em mesas e no que parecia ser uma plataforma elaborada. A Tartaruga de Ouro estava orgulhosamente apoiada no topo dela. Fiquei surpresa ao não ver Benny rodeando seu tesouro.

– Ei, onde está Benny? – perguntou a sra. Peña, como se tivesse lido meus pensamentos.

Ela olhou ao redor, mas não encontrou o filho.

– Ele foi ao jogo de futebol – respondeu Junior.

A comandante de festival se transformou instintivamente em uma mãe preocupada.

– Acha que tudo bem? – Ela olhou para o marido.

Ele fez que sim com a cabeça, mas ela não pareceu tranquilizada. Esperando aliviar algumas de suas preocupações, dei um passo à frente.

– Eu cuido das tarefas que sobraram.

– Precisamos levar estes panfletos e cupons às cidades vizinhas para divulgar o festival, mas você não tem carro, Rosa.

Atrás de mim, uma voz já familiar disse:

– Eu tenho.

Dei meia-volta e Alex abriu um leve sorriso para mim. Suas mãos estavam enfiadas preguiçosamente nos bolsos, e o mar em seus braços estava de um azul vívido no dia ensolarado.

– Perfeito – disse a sra. Peña. – Obrigada, Alex.

Ela me entregou uma pilha de papéis e uma lista dos lugares onde precisávamos entregá-los.

Tudo bem. Não seria um encontro com Alex, em quem eu decidira não ter o tempo ou a capacidade emocional de investir no momento. Era uma tarefa para o festival e, depois de trabalhar principalmente no casamento, a oportunidade era bem-vinda.

– Foco no trabalho – eu me recordei enquanto caminhávamos juntos até o estacionamento.

– O quê? – Ele se inclinou para perto.

– Nada. Só estou lendo o mapa.

Alex abriu a porta do passageiro e eu entrei. Enquanto ele dava a volta até o lado do motorista, murmurei uma prece por confiança e tranquilidade. Eu aceitaria ajuda de qualquer santo à disposição. A corda dele estava amarrada num nó intricado no meio do painel da camionete.

Ele entrou e o rádio ligou junto com o motor, no meio de "Candela", do Buena Vista Social Club. Meus olhos se arregalaram com o som de uma antiga banda cubana na camionete de Alex. Parecia um bom presságio, mas ele ficou envergonhado. Sem dizer uma palavra, trocou de marcha e saiu de ré do estacionamento.

Ficamos em um silêncio constrangedor por um momento. Ele balançou a cabeça com uma risada autodepreciativa.

– O cara começa a conversar com uma garota cubana e de repente está escutando Buena Vista Social Club.

Eu não fazia ideia do que dizer. Certo, tínhamos passado por sobremesas, tesouros perdidos, meus batimentos cardíacos erráticos, planejamento de casamento e o fato de que toda música agora me fazia pensar nele, mas quando meu *crush* secreto tinha crescido daquele jeito? Oh, Deus. Será que ele também gostava de mim?

Ele mudou de marcha ao entrar na rodovia.

Paramos nos pontos turísticos populares ao longo da estrada. O primeiro tinha um *outlet* e lojas de antiguidades com enormes placas ousadas que anunciavam a combinação interessante e muito típica da Flórida de carne de jacaré, amendoins fervidos e orquídeas. Elogiei a beleza de Porto Coral mostrando os panfletos e distribuindo cupons. Devo ter sido uma embaixadora muito convincente, porque eles colocaram nossas oferendas em destaque perto dos caixas. Quando saí da loja, Alex estava me esperando na camionete e timidamente me ofereceu um pirulito de tangerina.

– Você roubou isso?

Ele riu, surpreso.

– É claro que não.

Ele desembrulhou o outro e o enfiou na boca. Eu fiz o mesmo. Chupar o mesmo doce, no mesmo momento, parecia um flerte. Provavelmente por causa de todo o contato visual.

– No que você está pensando? – perguntei, apertando de leve os olhos contra o sol.

– Em fazer uma geleia de tangerina.

– E o que faria com ela?

O pirulito suavemente azedo bateu de leve contra os dentes dele enquanto considerava minha pergunta.

– Assaria pãezinhos com muita manteiga.

Eu estava hipnotizada.

– E serviria a geleia enquanto ainda estão quentes.

Fechei os olhos com um suspiro. Alex riu e foi abrir a porta para mim.

Nossa última parada era a mais distante, mas consistia na maior saída para Porto Coral com um centro de visitantes, então era importante avisá-los também. Felizmente, havia bem menos empreendimentos nessa área, que por isso era verde e viva. As raízes de antigos ciprestes se espalhavam como joelhos ossudos que se afundavam na terra pantanosa. Observar a terra selvagem, mesmo que por um breve momento, me fez perceber que eu não saía de Porto Coral havia anos.

– Onde estamos hoje? – perguntou Alex enquanto mudava de marcha.

Ele se lembrara da minha história sobre viagens de carro e a pergunta que minha mãe sempre fazia.

Alegre, respondi:

– Em uma floresta subterrânea.

– O quê?

Dei risada com a surpresa dele.

– Estamos perto de uma. Não muito longe de Gulf Shores, no Alabama, tem uma floresta com ciprestes de uma era do gelo de, tipo, sessenta mil anos atrás. – Olhei pela janela. Tinha topado com a informação fazendo um projeto para a matéria de ecologia, mas continuara pesquisando por curiosidade. – Ela foi descoberta depois que um furacão de categoria cinco agitou as águas. O golfo é praticamente só areia, mas bem na borda existe uma floresta antiga e preservada que mostra os caminhos de rios e vales do passado.

Do lado de fora da minha janela, ciprestes sem folhagem abriam espaço outra vez para pomares mais cuidados. As fazendas aqui tinham sofrido com o *greening*, uma doença terrível e incurável que consumia as árvores.

– Você adquiriu essa afinidade por plantas da sua *abuela*?

– É difícil pensar que não foi uma coisa herdada, mas estou mais interessada no que posso fazer por elas, e pessoas como Mimi conhecem os jeitos antigos de curá-las. Quando penso em Cuba, sim, é por causa da minha família, mas também é maior que nós. É a incrível biodiversidade e o futuro da ilha. Eu quero que ela sobreviva e prospere. – Apontei para o pomar logo adiante. – E quero que essas laranjas voltem na próxima estação. – Virei-me para Alex. Ele mantinha uma mão relaxada no volante, e o sol forte quase o fazia brilhar. Algo significativo estava se juntando na minha mente, desdobrando-se e aumentando, como quando eu vi a foto do presidente Obama rindo na cidade antiga em Havana com a filha Malia. – Eu quero que o porto sobreviva por mais cem anos.

Com os olhos na estrada, Alex assentiu.

– Eu também. Espero que dê certo. – Ele começou a perguntar alguma coisa, mas se virou para a frente de novo. Tamborilou a mão no câmbio, estendeu-a para a corda, então a baixou. Ele hesitou até enfim perguntar: – Alguma novidade sobre a grande decisão da faculdade?

Passei de calcular séculos para enfrentar meros dias.

– Ainda n… – comecei, mas parei porque fumaça estava saindo de baixo do capô da camionete.

Alex xingou baixinho e entrou no acostamento.

– O que aconteceu? – perguntei.

– O motor aqueceu demais. Ficou quente demais, rápido demais hoje, e meu termômetro está quebrado. – Ele mudou de marcha para estacionar e desligou o carro, murmurando outro xingamento. – Tenho um refrigerador, mas tenho que esperar alguns minutos até o carro esfriar para abrir o capô. Posso ligar o aquecedor para desviar um pouco do calor. – Ele passou as mãos pelo cabelo. – Desculpe.

– Não tem problema. Vamos aproveitar para fazer uma pausa e curtir a paisagem.

Eu estava faminta, começando a suar e meu nível de glicose no sangue estava despencando. Queria ter outro pirulito de tangerina.

– Vamos sair antes que a gente cozinhe aqui dentro.

Ele fez isso e eu o segui. Não havia nenhum prédio por quilômetros. Provavelmente estávamos nos fundos de um pomar de laranja cujas árvores terminavam a alguns metros da estrada.

– Quer uma laranja? – perguntei.

– Você ficou com medo de que eu tivesse roubado os pirulitos, mas agora está oferecendo fruta surrupiada.

– Surrupiada, hein? Gostei. Ah, vá, é só uma laranja. Talvez duas de um pomar inteiro. Já tem um monte no chão.

– Vou ficar aqui, mas obrigado, Eva.

Gargalhei e considerei a distância.

– Vou tentar – decidi.

A grama alta ao longo da estrada roçou meus tornozelos e joelhos. Quem era sortuda de estar usando seus jeans e tênis de jardinagem agora? Dei um passo grande para evitar o que parecia ser um pneu estourado. Mas, quando meu pé aterrissou, o chão cedeu com um som abafado e eu caí de joelhos. A área ao redor do pomar era uma terra pantanosa escondida pela grama alta, e minhas pernas e mãos agora estavam cobertas de lama. Eu me estiquei e olhei por cima do ombro, mas Alex não tinha visto minha queda, recostado na lateral do motorista da camionete.

– Tudo por uma laranja – resmunguei.

Tentei me levantar, mas a lama não facilitava. Quando finalmente me ergui, vi um jacaré.

O dinossaurinho raivoso me observou a poucos metros de distância, sua imobilidade era uma ameaça implícita. Havia algo perturbadoramente antigo nos jacarés, e é por isso que não se deve entrar em qualquer área gramada na Flórida, havendo ou não laranjas.

– Alex – chamei com cuidado.

Minhas pernas tremeram, e eu podia jurar que o jacaré notou. Senti vontade de vomitar meu pirulito.

– O que foi? – A voz dele se aproximava.

– Jacaré – falei, engasgada.

Eu o ouvi parar.

– Onde?

Eu não conseguia me mexer. Apontei o queixo na direção do bicho, mas fiquei congelada. Eu era um bloco de gelo derretendo no dia mais quente do ano.

– Escute, ele é bem pequeno e provavelmente tem mais medo de você do que você tem dele – disse Alex.

Eu queria revirar os olhos. As pessoas sempre diziam isso e estavam seriamente subestimando quanto medo eu podia sentir.

– Volte até mim devagar.

Acima de nós, um grupo de grous passou voando e guinchando como um alarme de incêndio. Disparei de volta à camionete.

Infelizmente, Alex estava logo atrás de mim, e, embora eu fosse pequena, meu ímpeto e desejo de viver eram potentes. Eu o derrubei como uma árvore cortada e ele caiu na lama grunhindo comigo em cima dele.

– Desculpa!

Ele deixou a cabeça cair para trás na terra e bufou, rindo.

– Precisamos parar de nos encontrar assim.

Ergui a cabeça depressa para procurar o jacaré faminto atrás de nós, mas ele tinha sumido. O alívio foi instantâneo e meus ossos derreteram. Sorri para Alex.

– Ele foi embora.

– Era um jacaré muito pequeno, Rosa. É capaz que fosse um lagarto, na verdade.

– Talvez, mas eu também sou muito pequena. Vai saber quem teria vencido.

– Minha aposta é na corredora olímpica. – Ele abaixou a voz. – Não estou reclamando, mas ainda estamos no acostamento.

Eu estivera observando sua boca, então levei um segundo para as palavras fazerem sentido. Levantei num pulo e o deixei se erguer. Graças à queda – e o fato de eu ter aterrissado em cima dele –, Alex estava coberto de lama.

Tentei limpar a sujeira da sua camiseta, mas só piorei as coisas. Meus olhos encontraram o olhar paciente de Alex, e lembranças de açúcar e caramelo voltaram à minha mente. Ele tomou meu rosto nas mãos com delicadeza e limpou a lama das minhas bochechas.

– Não consegui pegar a laranja – sussurrei.

Ele sorriu e inclinou a cabeça. Capturou meus lábios em um beijo gentil que já tinha um sabor agridoce. *Ele é um garoto com um barco e você vai embora da cidade. E ele sabe disso.*

Minhas mãos se fecharam ao redor dos pulsos dele; não sabia se para mantê-lo ali ou se para me impedir de desabar. Talvez as duas coisas à medida que Alex me dava beijos suaves e mordiscadas que pareciam perguntas. Aquela linguagem era nova, mas segui seus passos lentos e cuidadosos. Quando ele parou para respirar, fiquei na ponta dos pés e capturei seus lábios em um beijo mais profundo, febril demais para se atentar a coisas inúteis como ar. Suas mãos desceram pela lateral do meu corpo, e ele envolveu os braços ao meu redor. Segurada pelas ondas azuis revoltas do seu oceano, pressionei meu coração disparado contra o dele. Eu iria desabar de insolação, mas não importava. Ele tinha gosto de tangerina, e eu não conseguia mais me lembrar do sabor das minhas antigas balas favoritas, de morango. A primavera havia se tornado verão antes da hora por causa de um beijo.

Uma buzina alta finalmente nos separou quando um caminhão passou a toda velocidade na estrada. Alex parecia tão atordoado quanto eu. Sorri. *Eu* tinha feito aquilo com ele.

– Continue olhando assim para mim e nunca vamos sair daqui. – Ele gargalhou e me ofereceu a mão enquanto voltávamos à camionete.

Agora que o motor tinha esfriado, ele conseguiu arrumá-lo. Entramos de volta no carro sem falar nada, mas eu não conseguia parar de relancear para o sorriso secreto que dançava nos lábios dele.

Do lado de fora da nossa última parada, limpamos a lama dos sapatos o máximo possível, mas todo mundo nos observou ir até o balcão do centro de visitantes. As sobrancelhas de uma mulher de meia-idade se ergueram até o cabelo. Rapidamente a informei sobre Porto Coral. Ela ficou em silêncio, seu olhar curioso e preocupado examinando Alex e eu. Pedi que se lembrasse de nós quando falasse com os turistas naquela semana, e ela ergueu os olhos dos papéis em suas mãos para mim. Alex educadamente manteve as mãos atrás das costas. Eu tinha perdido meu lenço. Parecíamos habitantes do pântano.

— Que tipo de festival é esse? — perguntou ela com um forte sotaque sulista.

— Um muito incrível — respondi sem fôlego.

20

— Por que o jacaré atravessou a rua? – Ana perguntou no dia seguinte.

Eu a ignorei, mas ela estava se divertindo demais para abandonar a piada. Sentada atrás da bateria, perguntou de novo.

Suspirei. O ventilador mal atingia o lugar onde eu estava sentada no sofá da garagem deles. Benny e Mike estavam bloqueando a maior parte da brisa.

– Não sei, Ana. Por que o jacaré atravessou a rua? – falei, por fim.

– Para roubar uma laranja! – Ela tocou um *ba-dum-tss* na bateria e gargalhou.

Benny pôs seu refrigerante na mesa.

– Não entendi.

– Ela está me zoando por causa do que aconteceu ontem.

– Isso eu entendi. Mas a piada é péssima.

– Ei. – Ana apontou a baqueta para ele.

Nunca comentávamos sobre como ela parecia sua mãe nos ameaçando com uma colher de madeira quando fazia isso, porque daí ela poderia realmente lançar a baqueta sobre nós.

– Onde está seu namorado? – Benny perguntou. – Voltou para o mar?

– Me dê sua baqueta – pedi para Ana.

– Claro, mas conte sobre o beijo primeiro – retrucou ela.

Olhei para os garotos, que de repente acharam outra coisa para encarar.

– É, rapazes, perderam sua chance. A Rosa aqui está sendo beijada por garotos fofos com barba de homem que sabem fazer doces.

Quando Alex e eu voltamos no dia anterior, eu ainda tinha um turno na bodega. Ele se ofereceu para me acompanhar até lá, porque era um cavalheiro, mas eu recusei para salvá-lo de cubanos sarcásticos e seu *chisme*. Eu não fazia ideia do que estávamos fazendo, mas era difícil pensar racionalmente depois de ser beijada por um padeiro gostoso. Eu estava só aproveitando o doce momento.

– Do que mais a gente vai falar quando você tem esse olhar vidrado? Parece chapada – reclamou Ana.

Ela estava ensaiando para o show e bateu em um címbalo como um toque final dramático.

Com uma careta de dor, Benny resmungou:

– Sinto falta dos bongôs.

– Esqueça os bongôs. Agora que estou na Electric posso oficialmente contar para a mamãe e o papai que abandonei a banda de jazz. – Ana deixou seu sotaque cair uma oitava e se tornou supercubana. – A banda serve se consegue garantir uma bolsa para *una universidad* onde você nem quer estudar.

– E me explique de novo por que você não quer ir para a universidade? – Mike perguntou.

– É um desperdício de dinheiro e do meu tempo. Eu posso fazer algumas matérias, mas não vou fazer as malas para passar meu tempo com *nerds* e *hipsters*. Sem ofensa, Rosa.

– Espera, eu sou qual dos dois?

– Prefiro trabalhar, tocar bateria e descobrir o resto no meu próprio tempo, gastando meu próprio dinheiro. E não é que eu seja totalmente contra a educação superior, até salvei a inscrição para a Faculdade Comunitária de Porto Coral no celular. – Ela apontou para o irmão. – Não ouse contar para a mamãe e o papai. Eles acham que eu já me inscrevi para faculdades estaduais como todo mundo.

Benny terminou o resto do refrigerante e balançou a latinha vazia.

– Isso é problema seu. Só não venha chorar no meu ombro depois, quando todos os seus amigos tiverem ido embora. – Ele olhou ao redor da garagem. – Todos seus dois amigos.

– Mike talvez não me deixe – disse Ana.

– O quê? – perguntei. – Desde quando? Você entrou na Universidade da Flórida!

Mike ergueu uma mão para me interromper.

– Não sei ainda. Gosto muito do aprendizado com Oscar, e a faculdade comunitária está bem aqui, então eu tenho um motivo para ficar.

– Eu também. – Ana tocou uma batida rápida. – Tyler tem planos de fazer uma turnê curta no verão e tocar em todos os pontos turísticos.

Ana esboçou sua turnê dos sonhos para nós, mas eu não conseguia parar de pensar no dia anterior. A breve viagem de carro com Alex tinha rendido mais que beijos incríveis. Minhas ideias para os próximos dois anos de faculdade tinham se desvelado à visão dos pomares de laranja e ciprestes. Quatro universidades tinham me aceitado no curso de Estudos Latino-Americanos. Essas escolas também ofereciam disciplinas em ciências ambientais e estudos de sustentabilidade. Não era mais uma rota direta para Havana, mas, com poucos dias para decidir, eu tinha feito a coisa mais radical até então: uma lista inteiramente nova no meu diário.

– Ei, aquela ali é Mimi? – perguntou Ana de repente. – Aonde está indo com tanta pressa?

Minha *abuela* estava na rua com três sacolas nas mãos. Mimi vinha agindo de modo muito estranho desde que minha mãe tinha ido embora: passava menos tempo na sua janela e desaparecia por longos períodos. Eu suspeitaria que estava me evitando, mas, quando estávamos juntas em casa, ela ficava me rodeando ou insistia para que eu a ajudasse no jardim.

– Não sei – falei, pulando do sofá. – Vejo vocês depois.

Na calçada, eu a segui a uma distância cautelosa. Não podia perguntar diretamente, porque ela só faria eu me sentir culpada ou, pior, retrucaria com uma pergunta diferente, mas igualmente intrusiva. Se eu queria descobrir o que estava acontecendo, precisava ser sutil. Mais um segredo... As três mulheres Santos estavam coletando muitos deles nos últimos tempos.

– Oi, Rosa! – A srta. Francis se aproximou com Destroço e Entulho. Seus cachorros não se deram ao trabalho de me farejar, mas ficaram alertas para qualquer movimento súbito. – Como vai o dilema da universidade?

– Ah, certo. Sim. Estou pensando. – Olhei por cima do ombro dela para verificar que não tinha perdido Mimi de vista.

– Ótimo, você escolheu?

– Escolhi o quê?

– Uma faculdade!

– Nossa, não! Escute, eu tenho que ir, então a gente se fala depois, tá?

Acenei e corri pela rua para alcançar Mimi. Ela parou de repente e eu mergulhei em um jardim.

Gladys se endireitou na cadeira da varanda.

– Rosa Santos, é melhor não estar roubando minhas flores!

Abanei as mãos, implorando silêncio.

– Espero que você não esteja mandando eu ficar quieta no meu próprio jardim!

– Aonde ela está indo? – murmurei enquanto dava a volta no arbusto de gardênias.

Mimi olhou para os dois lados antes de prosseguir e fui atrás dela. Meus passos espalhavam folhas de magnólia caídas, e o ar estava suave e doce com o perfume das flores. À frente, uma multidão se reunia na praça. Era fim de tarde, então a movimentação perto da bodega ou do restaurante era esperada, mas todo mundo estava encarando uma tenda branca, nova e excepcionalmente alta, que ocupava um canto inteiro da praça gramada. Mimi passou reto pelas pessoas e entrou ali. Ninguém a questionou e ninguém a seguiu. *O que está acontecendo?*

Eu fui até a parede branca e reparei nas muitas placas ao redor.

É MELHOR NÃO ABRIR.

Que sigiloso e ameaçador! Eu, é claro, imediatamente queria saber o que estava acontecendo lá dentro. Papá El veio até mim empurrando seu carrinho de picolé. Seus sabores hoje eram melancia, manga e arroz *con leche*.

– Apareceu ontem à noite – ele me contou, parecendo tão confuso quanto eu. – Todo mundo está com medo de ver o que tem dentro. As placas são bem convincentes.

– Mimi acabou de entrar.

– Então definitivamente vou obedecer às placas.

Fui atrás da sra. Peña para investigar.

– Mimi – acusou ela, se endireitando depois de guardar algumas latas de sopa. – Nós acordamos e o negócio estava lá. Ela me liga e me diz para não olhar para a tenda, não mexer nem me preocupar com ela. – A sra. Peña apoiou as mãos no quadril. – Como posso não me preocupar com ela? O festival é em menos de uma semana e sua *abuela* está erguendo tendas secretas com sabe lá Deus o que dentro. Ela contou alguma coisa para você?

– Não. – A sra. Peña parecia não acreditar em mim. – Eu juro. Mas eu vi uma observação no nosso calendário sobre a próxima lua cheia.

– *Por dios*.

A sra. Peña apertou a ponta do nariz antes de voltar às sopas.

De novo lá fora, coloquei meus óculos de sol e encarei a tenda. Era tanto um enigma como uma tentação. Eu poderia simplesmente entrar, apesar das placas; poderia rasgar o tecido e encontrar algumas respostas. Eu precisava de menos mistério na minha vida agora. Porém, Mimi tinha me chamado de impaciente, e tinha sido a primeira vez que alguém dissera isso para mim. Eu era a garota que tinha se desenvolvido mais tarde e lia livros grandes. Impaciente? Minhas especialidades eram paciência e fé.

Não eram?

Bem, aquilo era uma prova. E eu sempre ia bem em provas, então planejava tirar nota máxima nesta também.

– Tudo bem. Fique com sua tenda, Mimi.

Eu me virei para seguir pelo calçadão. Podia visitar Clara; sua mãe chegaria em breve e ela queria repassar os últimos detalhes. Então, vários metros à minha frente, a porta da barbearia se abriu e Alex emergiu de lá. Ele parou, olhando para o mar. Meus passos ficaram mais lentos. Ali estava outra prova. Se ele se virasse para a marina, eu não iria segui-lo nem tentar encontrá-lo casualmente. Eu tinha uma lista de coisas para fazer e precisava de tempo para pensar sobre essa questão do *crush* agora que tínhamos subido de nível e trocado ótimos beijos.

Ele se virou na minha direção e sorriu. Eu tinha razão: era mesmo letal. Nós nos encontramos no meio do caminho.

– Oi – ele disse.

– Oi – respondi. – Belo corte.

Ele passou uma mão pelas laterais curtas dos cabelos. Enfiei as mãos nos bolsos para não fazer o mesmo.

– Ouvi dizer que aquela tenda é de Mimi. – Ele apontou o queixo para a praça.

Espiei atrás de mim.

– Ouvi a mesma coisa, mas não me peça detalhes. As mulheres na minha família são famosas por não contar nada umas às outras.

Eu tinha recebido uma nova mensagem de minha mãe naquela manhã: uma foto dela pintando uma rua que eu conhecia de memória sob o luar. A vista de um céu cinza da janela de um avião. Um gato de bodega reinando sobre sacos de arroz. Eu costumava analisar as fotos dela em busca de alguma mensagem codificada, mas agora entendia seu significado: eram momentos em que ela sentia minha falta.

– Quero te mostrar uma coisa – disse Alex. Ele também enfiou as mãos nos bolsos e oscilou o corpo de leve para a frente e para trás. – É meio importante.

– Certo – falei, com um misto de curiosidade e um pouco de preocupação.

Não que eu não gostasse de surpresas, mas não gostava de me sentir despreparada.

– Está no meu barco.

Ele se virou rapidamente, como se quisesse garantir que o negócio ainda estava no lugar.

– Claro que está – murmurei.

Sinalizei para ele ir na frente pelo calçadão até a marina. Os dias ainda estavam muito quentes, mas o calor era mais suave ali. Meu cabelo dançou com uma rajada de vento mais forte e o chão ficou instável à medida que nos aproximávamos das docas.

Eu ainda estava ansiosa e insegura, mas meus medos também estavam abrindo caminho para um tipo profundo de deslumbramento. Quando chegamos ao barco, ele me ofereceu uma mão para atravessar justo quando um homem mais velho se aproximou de nós vindo do outro lado das docas. A mão de Alex hesitou.

Eu me preparei para o golpe. O homem me olhou da cabeça aos pés antes de focar Alex.

– Eu tinha agendado você para a viagem de pesca esta manhã.

– Carlos foi no meu lugar – respondeu Alex com um tom rígido. – Eu tinha tarefas na cozinha.

– Certo, seus doces. Bem, Carlos tem uma esposa e um bebê a caminho, e não precisa ficar longe agora. Além disso, é você o marinheiro.

Meu alarme de indiretas soou quando o homem falou *marinheiro*.

– Oi – cumprimentei, oferecendo a mão para cortar a tensão. – Eu sou a Rosa.

– Javier – disse ele, retribuindo o aperto.

– Meu pai. – Alex suspirou.

– Ah! – Eu ainda estava apertando a mão dele enquanto processava as semelhanças. Javier era mais baixo e atarracado que Alex, mas eles tinham os mesmos olhos e barba escuros e a mesma ruga entre as sobrancelhas. Soltei a mão dele e tentei abrir um sorriso simpático. – Alex tem ajudado muito com o festival e o casamento de Jonas e Clara.

– Bem, ele me disse que voltaria para cá para ajudar com a marina, mas eu não o vejo muito, então pelo menos ele está ocupado.

— O objetivo do festival é salvar...

— O porto — interrompeu ele, assentindo. — Certo. Vamos só esperar que tudo isso... funcione. — Ele parou enquanto meu alarme soava outra vez. Ele era bom, quase tinha o nível de proficiência de Mimi. — Você ainda vai participar da regata, certo?

— Claro, pai. Eu disse que vou.

— Só confirmando. Quero ver o marinheiro em ação antes da grande viagem. — O celular na mão dele tocou e ele atendeu. — Marina de Porto Coral.

Enquanto ele ouvia o interlocutor, assentiu em despedida e foi embora. Pais eram criaturas estranhas.

— Grande viagem? — perguntei.

Alex esfregou a testa, então me ofereceu a mão de novo e me ajudou a cruzar o pequeno espaço entre a doca e o barco. Eu me apoiei na amurada enquanto ele atravessava a distância tranquilamente e descia os degraus até a porta. Ele abaixou a cabeça e entrou. Eu devia segui-lo? Corri atrás dele e me vi em uma pequena cozinha com uma única tigela na pia. Ao meu lado, havia um banco e uma mesa coberta por pilhas de livros. Luna dormia ao lado deles. O lugar cheirava a óleo, canela e mar, e Alex seguiu para um cômodo nos fundos, provavelmente seu quarto.

Apertei a mão contra a barriga para controlar o friozinho que senti. Eu estava tensa demais no momento para ficar pensando sobre a cama das pessoas.

Depois de um momento, Alex voltou com um papel enrolado. Ele empurrou os livros para fora da mesa — o que irritou Luna — e abriu o papel, revelando um mapa. Não era um desenho abstrato nem uma interpretação artística em grafite, mas um mapa funcional com anotações em todo canto. Havia uma linha definitiva que serpenteava pelo azul. Aquela não era uma viagem a uma ilha barreira. Alex iria cruzar o mar com seu barco.

– Estou planejando há séculos, mas levou um tempo para preparar tudo de que preciso e economizar o dinheiro necessário. – Ele alisou uma dobra no papel. – Eu quero ficar no mar por um tempo.

Tracei as linhas, que pareceram quentes ao toque. O mar lá fora cantava por ele.

– O que acha? – perguntou ele, com uma nota de nervosismo na voz.

Olhei para o mapa e uma pontada de dor arranhou um espaço oco dentro de mim. Aquilo não era um *crush* num garoto com uma barba de homem que fazia sobremesas deliciosas. Eu estivera perdida num sonho açucarado de confeiteiro. Alex era um marinheiro. Com um barco. E estava destinado ao mar.

– Quando você vai?

– Mês que vem. A meta é passar o verão velejando. – A confissão se insinuou entre nós, absorvendo ar demais daquele espaço pequeno. – Com sorte, vai correr tudo bem e, quando eu voltar, a equipe da universidade vai estar aqui para começar o trabalho. Se quero fazer isso, precisa ser agora.

– Faz sentido. – Recuei da mesa com o coração pesado. – Uau. Um verão todo na água...

Não terminei a frase. Um nó crescia na minha garganta. Acenei sobre o mapa, mas não o toquei. Ele era a prova de que não havia um próximo passo para nós. Nossa data de vencimento se encontrava naqueles registros sobre distâncias e perigos. *Não namore Rosa Santos* devia estar escrito em um tom bem ameaçador de vermelho em cima do negócio inteiro.

– Eu queria te contar porque...

– Você está indo embora – falei. Tentei manter a voz descontraída, mas ela falhou no fim e inspirei com força. – E eu também, e são coisas importantes de saber, é claro. Apesar de todo o... – Eu encostei um dedo nos lábios.

– Eu sei – disse ele. – Nós dois vamos partir. Mas talvez possamos jantar primeiro?

Ele deu de ombros, tentando ser casual, mas seus olhos mostravam a verdade. Aquilo era importante para ele. *Eu* era importante para ele.

– Você está tentando me encher de comida de novo – sussurrei.

Aquilo era um desastre. Eu gostava tanto dele. Demais. Sempre tinha jurado que não me tornaria minha mãe; no entanto, apesar de todo meu esforço, estava em um barco, numa doca, ofertando meu coração traidor e perigoso.

– Já sentamos um semestre inteiro lado a lado comendo sozinhos – disse ele. – Desta vez, vamos sentar à mesma mesa. Só estou pedindo um encontro, Rosa.

– Tudo bem – respondeu meu coração tolo.

21

A dois dias do festival e do casamento, eu não tinha tempo para ficar pensando no meu primeiro encontro romântico de verdade. Fui de skate até a livraria de Clara e finalmente conheci a mãe dela. Nós três tomamos as últimas decisões sobre o local onde todos se preparariam antes da cerimônia, para que eu soubesse onde as flores, a maquiagem e os vestidos precisavam estar. Em seguida, corri até a oficina de Oscar para ver se o arco e minha encomenda secreta estavam prontos.

Lá fora, espiei o mural de minha mãe e descobri que ela não o tinha deixado completamente em branco. Havia um rascunho de alguém, mas ela ainda precisava colorir a imagem para dar à pessoa uma forma real e definida. Parecia um fantasma – sua contribuição gótica à cidade. Minha mãe voltava para casa para se embebedar e pintar fantasmas.

— E os *viejitos* ficam postando sobre *mim* – resmunguei.

Alex me encontraria depois do trabalho, então corri para casa, fui direto para o meu quarto e parei diante do armário. O vestido amarelo me chamava. A saia vermelha também, mas eu tinha de ser discreta no encontro, então talvez vermelho não fosse a melhor escolha. O vestido verde sem mangas tinha uma silhueta ótima e fazia eu me sentir muito natural e relaxada – e eu precisava relaxar. Aquela era uma indecisão pequena, mas abriu todo o *tikitiki* extenuante que eu vinha reprimindo. Meus nervos fizeram meus joelhos cederem, e caí desajeitada no chão. Pressionei a mão no peito enquanto tentava aprofundar minha respiração e examinei o altar diante de mim.

Meu *abuelo* estava apoiado contra uma palmeira, parecendo estoico e forte com os braços cruzados. Na outra foto, meu pai estava sentado em uma mesa de piquenique com uma vara de pesca ao lado. Ele dava um sorriso brilhante para quem quer que estivesse atrás da câmera.

– Eu devia conversar mais com vocês – falei.

Eles eram mais que fotos; estavam ali para serem recordados. Ver a poeira nas fotos me encheu de culpa e pânico, mas também me deu algo para fazer. Um jeito de *consertar* alguma coisa.

Peguei minha caixa de ferramentas. Era uma caixa de maquiagem rosa-shocking de plástico, um artefato esquecido da época em que o quarto ainda pertencia à minha mãe. Ela continha velas, ervas secas engarrafadas, água-de-colônia e outras bugigangas de bruxa. Verti um pouco da água na palma antes de passar o perfume no pescoço e na clavícula. O aroma doce e cítrico se assentou sobre mim como uma onda calmante enquanto eu acendia um incenso de sálvia e balançava a vareta ao meu redor. Peguei um lenço e limpei a poeira sobre a mesa, então limpei de novo com mais água-de-colônia. Coloquei as fotos no lugar, acendi uma vela e sentei outra vez diante dos meus fantasmas.

– Eu precisava de uma ajuda com a faculdade. Vocês conseguem ver meu futuro? Sei que não funciona assim, mas talvez possam se encontrar com meus outros ancestrais e me dar uma opinião, o que acham? Um pouco de clareza ajudaria.

Desembrulhei uma bala de morango, a enfiei na boca e embaralhei minhas cartas de tarô. Cortei o baralho e virei três cartas em uma disposição simples. Olhei de novo para as fotos no altar. Minha mão parou em cima da primeira carta.

– Rosa!

A porta do meu quarto estremeceu com o grito de Mimi. Puxei a mão, sentindo-me culpada.

– Que foi? – gritei.

– ¡*No me grites*! – Mimi gritou de volta.

Revirei os olhos, mas me ergui depressa quando ouvi seus passos arrastados se aproximando. Corri até a porta e a abri só o suficiente para espiar o corredor. Ela apareceu na minha frente.

– O que foi? – Eu me inclinei no batente.

– Achei que você estava no trabalho.

O cabelo dela estava cacheado e ela usava um vestido turquesa simples. Estava segurando um cabide com minha saia de margaridas recém passada. Dela, exalava o aroma de seu pó compacto preferido e do creme herbal caseiro que passava por causa da artrite.

– Falta uma hora ainda. Eu estava resolvendo umas coisas para o casamento hoje de manhã.

Mimi tentou olhar dentro do meu quarto, mas nós duas éramos baixas, com um metro e cinquenta, e eu a bloqueei num movimento veloz e suave. Ela me entregou a saia e eu a apertei contra o peito. Ficamos paradas por um momento, nos encarando de lados opostos da porta entreaberta.

– O que você vai fazer hoje? – perguntei de repente.

A saia estava ficando amarrotada no meu punho.

– Vou ficar no jardim – disse ela, e apontou para atrás de mim. – Arrume essa bagunça.

Olhei por cima do ombro. Na pressa para chegar à porta antes de Mimi, eu tinha derrubado o resto das cartas e o frasco de água-de-colônia. O cheiro de perfume era intenso.

– Ah, não, não!

Culpada, me virei, mas Mimi não estava mais lá.

Olhei para as fotos.

– Falha minha.

❖

Quinze minutos depois, vestindo a saia de margaridas, parei na porta do jardim de Mimi.

– Mimi! – chamei pela terceira vez.

O aroma terroso de solo regado e o cheiro adocicado das flores estavam fortes hoje.

– ¡*Aquí*! – respondeu ela de algum lugar perto das artemísias e dos milefólios.

Parei ao lado das artemísias. O perfume era forte, quase como o da sálvia, mas Mimi não estava em lugar algum.

– Estou bem aqui – gritou ela, obviamente não *ali*.

Dei meia-volta e segui sua voz. Quando era mais nova, aprendi a rastreá-la seguindo a música das suas pulseiras. Do lado leste do jardim, encontrei limões, uma sombrinha-chinesa e bananas, mas nada de *abuela*.

– Mimi, sério!

Ela surgiu à minha esquerda.

– Jesus!

Ela fez uma careta para mim e me borrifou com água de hortelã.

– *¿Qué pasó?*

– Não aconteceu nada. – Bem, várias coisas tinham acontecido recentemente, mas eu não sabia o quanto queria contar para ela, e isso estava me matando. Eu queria conversar sobre a faculdade, mas, depois da Grande Briga, tinha medo de entrar naquelas águas de novo. Eu também queria contar sobre meu encontro, mas não sabia como, já que isso implicaria contar a ela sobre Alex. – Eu só queria falar com você antes de ir para o trabalho. Qual é a da tenda, Mimi? O pessoal da bodega acha que eu sei o que você está aprontando.

– Diga que não sabe. É a verdade.

– Mas por que você não conta para mim de uma vez?

– Porque você vai ver. – Ela endireitou o corpo e abaixou o borrifador. – Eu quero te contar tudo, *mi niña*, e vou contar. Você vai ver.

– Ver o quê? – perguntei, exasperada.

– Tudo. – Ela apertou meu rosto em suas mãos gentis de hortelã e deu um beijo delicado na minha testa. – Queria te mostrar meu lar, o *nosso* lar, e vou tentar.

– Mas eu posso ir para Cuba – sussurrei, apertando suas mãos.
A confissão era enorme.
Os olhos dela ficaram tristes.
– E eu não posso.
Ela alisou meu cabelo e me olhou como se eu tivesse sete anos de novo, implorando para nunca deixar Porto Coral. Qual devia ter sido o preço de ter ficado entre mamãe e eu? Mimi era meu lar, meu refúgio. Minha ilha. Eu só queria que ela entendesse como eu a amava. Se eu conseguisse nos reconectar às nossas raízes, talvez pudéssemos plantar algo novo naquela bagunça que tínhamos feito.

Ela me deu outro beijo e desapareceu no jardim selvagem. Os sinos de vento tocaram uma melodia delicada e eu desejei saber as palavras – em qualquer uma das nossas línguas – para tornar tudo aquilo mais fácil.

Tentei conjurar a voz de minha mãe enquanto prometia baixinho sob o luar que eu encontraria minha concha mágica. *Ela vai te levar aonde quiser,* ela sussurrava contra a minha têmpora, selando o desejo com um beijo antes que eu caísse no sono. E eu ainda acreditava naquele dia inalcançável. Ele me lembrava do meu otimismo eterno sobre Cuba.

E da minha família.

22

Meu turno na bodega terminava às seis, então Alex me buscaria para nosso grande encontro. Na sala dos fundos, pendurei meu vestido no armário, amarrei meu avental e verifiquei o cronograma do dia.

– Você vai ficar no balcão da confeitaria – disse Ana atrás de mim. Ela estourou o chiclete e sorriu. – Nervosa?

– Trabalhar com seu pai não é tão ruim assim.

– Não! Por causa do seu encontro, trouxa.

Tentei silenciá-la, mas Benny surgiu do nada com uma vassoura e uma pazinha.

– Tarde demais. Ela já contou para todo mundo.

Ana me ofereceu seu mais inocente olhar arregalado.

– Foi sem querer, juro.

Benny começou a varrer meus pés, mas eu lhe lancei um olhar fulminante. Uma antiga superstição dizia que, se varressem seus pés, você se casaria com um velho. Entrei na loja e Junior apareceu com um carrinho de bananas e abacates.

– Oi, Rosa. Animada para o grande encontro?

Passei reto por eles.

– Vou matar todos vocês.

Foi um alívio encontrar o silêncio do sr. Peña no balcão. Durante meu turno, todos estavam na Vigia do Encontro da Rosa. As pessoas me rodeavam no balcão e me olhavam do outro lado da vitrine, irritando o sr. Peña e aumentando meu nervosismo.

– Não é nada de mais – falei enquanto me apoiava na parede com Ana antes de bater meu ponto de saída.

– Rosa – disse ela simplesmente.

– Eu sei, eu sei. – Chutei a parede de tijolos. – Eu gosto tanto dele e sei que não devia, então sinto que estou... tentando a sorte.

– Tentando ser levada pra jantar por um marinheiro gato, isso sim.

– Estou fazendo exatamente o que minha mãe fez.

– Pare de se preocupar com sua mãe. Você tem um *crush* e não tem nada de errado com isso. Você tem três dias, sereia. Divirta-se. Não está mudando seus planos por causa dele; está só aproveitando o momento. Só não vá se apaixonar e começar a pagar a conta de telefone dele. Vai ficar tudo bem.

– Quê?

– Sei lá, Paula me disse que é assim que as coisas dão errado. Falando nisso, aí vem ela.

Paula se aproximou depressa, com os olhos brilhando.

– Seu namorado chegou – sussurrou ela.

Eu me descolei da parede e olhei ao redor da curva. Alex estava esperando logo além das mesas, usando uma camisa branca com as mangas enroladas até o cotovelo. Tinta azul escorria sobre os antebraços nus, e quase dava para ouvir as ondas batendo contra sua pele. Ele usava uma gravata azul-escura.

Era a minha fantasia de namorar um monitor da Corvinal em carne e osso.

Alex notou o trio e veio até nós. Paula suspirou devagar.

– Qual é a da gravata? – perguntou Ana. – Ele parece um *nerd*.

Paula soltou um assovio baixo.

– Ele parece uma música lenta que quer fazer meu imposto de renda.

Eu estava acostumada a ver caras bonitos flertando com Paula, não comigo. Nunca com a eterna irmã caçula.

Alex parou na nossa frente.

– Pronta? – perguntou.

– Aham, só um segundo.

Corri para a sala dos fundos com Paula no meu encalço. Quando estávamos fora do seu campo de visão, ela fez um som de admiração e me deu um tapa orgulhoso nos ombros. Sacudi as mãos e dei um gritinho, e ela me girou e me ajudou a tirar o avental. Peguei o vestido do armário e me troquei no banheiro. Antes que me desse conta, Paula estava no banheiro com um frasco de perfume que ela borrifou no meu decote. Então apertou meus ombros.

– Não fique sem sobremesa, entendeu? Cubra de granulado e encha de caramelo. Escreva o nome dele naquele seu diário.

– Isso é um eufemismo? – perguntei, confusa e com uma vontade súbita de tomar sorvete.

– Não sei como, mas você descolou esse encontro – disse ela num tom de admiração. – Então vá lá e arrase.

Lá fora, Alex me esperava com as mãos nos bolsos e sorriu quando passei pelos *viejitos* curiosos com o celular na mão. Eu não sabia se eles iriam ligar para Mimi ou postar sobre nós, mas naquela noite eu era uma sereia e daria um mergulho.

❖

Chegamos à marina, mas, em vez de seguir para as docas, ele me levou ao restaurante. A sala de jantar estava vazia.

– Está fechado? – perguntei.

– Hoje, sim.

Havia uma mesa sob as luzes baixas, com um buquê de rosas e tulipas vermelhas e dois pratos cobertos. Eu não conseguia acreditar no nível de romance se desvelando diante dos meus olhos. Ele puxou a cadeira para mim – outro momento digno de cartão-postal.

– Você está de brincadeira?

Nós nos sentamos. Quando foi descobrir os pratos, Alex quase derrubou uma das velas e a tampa de metal bateu contra o prato enquanto ele tentava salvá-la.

– Estou um pouco nervoso – admitiu ele com um sorriso torto.

Relaxamos quando o aroma profundo de alho e manteiga nos envolveu. Ele afastou as tampas, revelando linguine com vieira e pão de alho recém-saído do forno. Meu estômago roncou.

– Você fez tudo isso?

Ele alisou a gravata.

— Assei o pão e peguei as vieiras e pensei...

A porta da cozinha se abriu de repente e houve uma explosão de luz e comoção.

Alex se ergueu de repente.

— Ah, não. — Ele fechou os olhos, horrorizado. — Não acredito.

— O que foi?

Eu me ergui num pulo. Se a situação exigia uma fuga rápida, queria estar preparada.

Ele suspirou.

— Minha família.

— Alejandro! — A sra. Aquino veio até ele com os braços abertos. — Que surpresa.

— Eu disse que iria dar um jantar hoje, mãe. Um jantar particular.

— Javier! — gritou ela abruptamente e sorriu para mim. — Meu marido está na cozinha. Ah, e as crianças estão vindo aí. Bem, não são todas minhas, mas quase.

— Todo mundo está aqui? — perguntou Alex.

Mais membros da família entraram na sala. Duas mulheres, uma loira e uma morena, e Carlos, que segurava a mão de uma mulher nas últimas semanas de gravidez. Duas crianças entraram correndo atrás deles, discutindo aos gritos por causa de um celular. Todos cumprimentaram a sra. Aquino efusivamente antes de voltarem a atenção para mim.

— Essa é a Rosa — anunciou a sra. Aquino. — A *amiga* de Alex.

Todos na sala perceberam a ênfase. Tive certeza de que até Paula e Ana escutaram lá na bodega.

— Esta é minha filha, Emily, e a esposa dela, Fiona. – A sra. Aquino me apresentou à loira bonita e à morena alta e curvilínea. – E aqueles dois correndo pela porta dos fundos são os filhos delas, Kat e Ray. Você já conheceu meu filho mais velho, Carlos, e esta é a esposa dele, Sara. – Sara tinha cabelo curto e escuro e um rosto delicado. A sra. Aquino pousou a mão na barriga saliente da mulher. – E esse é meu próximo bebê.

Sara sorriu e deu um beijo na bochecha da sogra.

— Estou faminta. Não comi nada o dia todo.

Os olhos da sra. Aquino se arregalaram.

— Carlos – ela repreendeu.

Ele revirou os olhos.

— Ela tomou dois cafés da manhã, mais um *brunch*, almoço e batata frita no carro vindo para cá. – Ele sorriu para mim. – É bom te ver de novo, Rosa. – Com Alex, o sorriso se tornou mais zombeteiro. – Ei, mano, finalmente você compareceu a um jantar de família.

— Não é um jantar de família – rosnou Alex. – Eu nunca disse que era um jantar de família.

— Como é que eu ia saber que não era para todo mundo?

A sra. Aquino soava inocente, mas eu conhecia aquele tom. Mimi o usava com frequência.

— Ela é muito bonita – comentou Emily.

— Pare de falar dela como se ela não estivesse bem aqui – disse Alex.

A irmã dele era uma versão mais alta da mãe, com pele marrom e cabelo quase preto que caía em ondas suaves. Eu fiquei me perguntando como seria viver com uma irmã mais velha. Provavelmente um pouco como viver com minha mãe, exceto pelas expectativas maternas.

– Obrigada – agradeci.

Desesperadamente queria conferir minha maquiagem e ajeitar meu vestido.

– Eu nunca consegui usar um batom mate – Fiona comentou com um suspiro.

Ela tinha um físico atlético e me lembrava uma surfista famosa que eu tinha visto na TV.

– O segredo é muita esfoliação – falei. – E vídeos tutoriais.

– Ai, meu Deus, assisto essas coisas só pra relaxar. – Fiona sorriu e deu uma cotovelada sutil em Emily, que parecia contente com a nossa conversa. – Adoro aqueles de delineador.

– E os de contorno e de sobrancelha!

– Sim! – as duas exclamaram juntas.

A sra. Aquino cochichou algo para Alex, esfregou os braços dele e apertou suas mãos antes de soltá-lo. Ele abaixou a cabeça e assentiu. Quando ela notou minha atenção, abriu outro sorriso largo e deu um tapinha na gravata dele.

– Ele não é bonito?

– Sim – respondi de imediato.

Era a resposta certa, porque o sorriso dela cresceu ainda mais. O sr. Aquino entrou na sala segurando uma garrafa de vinho tinto.

– Não consigo abrir essa coisa.

Carlos pegou a garrafa. O pai notou minha presença.

– É bom ver você de novo, Rosa.

O desconforto de antes tinha desaparecido; eu não sabia se era a personalidade dele ou o poder de um jantar em família. Emily e Fiona estavam arrastando mais cadeiras para a sala enquanto Carlos juntava duas mesas, arranhando o chão. Alex os observou com uma careta e não ofereceu ajuda. Javier deu uma batida alegre no ombro dele.

– Bela gravata, filho.

Alex balançou a cabeça, mas sorriu de leve.

– Vocês são terríveis.

❖

O jantar foi caloroso e agitado. E muito bom. Eu não queria parar de comer, o que não era um problema, porque todos tinham histórias e tentavam contá-las ao mesmo tempo. Era como ficar na sala dos fundos com a família Peña quando as palavras em espanhol se entremeavam com as risadas e a sala zumbia com afeto. Era fácil me sentir como a criança na sala com toda a conversa sobre empregos e filhos. Eu me perguntei o que Alex pensava daquelas conversas.

– E você, Rosa? – Emily me perguntou. – Qual é o plano da aluna mais brilhante de Porto Coral?

– Ah, eu não sou a oradora da turma – respondi automaticamente. Ela sorriu, esperando que eu respondesse à questão. – Hã, não tenho certeza, mas estou entre as universidades da Flórida, de Miami e de Charleston. Tenho que garantir minha vaga até primeiro de maio.

– Faltam menos de duas semanas – comentou o sr. Aquino.
– Qual é o problema?

– Javier – sussurrou a sra. Aquino.

– Não tem problema – tranquilizei-os. – É uma pergunta legítima. Alguns fatores mudaram recentemente, então quero considerar os prós e contras e tomar a decisão certa para mim mesma e meu futuro.

Isso soava bem melhor que "estou meio que evitando a decisão por completo para me dedicar a um relacionamento condenado com seu filho e a um pouco de *brujería* ocasional".

– Bom para você – ele disse. – Melhor que tomar uma decisão de que vai se arrepender e desistir antes da hora.

Um silêncio constrangedor caiu sobre a mesa. Eu estava nervosa demais para olhar para Alex.

– Nossa, pai – reclamou Carlos. – Por que você sempre tem que estragar as coisas? Deixe ele em paz.

– Eu sou o vilão porque me preocupo com ele? – rebateu Javier.

– Não, porque fica provocando – argumentou Emily. – Ele não é casado, não tem filhos. Deixe que tire um tempo para descobrir o que quer.

– É por *isso* que eu não compareço aos jantares de família – disse Alex. Todos congelaram quando ele falou. – E obrigado por arruinar meu encontro. – Ele largou os talheres na mesa, e vi dor e pânico nos olhos da sua mãe.

– Tirar um tempo para pensar tem suas vantagens – falei rápido. Apertei a coxa de Alex embaixo da mesa antes que ele se levantasse. – Quer dizer, eu fiz tudo correndo. Meus primeiros dois anos de faculdade passaram voando enquanto eu ainda estava no Ensino Médio, e fiz isso por diversos motivos válidos, mas agora tenho que tomar decisões importantes muito rápido e adoraria ter um pouco de tempo para refletir. – Olhei diretamente para Javier. – Há muita pressão sobre imigrantes e seus filhos quando queremos compensar os sacrifícios da nossa família. Mas às vezes o caminho mais longo é o certo.

A perna de Alex relaxou. Eu o soltei e me reclinei. Não fazia ideia do que iria acontecer. Será que eu seria expulsa ou ouviria um sermão? Eu não tinha nenhuma experiência com dinâmicas paternas.

Uma expressão de surpresa passou por todos no silêncio que se seguiu, e o sr. Aquino virou para Alex e eu com um olhar pensativo.

– Os pais só querem o melhor para seus filhos. E que eles sejam felizes.

Ele olhou para a esposa como se buscasse a aprovação dela por sua aquiescência e ela pareceu um pouco apaziguada. As acusações implícitas foram abafadas e todos relaxaram em suas cadeiras. O sr. Aquino ergueu a taça de vinho, talvez sua bandeira branca de rendição, e seus filhos mais velhos e a esposa o imitaram. Alex assentiu e, embaixo da mesa, apertou minha mão.

❖

Conversas menores foram surgindo durante o jantar. Alex foi puxado para uma com o irmão e a irmã; tentei participar também, mas a sra. Aquino começou a descrever sua artrite em detalhes. Eu estava acostumada com o assunto graças aos clientes de Mimi, então me acomodei para ouvi-la falar sobre o creme que tinha comprado da minha *abuela* e todos os milagres que ela emanava. Às vezes, era como ouvir alguém descrever uma visão da Virgem Maria.

– Ela é incrível. – Maria bebeu o último gole do vinho e rolou o pulso de um lado para o outro. – Está curado. Eu nem acredito. Um pouco de creme e pronto! – Ela recuou a cadeira. – Deixe eu te mostrar meus tornozelos...

– Mãe, não – interrompeu Alex. – Eu vou pegar o bolo de *tres leches*. E pai... – Ele se ergueu e olhou para o pai, que estava brincando com um dos celulares dos netos. – Mais vinho? – O sr. Aquino balançou a taça vazia. – Perfeito. Rosa, pode me ajudar?

Algo no olhar de Alex me disse para não questionar por que ele precisava de minha ajuda para pegar só duas coisas.

– Claro.

– Eu mostro quando você voltar – prometeu Maria.

– Maravilha.

Segui Alex para a cozinha. Ele fechou a porta atrás de nós, correu até o balcão para pegar o bolo de leite, pegou dois garfos da gaveta e inclinou a cabeça para a porta dos fundos. Eu o segui pela noite. Andamos como conspiradores mudos até chegar ao seu barco, então tivemos um ataque de riso.

– Quanto tempo até eles perceberem? – Sentei no banco. Ele me estendeu um garfo.

– Alguns minutos, no máximo, mas tem outro bolo na geladeira para atrasá-los.

A noite estava quente. O mar se agitava adiante. O bolo derreteu na minha língua, e me deixei ser envolvida por aquela noite perfeita.

– Isso está muito bom. *Você* é muito bom.

– Eu gosto de você, Rosa.

– E eu de você, Alex. De você e desse bolo, meu Deus.

Ele pigarreou.

– Não. Eu *gosto* de você.

A ênfase me fez congelar. O semblante de Alex era franco e vulnerável. Ele se ergueu de repente e começou a caminhar no espaço à minha frente. Eu imaginava que também agia assim quando estava tentando tomar uma decisão.

– O que fez lá dentro... Eu estava tentando ficar tranquilo, mas gosto de você desde que a via desenhar embaixo daqueles carvalhos no almoço e coletar as nozes. Sempre me perguntei o que fazia com elas.

– Coloco no parapeito da janela para os raios não atingirem minha casa – respondi sem pensar.

Isso o distraiu por um segundo e ele parou de andar.

– Às vezes as levo no bolso pra dar sorte. Nossa, eu pareço um esquilo. – Pressionei as mãos contra as bochechas coradas. – Por que estou falando disso?

Apertei meu coração acelerado. Alex estava me observando do outro lado do barco, com as mãos nos bolsos e um leve sorriso nos lábios.

– Talvez porque goste de mim também.

– Eu gosto – sussurrei, esperando que o mar não ouvisse minha confissão. Eu me levantei e fui até ele, porque estava assustada e com um pouco de frio e era exatamente ali que queria estar. Ele passou os braços ao meu redor e apoiou o queixo no topo da minha cabeça. Apertei o tecido da sua camisa. Que desastre. Encostei o nariz na gravata dele e inspirei fundo. Seus braços me apertaram ainda mais, e lágrimas ameaçaram escapar. – Eu gosto demais de você.

– Isso não é possível – disse ele.

Ele não entendia, mas as ondas do mar sim. E a doca excomungada e a coleção de cartas não lidas no fundo do mar eram mais fortes que meu coração amaldiçoado, porque, quando Alex aproximou os lábios dos meus, eu o beijei mesmo assim.

23

Enquanto o sol se erguia no sábado de manhã, eu voava como uma abelha atarefada pela praça à medida que o Festival da Primavera tomava forma ao meu redor. Tínhamos duas horas e meia até o início oficial, e eu havia passado a manhã em escadas e já quase caído de uma árvore, mas valia a pena. Logo – com sorte – os turistas iriam lotar a cidade para gastar seu dinheiro nos picolés de Papá El, nos sanduíches cubanos do sr. Peña e nas sobremesas deliciosas feitas pelo Corvinal mais lindo do mundo. Uma checagem de som estalou dos alto-falantes no palco enquanto eu enfiava as placas de Oscar no chão para direcionar os visitantes para as barracas de comida, para os shows de música e para o calçadão e o porto. Os *viejitos* usavam coletes de um laranja berrante que os faziam estufar o peito. Eles cuidariam do estacionamento até o torneio de dominó, quando o time de futebol assumiria o posto. Xiomara já estava perambulando entre as mesas e barracas com seu violão de flamenco. Jasmine escalava postes, violetas caíam de toldos, narcisos e jacintos cresciam em todo vaso com um pouco de terra. Nossa praça tinha florescido e se tornado o jardim das minhas primeiras lembranças de Porto Coral.

– Acha que alguém vai aparecer?

– E você me pergunta isso agora? – A sra. Peña riu. – Nós fizemos um bom trabalho. De verdade. Eu lembro do Festival quando era mais jovem, e sempre foi divertido, mas isto… – Ela parou, olhando ao redor com assombro. – Finalmente nos vejo aqui. A bodega, os *viejitos*, nossa comida e música, todos nessa praça. Morei aqui a maior parte da minha vida, mas nunca me senti mais conectada a este lugar do que nas últimas semanas.

Então ela apontou para a tenda ainda fechada. Ninguém entrava e ninguém saía dela.

– Alguma ideia do que ela está fazendo ali?

Mimi tinha saído todas as noites naquela semana, mas ninguém sabia por quê.

– Nem imagino.

– Bem, vamos descobrir quando ela quiser. Vou pegar outra rosquinha de Alex antes que acabem. São como merengues de limão, já comi duas. Pensando bem, o açúcar no sangue provavelmente explica por que não estou surtando agora.

Eu realmente queria uma daquelas rosquinhas.

– Rosa! – Clara interrompeu a preparação de uma brincadeira de acertar as argolas e me chamou com um aceno. Ao lado dela havia uma roda giratória grande com ilustrações de bolos. – O que acha?

– Do bolo de abacaxi?

– Não, do meu vestido.

Ela indicou o vestido de verão tomara-que-caia azul-bebê. Seu cabelo estava preso em um penteado retrô. Não eram nem oito da manhã e ela já estava deslumbrante.

– Já está usando? Não quer esperar a cerimônia?

Eu estava usando roupas de jardinagem outra vez, preparada para o calor implacável.

– Definitivamente não – ela disse, apoiando uma mão no quadril. – Planejo ficar linda o dia todo. É o dia do meu casamento. E do Festival da Primavera! – Ela sorriu, com os olhos brilhando de felicidade. – Me encontre depois. Eu estarei com o buquê de margaridas vendo os pescadores gatos.

– Não perderia por nada.

Liguei para o oficiante para confirmar o horário da cerimônia e fui à bodega verificar novamente as caixas de champanhe do pomar de laranjas. Esperava oferecer um tipo de recepção quando o festival estivesse no fim. O céu da manhã começou a clarear para um azul mais suave. Conferi o relógio: dez para as nove.

Meu telefone zuniu com um som desconhecido. Eu tinha baixado um *app* de walkie-talkie, seguindo as instruções dos *viejitos*.

– Sim?

– Você tem que dizer câmbio e desligo – explicou o sr. Gomez, parecendo cansado.

Ele e os outros estavam no campo de futebol a duas quadras dali, onde tínhamos montado o estacionamento.

Revirei os olhos.

– Isso é no final da... ah, deixa pra lá. O que foi?

– Temos uma fila de carros! As pessoas estão chegando! Câmbio!

O alívio me deixou sem fôlego. Todo nosso esforço não tinha sido à toa. As pessoas ao meu redor aplaudiram ao ouvir a notícia.

– Bem, mande elas para cá – falei.

– Agora você diz câmbio e desligo, Rosa. Câmbio.

– Câmbio e desligo, Rosa – repeti e desliguei.

Eu não via Alex desde o nosso encontro – ele estivera cozinhando e eu havia passado cada momento com Clara, garantindo que tudo estivesse a postos. Quando cheguei à mesa de sobremesas dele, encontrei sua irmã Emily, que sorriu ao me ver.

– Ele acabou de sair.

– Ah, hã, não! Não é por isso... eu só vim ver... – O sorriso de Emily cresceu enquanto eu tentava disfarçar. Revirei os olhos e desisti. – Você sabe aonde ele foi?

– Não tenho certeza, ele recebeu uma ligação e foi para a marina. Mas me disse para te dar isso se você passasse por aqui.

Ela me estendeu uma caixinha de padaria. Eu a abri só o suficiente para espiar o conteúdo. Ele tinha guardado duas rosquinhas para mim. Uma com limão e *marshmallow* e a outra com uma cobertura dourada de caramelo. Abaixei a cabeça para inalar e fechei os olhos enquanto o aroma de *dulce de leche* me atingiu. Emily riu da minha expressão sonhadora.

– Rosa! – chamou Mike, com o ouvido colado no celular e um copo de raspadinha com xarope azul na mão. – Temos uma emergência. Ana não está encontrando as baquetas dela.

Fui tomada por um pânico gélido.

– Cadê ela?

– Na frente da bodega com uma tia que está fazendo uma venda de garagem. Eles estão achando que a tia pode ter jogado os troços no meio das coisas usadas.

Pedi a Emily que segurasse a caixa para mim e atravessei a praça correndo. Só conseguia pensar em Ana girando suas baquetas da sorte depois de gastar suas economias na bateria. Seus pais tinham protestado, mas ela tivera certeza do que queria ao ver o instrumento brilhante. Ela precisava daquelas baquetas, e eu iria revirar a cidade inteira até encontrá-las.

Encontrei-a em pânico, cercada pela família que parecia muito *tikitiki* enquanto fuçava as coisas da tia.

– Procurou na van?

A sra. Peña tinha os cotovelos enfiados em uma caixa. Eu nem via sua cabeça.

– Por que Titi Blanca está fazendo uma venda de garagem agora? – Ana quis saber.

– O movimento do festival – respondeu sua mãe, dando de ombros de modo pragmático.

– Não estão escondidas no seu cabelo? – perguntou Junior, sem ajudar em nada.

Ana girou, parecendo pronta para estrangulá-lo, mas então me viu e agarrou meus braços.

– Me ajude.

– É pra isso que estou aqui – falei. – Onde você viu as baquetas pela última vez?

Ela deu um gritinho de frustração e me soltou.

– Se soubesse, já teria achado! Escute, preciso que me ajude. Faça uma *brujería*, Rosa. Jogue umas conchas, queime umas ervas. Preciso daquele feitiço para encontrar coisas perdidas!

Titi Blanca fez o sinal da cruz.

– Está bem... já sei! – Fui tomada por empolgação. – Preciso de um barbante.

– Um barbante! – Ana gritou para a família. – Alguém me arranje um barbante!

Titi Blanca e Junior começaram a vasculhar uma caixa.

– E uma vela.

– Aqui!

A sra. Peña emergiu da caixa no chão, sem fôlego, acenando as baquetas no ar.

Titi Blanca ergueu as mãos de modo inocente.

– Não faço ideia de como foram parar aí.

Ana pegou as baquetas e se afastou. Eu segui atrás dela.

– Me ajude a preparar as coisas – pediu ela, arquejando.

Nós duas éramos péssimas corredoras.

– Claro – respondi, sem fôlego.

A bateria estava desmontada ao lado do palco. Tyler e Lamont estavam por perto com seus equipamentos mais discretos. Tyler estava ao telefone, mas Lamont sorriu para mim.

– Oi, Rosa. Animada para terminar esse semestre? – perguntou.

– Vai ser bom frequentar só uma escola.

Ele assentiu.

– Bom, eu preciso encontrar minha mãe. Vejo vocês daqui a pouco.

Ele bateu o punho no de Ana antes de passar por nós.

Tyler desligou o telefone. Seu sorriso era largo e extravagante, e meus instintos diziam que, a qualquer momento, ele iria tentar me vender alguma coisa.

– Ruby, né?

– Rosa – corrigi, rolando o erre dramaticamente.

Passei por ele e fui ajudar Ana carregar a bateria até o palco. O primeiro show só estava marcado para a tarde, mas Ana iria fornecer uma batida para as aulas de salsa de Xiomara. Tyler se afastou para atender a outra ligação.

– O típico cantor de banda de rock. – Ela suspirou.

Ela estava ajeitando o bumbo quando Mike subiu no palco.

– Precisa de ajuda?

Eu sabia que Ana estava nervosa quando assentiu em vez de fingir que tinha tudo sob controle.

– O que está rolando com o Alex? – Mike me perguntou. – Eu o vi brigando com um cara.

A ideia de Alex brigando com alguém me deixou chocada.

– Que cara?

Ele deu de ombros enquanto prendia um címbalo.

– Não reconheci, mas eles estavam na marina.

– Você vai ficar bem? – perguntei a Ana.

Ela me deu um joinha, e eu pulei do palco e corri até a marina. O festival estava cheio agora. Na marina, avistei um grupo de pessoas. Alex estava de um lado com os braços cruzados e as sobrancelhas escuras unidas. Parecia pronto para uma briga, mas sua expressão suavizou quando me viu.

– Pegou a caixa com Emily?

– Quê? Ah, sim. Mas o que houve? Mike disse que você estava brigando com alguém, e achei tão estranho que vim pra cá quase correndo.

– Quase?

– Tento correr só em emergências.

– Meu irmão foi embora porque Sara está no hospital.

Levei a mão à boca.

– Ai, meu Deus! O que aconteceu?

Alex me deu um olhar confuso.

– Ela vai ter o bebê.

– Ah! – Respirei fundo. – Ótimo. Então qual é o problema?

Ele apontou o queixo para o homem à nossa frente. Era o pescador mais velho que encontrei no meu primeiro dia na marina.

– Pete está dizendo que estou fora da regata – explicou Alex.

Pete nos espiava e ergueu a prancheta na frente do peito como um escudo.

– Eu posso velejar sozinho – disse Alex, irritado.

– É uma corrida a dois, e estamos saindo agora. – Pete me deu um olhar de esguelha.

Alex deu de ombros.

– Tudo bem, não é tão importante.

Mas *era* importante porque seu pai iria assistir e Alex tinha uma viagem no horizonte. Ele tinha largado a faculdade sem arrependimentos, mas depois do jantar com sua família eu sabia que queria provar que era capaz de fazer isso.

– Eu vou com você.

As sobrancelhas dele se ergueram.

– O quê?

– *O quê?* – A voz de Pete saiu esganada.

– Se você quiser – insisti, tentando não vomitar ou desmaiar.

Ele abriu um sorriso deslumbrante, me beijou depressa, então olhou para Pete de modo desafiador.

– Tenho minha parceira.

24

Talvez Pete quisesse proteger a doca de mim outra vez, mas eu o ignorei enquanto corria atrás de Alex.

– Não vai demorar muito, vai? O primeiro show da Ana começa à uma da tarde.

– Já teremos voltado – prometeu ele enquanto soltava as cordas. Eu tropecei em uma delas; havia muitas. Aquele era um modo de transporte altamente precário. – Lembra o que eu te disse sobre velejar? – ele perguntou ao embarcar.

Eu queria poder dar uma revisada no meu caderno e estudar antes da grande prova.

– Claro que não. – Amarrei meu colete salva-vidas. – Eu estava num pontão pela primeira vez na vida com um garoto bonito. Foi um milagre não ter desmaiado.

– Bonito, é? – Ele conferiu algumas coisas antes de ir até o leme, ligou o motor e fomos em direção ao mar aberto. – Estamos na primeira corrida, então vai acabar rápido.

Reconferi as fivelas do colete.

– O começo é a parte mais difícil, mas não é tudo. Não é uma corrida longa, mas muita coisa pode acontecer.

Eu podia ver um grupo de barcos a distância.

– Por que parece que eles estão gritando uns com os outros?

Estávamos longe demais para entender as palavras, mas pareciam pássaros guinchando ao vento.

– O vento está mudando de direção, então a largada vai ser em outro lugar.

Suas palavras eram fáceis de entender em teoria, mas não saber como elas afetavam o que estávamos prestes a fazer fritava meus nervos. Eu tinha pulado naquele barco para ir apostar corrida como uma Pink Lady radical, do filme *Grease*, mas eu era uma Sandy Olsson. Antes do couro. Muito antes do couro. Não havia couro no meu futuro, só cardigãs e canetas de gel e, com sorte, nada de afogamento.

– Não se preocupe, Rosa. Esse grupo é supertranquilo e posso fazer tudo sozinho. Reformei o barco para poder cuidar de tudo sem me afastar do leme. Só preciso que você fique sentada, relaxe e se abaixe quando aquele graveto grande passar por nós.

– A retranca? – Como a eterna estudante, me lembrei do nome. Contei minha respiração e continuei olhando para a frente. – Qual a profundidade da água aqui? Teoricamente, poderíamos nadar de volta?

Embora eu estivesse gritando, o vento estava alto demais e Alex não me ouviu.

– Está tudo bem – murmurei. – Veja todas aquelas pessoas em seus barcos. Eu tenho um colete salva-vidas. Não vou vomitar. Está tudo bem.

Meus ouvidos zuniam e, apesar das correntes de ar, minha pele formigava com o suor sob a camiseta. A próxima rajada de vento foi selvagem e descontrolada. Eu me sentia assim também. Aquela era uma péssima ideia.

– Preciso ir depressa para alcançar os outros, então, se puder nos guiar um pouco enquanto desfraldo a vela principal...

Eu o olhei boquiaberta.

– Você quer que eu faça o quê?

Ele me chamou com um gesto. Trocamos de lugar e ele apoiou minhas mãos no leme. Com cutucões leves e gentis, ele me ensinou a ajustar a posição.

– Fique aqui, com as mãos como se fossem dez para as duas. Fácil, fácil.

Então ele me largou ali com total confiança.

O barco me puxou para a esquerda.

– Ele quer voltar para as pedras!

– Está vendo aquela boia? O balão vermelho? Aponte para lá. – Ele puxou as cordas e desfraldou a vela. Parecia um jogo intenso de cama-de-gato enquanto ele se movia com segurança pelo barco, trazendo-o à vida acima de nós. Depois voltou até mim. – Certo, vamos basicamente velejar num grande triângulo. A linha de largada está adiante, marcada por aquela boia. Todo mundo tem que estar atrás dela antes do começo da corrida.

As próximas palavras dele foram afogadas por uma corneta retumbante.

– O que foi isso? – Minhas mãos tremeram no leme.

– Um aviso. Falta um minuto.

Ele estava cheio de energia, mas as palavras soaram como uma ameaça sombria. Faltava um minuto. Minhas mãos suadas apertavam o leme. Alex disse algo quando as soltou e assumiu o comando.

– Todo mundo vai tentar sair na frente no começo. Vamos ficar para trás e esperar um pouco.

– Mas você não quer ganhar?

– Claro que sim, mas errar no começo não é o melhor jeito. Vamos ficar com o resto da frota, estudar o vento e ver o que acontece.

A fileira de barcos ainda estava à nossa frente, mas cada um estava entrando em posição, como crianças esperando o sinal do intervalo.

Olhei para Alex, firme e sossegado apesar dos ventos intensos que nos jogavam de um lado para o outro.

– Onde foi parar aquele cara nervoso? – perguntei.

Ele apertou os olhos contra o sol e olhou para mim.

– Ele finalmente saiu do porto.

Outra buzina tocou, e o barco ao lado da boia acenou uma bandeira. Todos os barcos na nossa frente e atrás de nós partiram.

Alex tentou narrar nosso progresso, o que não acalmou meus nervos. Então ele disse algo sobre atacar.

– Quê?

Eu me virei, aterrorizada, para olhar os outros barcos supostamente inocentes. Não era um grupo tranquilo?

– Precisamos ir pra lá.

Ele apontou para a esquerda. Estávamos pendendo demais para a direita e outra boia flutuava à nossa frente.

Com um gesto dramático, indiquei nossa situação e ele sorriu. Como podia sorrir num momento como aquele?

– Exatamente – explicou ele. – Não podemos ir direto para lá, então teremos que fazer um zigue-zague. Vou virar de bordo.

– O que eu faço?

– Quando eu disser "cambada por davante"... – Ele parou ao ver minha incompreensão. – Quando eu disser "agora", abaixe a cabeça. – Ele girou o leme com uma mão e soltou a corda com a outra. – Agora! – gritou.

Sussurrei uma prece e me agachei enquanto a retranca disparava para o meio do barco. A vela sacudiu furiosamente acima de nós enquanto ele puxava outra corda e virava ainda mais o leme.

A retranca passou por nós e a vela pegou o vento enquanto tudo mudava de lugar. Meu coração ficou em algum lugar para trás. Alex riu quando passamos na frente de alguns barcos. Ainda agachada, olhei por cima da amurada.

– Pode sentar agora – disse ele.

– Vou pensar no seu caso – gritei de volta e me segurei enquanto o barco saltava sobre as ondas. Uma delas invadiu a proa. – Isso está certo? – A água se acumulava ao meus pés. – Isso está certo? – gritei mais algo, gesticulando para o convés.

Alex se inclinou para olhar.

– Sim, está tudo bem, Rosa. – Ele olhou para cima, então, sem aviso, berrou: Agora!

Eu me joguei no chão enquanto fazíamos de novo aquele ataque horrível. Quando a retranca estava estável, me ergui da poça de água onde tinha me jogado de barriga e voltei, encharcada, para o banco.

Atrás do leme, Alex estava gargalhando.

– Certo, agora é o seguinte – ele falou. – Vamos fazer uma curva brusca para a direita e dar a volta naquela boia laranja. – Ele apontou na distância. O vento aqui está vindo de outra direção, então quando virarmos eu preciso que você sente deste lado e... – Ele parou, parecendo se arrepender das próximas palavras. – Coloque os pés para fora.

– *Do barco?*

– Sim. Vai dar certo, juro. É só para nos equilibrar.

Eu iria morrer. Não havia outra opção. O barco faria uma virada mortífera e eu precisaria ficar pendurada para fora dele. Como uma condenada, me abaixei sob a retranca e fui para o outro lado. Fiz o sinal da cruz e sentei na borda, agarrando-me à amurada.

– Pronta? – ele perguntou.

– Não! – gritei, então murmurei: – Mas isso nunca me impediu antes.

– Virando!

Soltei um berro quando meu lado do barco se ergueu da água e apertei os olhos contra o vento que me fustigava. Gritos soaram dos outros barcos e abri os olhos para conferir se não estavam alertando sobre a minha morte iminente. À minha frente, o mar encontrou o céu à medida que o barco se nivelava de novo.

Eu não tinha morrido. Estava encharcada, minha garganta estava arranhada de tanto gritar e meu coração acelerado possivelmente tinha quebrado uma costela, mas eu estava incrível e terrivelmente viva. Agarrei a amurada e gargalhei para o vento selvagem. Atrás de mim, Alex também estava rindo.

– Onde estamos hoje, Rosa? – ele perguntou acima do vento.

Estávamos velejando e eu estava *adorando*.

– E agora? – perguntei.

– Outra virada – disse ele. – Volte para aquele lado e faça a mesma coisa até nos nivelarmos.

Assumi minha posição e agarrei a amurada. Desta vez, mantive os olhos abertos o tempo todo. Quando o barco se ergueu, o calçadão entrou no meu campo de visão e distingui pessoas observando a corrida. Os vivas estavam crescendo agora que nos aproximávamos da linha de chegada. Só havia quatro barcos à nossa frente; tínhamos ultrapassado oito.

Passamos por outro. Não consegui evitar e comemorei também.

– Onde está a chegada? – perguntei.

Alex apontou com o braço esquerdo.

– Ali onde começamos.

A linha estava bem perto à nossa esquerda e ainda não tínhamos virado para lá.

– Se é ali, porque estamos nos afastando dela?

– Falta uma boia – ele explicou.

Na maior reviravolta do destino da minha vida, eu estava empolgada para fazer aquilo de novo. Vi os três barcos à nossa frente e percebi que o líder errou a boia.

– Eles vão ter que refazer a volta – explicou Alex.

– Então podemos ultrapassá-los?

Alex riu.

– Eu não devia ficar surpreso com seu espirito competitivo depois da terceira virada.

À nossa frente, os próximos dois barcos estavam contornando a boia. De onde estávamos, pudemos vê-lo completar a virada.

– Depois de virar – disse Alex –, vamos ter que ir em zigue-zague até a chegada, porque não podemos ir...

– Contra o vento – completei, puxando as pernas para dentro do barco e me sentando no banco.

Quando os dois barcos à nossa frente rumaram para a linha de chegada e começaram seu próprio zigue-zague, Alex soltou uma exclamação de surpresa.

– Não acredito!

– O que foi?

Ele olhou algo no nosso barco.

– O vento mudou. Olhe só as velas deles. – Elas estavam abanando erraticamente. – Eles estão contra o vento! – continuou Alex.

– O que isso significa? – perguntei.

O sorriso dele ficou mais largo. Imaginei que era o sorriso que eu dei quando encontrei a Tartaruga de Ouro sob meu pé.

– Significa que podemos vencer.

Alex nos levou a contornar a última boia e, em vez de virar de bordo como os outros, ajustou o rumo para uma linha quase reta até a chegada. Ele fez sua dança de cama-de-gato com as linhas ao seu redor e passamos na frente dos outros barcos. Um anúncio soou de um megafone quando o nome de um barco que parecia com *Pão de Sal* foi chamado.

– Vencemos! – gritei, então parei para pensar no que o anunciador tinha dito. – Espere, do que ele chamou você?

Alex estava rindo enquanto girava o leme.

– É o nome do meu barco. Minha família sempre me azucrinou por ser um padeiro marinheiro, então o chamei de *Pão de Sal*.

– Essa é a melhor coisa que já ouvi na vida – falei, me aproximando dele.

– Você foi incrível – disse Alex, orgulhoso.

Ele envolveu meus ombros, puxou-me contra si e me deu um beijo forte e agradecido. Quando recuou, era como olhar para a estrela polar.

– Eu fui incrível mesmo – concordei, maravilhada.

A manhã turquesa derretia sob o sol do meio-dia quando atracamos. Assim que me afastei, olhei de relance para o nosso banco, onde conversamos na noite em que eu tinha ido à marina.

Mimi estava sentada ali nos observando.

25

Soltei baixinho um xingamento em espanhol. Os olhos de Mimi se estreitaram como se ela tivesse ouvido.

– Tenho que ir – falei a Alex.

Virei para pegar minha mochila, mas não a tinha trazido. Eu ainda estava usando minhas roupas de jardinagem, que ficaram encharcadas. Tentei abrir o colete salva-vidas, mas meus dedos se atrapalharam.

– O que foi?

Alex percebeu meu pânico, afastou minhas mãos com delicadeza e desafivelou o colete para mim. Eu o vi como Mimi o veria: ele não era um garoto, tinha barba e tatuagens. Era a primeira pessoa que eu já quis apresentar à minha *abuela* e já estraguei tudo.

– Mimi está no calçadão.

Ele franziu o cenho e olhou na direção dela. A compreensão o atingiu com uma dose de pânico.

– Você não contou pra ela.

– Não, não contei pra ela que iria velejar hoje com um garoto que ela nem sabe que existe!

Ele me olhou de novo.

– Você não falou de mim?

– Não por sua causa. Por causa de nós e nossos fantasmas.

E porque ele deveria ser meu *crush* secreto, embora eu tivesse acabado de comemorar nossa vitória com ele na frente de todo mundo em um festival lotado. Claramente eu era péssima em manter segredos.

Alex parecia confuso.

– É melhor eu ir com você – disse ele.

Alex estava ignorando tudo o que precisava fazer com o barco, e que o pai estava em algum ponto do calçadão depois de testemunhar sua bela vitória. Ele estava focado totalmente em mim e no meu pânico. Eu não sabia quanto da cena toda Mimi tinha visto e, quanto mais esperasse para falar com ela, maior seria o abismo entre a última vez que eu lhe disse uma verdade e esta mentira.

– Me encontre depois – insisti, pulando do barco.

Alex me chamou, mas eu não podia parar. Mimi já estava se afastando, por isso corri para alcançá-la.

– Eu posso explicar.

Meu coração estava disparado. Eu não estava acostumada a ser o alvo da raiva dela.

– Com mentiras – disse ela friamente. – *No quiero mentiras.*

– Que bom, porque minhas mentiras acabaram. E eu não gostava de mentir.

– Não gostou de ser pega. Tem diferença.

Ela olhou para os dois lados e atravessamos a rua.

O festival estava a todo vapor e havia muita gente desconhecida ao redor, mas os rostos familiares olhavam para nós em vez de para os entretenimentos. Gladys na fila do picolé, a srta. Francis levando os cachorros para dar uma volta, Mike na mesa de dominó com Simon, Xiomara dedilhando a guitarra no meio de um bolero. Todos pararam ao ver Mimi e eu atravessando as festividades como uma tempestade súbita.

– Eu quero te contar sobre Alex.

Mimi deu uma risada amarga.

– *Ay, no.* Não quero ouvir sobre seu namorado secreto agora. Você mentiu para sua *abuela* quantas vezes? Tem mesmo aulas no computador? Ainda trabalha na bodega? *Yo no sé.*

– Não seja ridícula.

Ela parou na calçada. Seus olhos estavam arregalados de um jeito perigoso – de um jeito que dizia "estou no limite". Prendi o fôlego.

– Mimi, escute. O nome dele é Alex... bem, Alejandro, na verdade. – Parei para ver se ganhava algum ponto pelo nome latino. – E, sim, aquele era o barco dele.

Ela fez um som para me silenciar, mas continuei por minha conta e risco.

– Estudávamos juntos, mas acabamos de nos conhecer de verdade. Ele é muito gentil e doce e eu gosto dele.

Mimi seguiu em frente, apartando a multidão à medida que as pessoas pulavam para sair do seu caminho. Eu não conseguia mais ver o festival.

– Estávamos organizando juntos o casamento, lembra? Os pais dele trabalham na marina.

Uma nota de guitarra soou do palco. A banda de Ana iria começar a tocar; eu tinha que correr. Persegui Mimi, desesperada para lhe contar tudo. Ela tentava me calar e resmungava, e eu não sabia se ela estava ficando mais brava ou se sua fúria estava se dissipando com cada confissão. Se eu revelasse tudo agora, talvez pudesse salvar todas nós: ela da decepção, Alex do seu juízo negativo e eu da ansiedade que ameaçava me consumir.

Quase trombei nela quando Mimi parou e se virou para mim.

– ¿Y esa cara? – perguntou ela. Sua voz estava baixa e cansada.

– O que tem meu rosto?

– *Igual que tu madre.*

Tudo sempre voltava à minha mãe. Era uma batalha que eu estava sempre perdendo.

– Isso não tem nada a ver com ela – afirmei.

Ela deu uma risada amarga e apertou o coração.

– *¿Por qué, Rosa?* Essa não é você. Eu não conheço aquela garota no barco.

O comentário doeu. Não era justo. Seria tão terrível mudar? Sim, eu tinha lidado mal com a situação, talvez sido até infantil porque era tudo muito novo para mim, mas estava buscando algo bom. Fiquei parada, novamente a garota com os cabelos varridos pelo vento. Eu também não a conhecia, mas queria conhecê-la.

Mimi me analisou.

– Você para de ir à escola e vira isso. Quem é você?

– Sou eu mesma – respondi sem fôlego. – Isso não apaga tudo que eu já fiz. Você está sendo injusta. Ainda estou descobrindo o que quero, mas sou eu, Mimi. Eu estava perdida e conheci alguém e comecei a gostar dele e não sabia como fazer isso.

Ela fechou os olhos como se sentisse dor, e imediatamente me arrependi. Odiava toda aquela gritaria. Talvez eu estivesse mudando, mas nós não agíamos daquele jeito.

– *Ay*, Rosa – sussurrou ela como uma prece a um dos seus santos.

Com um nó na garganta, fui até ela e seus braços me envolveram. Pressionei o nariz no seu ombro. Ela cheirava ao seu pó perfumado e ao aroma pungente de seu óleo e suas ervas. Meu lar e meu porto. Recebida por ela, eu podia suportar qualquer coisa.

– Me desculpe – sussurrei contra o pescoço dela.

Mimi não disse nada, mas sua mão forte e gentil acariciou minhas costas com a mesma delicadeza de quando eu era criança e deitava na sua cama sem conseguir dormir de tanta saudade da minha mãe.

– Você vai conhecê-lo? – perguntei.

– Eu sei quem ele é. – Ainda estávamos abraçadas e apoiei o queixo no ombro dela. – Eu lembro de tudo. – Ela suspirou e me afastou com um leve sorriso. – Estou ouvindo a bateria de Ana. Venha depois do casamento.

– Aonde?

– À tenda. Vou te mostrar tudo.

Antes que eu pudesse perguntar o que ela queria dizer, ela se virou e desapareceu na multidão.

❖

Cheguei correndo ao lado de Mike, que ergueu uma raspadinha verde neon em cumprimento.

– Ouvi que você não só competiu como ganhou.

– As notícias voam nesta cidade.

– Não tão rápido quanto você, pelo visto. – Mike sorriu.

Apontei para os dois charutos no bolso da camisa dele.

– Parece que eu não sou a única que ganhou hoje.

– É meu prêmio por vencer na mesa de dominó, mas estou guardando para Jonas – disse ele. – É um presente de casamento para o noivo surtado.

– Está dando certo, né?

A plateia era pequena diante do palco, mas havia muitas pessoas andando pela praça e seguindo as placas até o porto.

Mike deu um tapinha nos charutos.

– Estamos com sorte hoje.

A sorte geralmente não queria ter nada a ver comigo e com minha família, mas eu torci para que ele tivesse razão. A banda subiu no palco e assumiu seus lugares.

– Bem-vindos ao Festival da Primavera, galera! – gritou Tyler no microfone.

Mike esfregou a orelha. Paula veio até nós e apontou para o palco.

– Quem é esse palhaço?

– Tyler Moon – respondi. – Você veio ver a Ana?

Ela deu um suspiro. Usava um tomara-que-caia branco e uma calça azul de cintura alta que lhe caía bem.

– Não curto muito música *hipster*, mas tudo pela família.

Ela juntou as mãos como uma concha em volta da boca e gritou. Segui seu exemplo ousado; estaria sem voz amanhã. Mike continuou comendo sua raspadinha.

– Somos Tyler e a Electric! – anunciou Tyler.

Pela expressão no rosto dos demais integrantes da banda, o nome era uma surpresa para eles. E desestabilizou Ana. Ela perdeu o começo da música e tentou alcançar os outros. Sem saber o que fazer, comecei a dançar.

– O que está fazendo? – Paula perguntou depois de alguns dos meus melhores passos.

– Não acredito que você precisa perguntar. – Eu sabia que eles estavam tocando *covers* populares, mas não conhecia a canção. Realmente tinha que atualizar minhas *playlists*.

Mesmo assim, continuei dançando com vontade. Já estava ofegante, mas eles só iriam tocar cinco músicas, e a pequena plateia estava diminuindo. Tentei ocupar o maior espaço possível, porém, pelas expressões de Paula e Mike, não foi muito impressionante. Antes que eu me envergonhasse ainda mais, Mike se juntou a mim. Pulou no meu círculo inventado e erguemos os punhos juntos. Paula enfim se rendeu, e formamos um triângulo meio ridículo, mas comprometido com a dança.

– Música *hipster* – resmungou Paula.

Talvez fosse o poder da nossa minipista ou minhas preces sussurradas ao espírito de Celia Cruz, mas Ana encontrou seu ritmo: como o estrondo de um trovão, o chão tremeu sob nossos pés mesmo sem nuvens no céu.

Nossos olhos se iluminaram, e dançar tornou-se a coisa mais fácil do mundo. Eu queria seguir a batida, girar os quadris e jogar as mãos no ar para sentir o vento que Ana criou, mesmo que só nós três estivéssemos indo à loucura.

Até que Benny invadiu a festa.

– E aí, seus panacas – disse o charmoso maestro cubano. Uma multidão o seguia, e a área na frente do pequeno palco se encheu com garotas que deviam ser da equipe de dança, a julgar por seus passos impressionantes. Benny parou diante de mim e Paula e colocou uma coroa de flores na nossa cabeça.

– E aí, capitã Rosa? – ele perguntou com uma piscadela antes de se misturar ao grupo de garotas.

– O que isso significa? – perguntou Paula.

– Eu enchi o sorvete de cobertura de caramelo – respondi sem parar de dançar.

Paula jogou a cabeça para trás, rindo.

Quando a próxima música começou, Ana teve um novo surto de energia e nos levou junto. O som vibrou em nossos ossos. A plateia se movia como uma onda. Éramos a maré, ela era a lua e, como em qualquer boa salsa, Ana nos manteve sob seu feitiço o tempo todo.

26

— *Eu não achei* que fosse ficar tão nervosa. – Clara andava na frente do espelho na sala dos fundos da bodega. – Ele já chegou? Pode olhar de novo, Ana?

– Ele está lá – disse Ana.

Ela rodava pela sala em uma longa saia amarela e blusa branca, ainda eletrizada pelo show.

A sra. Peña entrou afobada na sala.

– Temos um grupo grande lá fora. Anunciamos que haveria um casamento e as pessoas estão esperando para assistir.

– Mas elas não nos conhecem – espantou-se Clara.

– É romântico – explicou a mãe dela, beijando o rosto da filha.

A mulher usava tranças, e seu vestido era um tom mais escuro de azul. Elas estavam de mãos dadas e inclinavam-se para compartilhar palavras sussurradas. Senti um aperto no coração e desviei os olhos. Parte de mim tinha pensado que minha mãe voltaria para o festival, mas deixei a decepção e a melancolia de lado e me inclinei para roubar um canto do espelho e passar batom. Eu tinha tirado minhas roupas encharcadas e usava um vestido envelope vermelho de mangas curtas. Tinha dado minha coroa de flores para Clara.

– Minha *abuela* me disse certa vez que dava sorte casar na primavera – a sra. Peña falou para Clara. – Vocês vão fazer bebês fortes ou algo do tipo.

– Que nojo, mãe – reclamou Ana.

A tarde clara estava desaparecendo, e uma luz dourada jorrava na sala. Estávamos chegando àquela hora perfeita do crepúsculo. Ansiosa, Clara se olhou no espelho outra vez, virando de um lado para o outro com a saia rendada dançando sobre a pele escura. Era a imagem doce e tenra do romance na primavera.

– Como você soube? – perguntei.

– Soube o quê? – Ela ajeitou a coroa.

Dei de ombros, constrangida.

– Que era ele. Que... não sei o que estou perguntado. É o dia do seu casamento, deixe pra lá. – Tentei rir para disfarçar meu nervosismo.

– Bem, eu me apaixonei pela loja primeiro, depois por Porto Coral e então por um pescador com um senso de humor afiado e um coração mole.

Seu sorriso parecia um segredo, um presente inesperado. Eu nunca tinha visto um amor romântico que tivesse durado, mas era uma constante nas minhas histórias preferidas, e eu queria acreditar que era possível.

Alex parou na porta aberta e me deu um joinha antes de desaparecer. Era hora.

Virei para Clara.

– Te desejo o melhor casamento do mundo.

Já à beira das lágrimas, ela me apertou com força.

– Obrigada por ser uma amiga incrível.

Eu fui percorrida por uma emoção doce enquanto retribuía o abraço.

– Vai lá atar seu nó!

Ana saiu primeiro e, alguns segundos depois, a Electric começou a tocar um *doo-wop* animado. Era a nossa deixa. Saí na frente de Clara e sua mãe e tentei não chutar as flores para longe enquanto me juntava aos outros na praça. A noiva, segurando seu buquê de margaridas, saiu da bodega e imediatamente cobriu a boca. Pétalas rosa, amarelas e brancas marcavam seu caminho até Jonas, e ela começou a chorar. Eu acenei para Oscar, que apertou o interruptor por mim.

Todas as árvores ao redor brilharam com luzinhas suaves.

A plateia suspirou, surpresa, e Clara soltou uma exclamação de alegria. Meu coração iria explodir – a aprendiz de *bruja* de Porto Coral também sabia fazer magia.

Clara foi até a pérgola de madeira decorada com magnólias onde Jonas a esperava. O pescador grande e bem-humorado também estava chorando. Era a primeira vez que o via usando um terno. Todos nos aproximamos, formando um círculo em volta do casal, enquanto turistas curiosos observavam. Perguntei-me o que pensavam sobre aquilo, se aquele momento lhes revelava algo sobre Porto Coral. Esperava que sim.

Jonas e Clara entrelaçaram os dedos e o oficiante abriu a cerimônia. Era o primeiro casamento que eu presenciava, e, embora as palavras fossem familiares por causa da televisão e dos filmes, era tudo bem mais intenso. Lágrimas inesperadas brotaram em meus olhos.

Do outro lado da praça, vi Mimi assistindo à cerimônia com um olhar distante.

A história de amor dela não tinha durado muito, e me perguntei se seu coração partido havia sarado. Seu olhar encontrou o meu e suavizou.

– Eu os declaro marido e mulher.

Irrompemos em aplausos, vivas e assovios dos *viejitos*, enquanto Jonas e Clara selavam as palavras com um beijo. Em algum lugar à nossa frente, os fogos de artifício de Benny explodiram no céu.

– Vamos pegar o champanhe – disse Ana enquanto Clara e Jonas eram cercados por seus amigos.

Minha amiga me puxou e começou a assoviar, igualzinha aos *viejitos*. Vários primos dela deixaram seus grupos para nos ajudar. Corremos à bodega para pegar os baldes de gelo com garrafas de champanhe rosado.

Enquanto carregávamos os baldes até a praça, olhei de relance para a tenda branca de Mimi, ainda fechada.

– O festival acabou, o que ela está fazendo, afinal?

– Quem? – perguntou Ana, a voz sufocada pelo esforço de carregar os baldes de metal.

– Mimi – respondi. – Com a tenda.

– Você não sabe?

– *Você* sabe? – retruquei.

Ela riu.

– É a recepção.

Arquejando, apoiei o balde na grama e estudei a tenda misteriosa pela centésima vez naquele dia.

– Então tem o que, uma pista de dança lá dentro? Por que tanto segredo?

Atravessei a praça e passei pela multidão. As pessoas estavam rindo, encantadas com o romance, as luzes e as bolhas do champanhe. A tenda era consideravelmente grande, eu devia ter deduzido. Mas eu nunca tinha pensado que minha *abuela* fosse ser tão enigmática por causa de uma recepção.

– Mimi! – chamei com as mãos nos quadris. Ela tinha me dito para encontrá-la ali, então tinha que ser lá dentro. – Sei que é para o casamento! Vou entrar.

Nada. Olhei ao redor. Ana tinha parado para falar com a mãe.

– Bom, chega de segredos. Estou aqui, vamos começar logo essa festa.

Aquilo era ridículo. *Abra logo.* O sol terminou de afundar no horizonte e as abas da tenda se moveram um pouco, como se houvesse uma brisa. Franzi o cenho, confusa.

– Mimi? – chamei de novo.

Olhei para trás, mas Ana tinha sumido.

No topo da tenda, um nó começou a se soltar. Recuei um passo, mas continuei olhando. As cordas se soltaram com um puxão. Um por um, os painéis dos lados caíram e a magia de minha *abuela* foi revelada.

Não era só uma festa.

Era uma festa em Havana.

27

Encarei uma rua movimentada com mesas, palmeiras e velas sobre cada superfície, enquanto luzes transbordavam das folhas verdes das árvores. Atravessei a linha invisível entre a praça familiar de Porto Coral e a rua tropical. Trompetes, baterias e o deslizar rítmico de contas contra um *shekere* soavam de algum lugar mais adiante. Papá El estava na entrada com seu carrinho. Sorrindo, me ofereceu um picolé de manga.

– Como? – Foi a única coisa que consegui dizer. Como aquilo tinha acontecido? Como cabia tudo embaixo da tenda?

Papá El riu.

– Sua *abuela* é muito criativa. – Ele distribuiu mais picolés para as pessoas que me ultrapassavam. – Ainda bem que não estragamos a surpresa, hein?

Havia plantas por todo lado, verdes e selvagens mesmo em seus vasos. A brisa marítima agitava folhas de palmeiras, e o cheiro do doce de coco preenchia o ar. Barracas ofereciam fatias do bolo de casamento e champanhe ao longo da passagem abarrotada de visitantes do festival. Outros passeavam como se tudo aquilo fosse parte do plano. Como era possível não estarmos mais em Porto Coral? O sol tinha desaparecido, levando com ele a praça que eu conhecia.

– Xiomara! – chamei.

Ela se virou, mas continuou dedilhando o violão enquanto andava para trás.

– Oi, Rosa!

– O que está acontecendo? – Parei e as pessoas desviaram de mim. – Onde está Mimi?

Ela inclinou a cabeça, confusa.

– Em algum lugar por aqui. – E seguiu em frente.

Talvez eu não conhecesse minha própria *abuela*, porque a mulher que eu conhecia sequer *falava* sobre Cuba, mas a ilha estava ao meu redor e sobrecarregava meus sentidos com cores, sons e aromas. A música ficou mais alta até que, cercada por uma plateia extasiada, encontrei o coração pulsante da festa.

Ana estava atrás de seus bongôs da banda de jazz. Seus cachos eram um halo brilhante e seu sorriso também reluzia. Ela tocava uma batida rápida e envolvente que exigia que os outros bateristas no círculo – todos homens mais velhos – corressem para acompanhar.

Xiomara entrou dançando no círculo, cantando com uma voz profunda e vibrante.

Jonas conduziu Clara para a pista aos vivas da plateia embevecida. As pessoas não seguiram passos de salsa ensaiados – giravam e rebolavam, rindo umas das outras. Meu assombro se diluiu num sorriso.

A canção terminou e logo se transformou na próxima com o chamado de um trompete. O sr. Peña estava sentado em uma das cadeiras com o instrumento, batendo o pé enquanto tocava perto de Ana. Minha melhor amiga riu, irradiando felicidade. Meu Deus... De algum jeito, Mimi tinha convencido até o *sr. Peña* a tocar. Como ela tinha feito tudo aquilo? E por quê?

Alguém agarrou minha mão, e fui levada para o meio da pista, onde me encontrei nos braços de Benny.

– Pronta? – ele perguntou, rindo.

– Por que as pessoas não param de me perguntar isso?

Apoiei a mão no seu ombro e entrei na dança primeiro com o quadril. Eu já tinha dançado centenas de vezes com Benny nas reuniões da família Peña e éramos bons parceiros. Ele me conduziu para a esquerda e me girou uma vez antes de me trazer de volta. Esqueci todas as minhas perguntas e meu espanto e me perdi na música. O ritmo me envolveu e guiou meus pés, meus quadris, meu coração e minha respiração. Eu era fluente naquela língua e nunca perdia o ritmo.

Benny me girou outra vez – eu ficaria tonta em pouco tempo – e parei em um par diferente de braços. Alex sorriu para mim. Ele parecia um Corvinal de novo enquanto segurava minha mão e apoiava a outra delicadamente na minha cintura, acima do quadril.

– Ei – falei sem fôlego. – Que coincidência te ver por aqui.

Alex deu uma risada calorosa e assumiu uma expressão gentil e ansiosa. Ali estava ele, pronto para dançar. Meu coração devia estar brilhando no peito.

A música terminou e nós nos aproximamos. Não era como dançar com Benny, e ele me segurou com mais força.

– O casamento foi lindo – comentei.

Ele fez um som de concordância contra meu ouvido, depois abaixou a cabeça, então pressionei meu nariz contra sua camisa. Senti o cheiro de açúcar e hortelã; ele era tanto um perigo como um bálsamo para os sentidos. Finalmente avistei Mimi logo adiante, esperando na beirada da pista. Parei de repente e Alex me olhou com preocupação, seguindo meus olhos. Peguei a mão dele e seu peito se ergueu e caiu com um suspiro pesado.

Mimi observou enquanto seguíamos em sua direção. Naquela noite, ela usava um vestido azul-escuro e a bainha dançava suavemente na brisa. Eu me perguntei como ela estaria nos enxergando. Será que eu ainda era a sua Rosinha?

E foi aí que entendi.

Queria te mostrar o meu lar, o nosso lar, e vou tentar.

– Ah, Mimi – falei quando paramos diante dela.

Soltei a mão de Alex e peguei a de minha *abuela*. Seu sorriso era pequeno, mas emoções oscilavam como ondas em seus olhos. Ela enfiou meu cabelo atrás da orelha e apoiou uma mão na minha bochecha.

Em espanhol, sussurrou:

– Eu devia ter usado minha dor de um jeito melhor. Você e sua mãe mereciam mais.

Ela soltou a mão e eu me senti à deriva. Não sabia o que dizer.

Mimi olhou para Alex. Enxuguei os olhos e os apresentei oficialmente.

– Mimi, este é a Alex. Alex, esta é minha *abuela*.

– *Hola, doña* Santos – cumprimentou ele em um espanhol perfeito e inclinou-se para lhe dar um beijo casto na bochecha.

Mimi suavizou e um olhar distante tomou seus olhos. Ela sorriu e apertou o ombro dele, então disse algo baixo demais para eu ouvir enquanto "La vida es un carnaval", de Celia Cruz, começou a tocar. Com um sorriso nostálgico, pegou a mão de Alex e o puxou para a pista de dança.

– Ei, ele é meu – protestei brincando, minha voz rouca depois de toda a gritaria e o choro do dia.

Eu estava exausta emocionalmente, mas era uma alegria ver Alex dançar com minha *abuela*, o sorriso dela iluminando a noite. Desejei que o tempo passasse mais devagar para me perder naquele momento – queria prender aquelas lembranças entre páginas de um livro, como flores.

Aquela noite era uma volta ao lar cheia de música, vida e alegria.

– Veja só.

Tomei um susto com a voz ao meu lado. Minha mãe sorria ao observar Mimi dançando. Estava usando uma camisa branca e jeans e parecia cansada da viagem. Sua camisa e suas mãos estavam sujas de tinta.

– Ela fez tudo isso? – perguntou sem desviar os olhos.

A pista de dança se encheu de casais: Dan e Malcolm, Clara e Jonas e até a srta. Francis dava risadas com champanhe na mão enquanto girava com Simon. Sorri, pois sabia que ele definitivamente gostava de cachorros.

– É – respondi. – Mas não sei como.

À nossa frente, sobre o porto, fogos explodiram: amarelos, dourados e vermelhos. Tínhamos conseguido. Tínhamos feito o Festival da Primavera, um casamento e dado uma chance ao porto. Havia tanta coisa que eu queria dizer à minha mãe, mas só perguntei:

– Quer dançar também?

Ela soltou um suspiro aliviado.

– Sempre, meu amor.

Ela pegou minha mão e desaparecemos na música, que parecia conter toda a saudade, a dor e o amor do mundo.

28

A festa acabou com o céu escuro. Os vendedores guardaram suas barracas e os visitantes voltaram para casa. Jonas e Clara se despediram de nós. Saberíamos o total arrecadado para o porto em alguns dias, mas, por enquanto, meus amigos nos ajudaram a levar algumas coisas importantes da tenda. Eu queria ficar sob as estrelas e dançar outra música com as mãos de Alex ao meu redor enquanto girávamos até que o tempo finalmente parasse.

Quando estávamos quase em casa, todos carregando caixas, começou a chover.

– Que maravilha – reclamou Benny.

Mike xingou e Alex examinou o céu como se medisse a dimensão da ameaça.

Um raio cortou o céu e as luzes da rua tremeluziram. Todos congelamos, então suspiramos de alívio quando elas permaneceram acesas – até que um transformador queimou com um estrondo, soltando faíscas azuis. Gritamos e corremos para casa iluminados apenas pela lua cheia.

– Esse é um bom momento para admitir que eu tenho medo do escuro? – Benny perguntou, ofegante, enquanto corríamos.

A chuva ficou torrencial. Entramos correndo em casa e tentamos não molhar a entrada antes de soltar as caixas no chão.

Olhei para minha mãe.

– Você trouxe uma bela tempestade.

Ela revirou os olhos e sacudiu a água do cabelo.

– Sempre trago.

Uma vantagem de estar em casa quando acabava a força era que sempre tínhamos velas. Mimi e eu coletamos algumas no escuro e minha mãe foi procurar fósforos. Uma luz suave tremeluziu pela casa.

– Muito romântico – disse Benny.

– Já tive encontros piores – Mike concordou e me mostrou a previsão do tempo no celular. As manchas verdes e amarelas e os pontos vermelhos ameaçadores não eram muito promissores, mas morar na Flórida era assim. – É uma depressão tropical que chegou agora aqui – ele disse.

Dei um olhar para minha mãe, que revirou os olhos.

– Mas está se movendo bem rápido.

Ana ligou para a mãe.

– Sim, saí da praça... não, mãe, não estou na chuva... meu cabelo nem molhou! Estou na casa de Mimi... tá bem, tá bem. – Ela revirou os olhos e abaixou o telefone. – Ela me disse pra desligar senão eu iria ser eletrocutada, daí desligou na minha cara.

Mimi entrou na cozinha à luz de velas e apoiou a cafeteira de metal sobre o fogão a gás. A luz piloto virou uma pequena chama azul.

– Genial, Mimi – disse Benny.

Ela deu um sorrisinho.

– Nem todo mundo teve eletricidade a vida inteira.

– O vento está diminuindo – comentou mamãe. Suas tranças molhadas caíam sobre o ombro, fazendo-a parecer bem jovem. – Vamos abrir as janelas antes que fique abafado demais.

A brisa que varreu a casa escura era agradável e trazia o cheiro de chuva. A luz das velas nos permitia ver uns aos outros e os degraus à nossa frente, mas não muito mais.

– E agora? – perguntei.

Meus amigos estavam presos ali até que a tempestade passasse.

– Fiquem quietos ou vão chamar o trovão – disse Mimi com um sorriso.

Era o que ela sempre falava para crianças barulhentas. No caso, eu.

Mamãe pegou xícaras e esperou o café ficar pronto. A noite estava adiando a briga que ela normalmente teria com Mimi; o silêncio pareceu suavizar suas arestas afiadas e permitiu que as duas se movessem em sincronia. O resto de nós se acomodou na sala de estar. Eu me estendi no chão ao lado da mesa de centro e Alex se encostou na parede ao meu lado.

Tive uma ideia e me ergui num pulo.

– Já volto. – Peguei uma vela e fui até a estante de Mimi, tirando do fundo algo que pareceria uma maleta para alguém que não conhecesse seus domingos de limpeza tão bem quanto eu. Eu acomodei o objeto na mesa de centro e o abri. – Pronto!

– Que raios é isso? – perguntou Benny.

– Um toca-discos – respondi. – É só girar a manivela, não precisa de eletricidade.

Mimi e mamãe observavam da cozinha, divertindo-se com a minha empolgação.

Alex se inclinou e levantou a agulha. Coloquei um disco com cuidado e, quando ele terminou de girar a manivela, a música começou.

A magia nos envolveu: os estalos do toca-discos, as janelas abertas para uma brisa livre e salgada que farfalhava as palmeiras lá fora. Mimi voltou com café para todos. Ela sorriu para mim gentilmente enquanto se acomodava na poltrona ao lado da janela.

– Eu o ouvi cantar essa música.

– Sério? – perguntei, surpresa, porém esperando mais.

Talvez a noite não tivesse acabado. Ainda havia tanta coisa que eu queria saber.

Mimi olhou para minha mãe.

– A noite em que conheci seu *papi*.

Eu nunca a ouvira chamá-lo de modo tão familiar e presente. Mamãe estava em pé diante da janela, observando a tempestade.

– Minhas irmãs e eu fomos a Havana com uma tia minha por parte de mãe para comemorar meu aniversário. Minha tia era jovem e nos deixou ir ao show. Alvaro estava lá porque conhecia o trompetista, e veio até mim e me disse que eu era a garota mais linda de Havana.

– E o que você disse? – perguntou Ana.

– Que não era de Havana.

Nós rimos. Mamãe estava de costas para a sala.

– Eu me apaixonei tão rápido. Não queria mais partir.

Ela mexeu nos botões do vestido.

Sem sair da janela, mamãe lhe estendeu a mão. Minha *abuela* a pegou e levou aos lábios, beijando-a duas vezes. *Uma por mim, uma por ele.* Antigas lembranças ressurgiram: Mimi sempre a beijava duas vezes quando eu era criança.

– Conte mais – pedi.

– Quando o conheci, Alvaro era estudante em Havana. Queria ser professor e tinha livros por todo canto, até em cima dos móveis! Ele me convidou a sentar em uma poltrona, mas estava coberta de livros. Eu voltei a Havana muitas vezes naquele verão.

– Que escandaloso – murmurou Benny.

– No outono, Alvaro veio para casa comigo e pediu minha mão a *papi*. "O que um professor pode dar à minha filha?", ele perguntou, e Alvaro respondeu: "Belas cartas de amor". – A risada dela trouxe tons mais coloridos à história de fantasma. Com ela, amor e luz perpassaram as antigas sombras. – Alvaro nunca tinha ido a Viñales, mas nos casamos na igreja e consideramos trabalhar em uma fazenda, como minha família. Mas ele amava Havana, a música e as pessoas da cidade. Amava Cuba de todo o coração.

O olhar melancólico de Mimi pousou em mim. Em espanhol, ela me contou que meu avô tinha marchado com outros estudantes para lutar contra um governo instável e hostil. Ele lutou para libertar seu país, mas morreu para libertar sua filha.

– Alvaro tentou me tirar de lá porque... – Ela parou com a mão fechada sobre a barriga. – Eles foram prendê-lo. Ele não podia voltar à universidade e eu não podia pôr minha família em risco.

Lá fora, os limoeiros balançaram com o vento. Os sinos de vento tocavam uma melodia gentil.

– Cuba é mais do que a terra, mas a terra é importante. – Como uma prece, ela sussurrou em espanhol: – Se suas cidades caírem, se todos morrermos, que Deus a proteja.

O aroma doce e pungente das flores de limoeiro entrou na sala e nos envolveu. A dor de sua perda se infiltrava em tudo, porque ela amava sua ilha. Seu amor vivia e respirava, ainda entrelaçado com uma eterna esperança de liberdade.

– Sinto muito por não conseguir te mostrar – desculpou-se ela, tomando a mão de mamãe, que se inclinou e beijou a testa de Mimi. Duas vezes.

– Você mostrou – respondi, indo sentar na frente dela.

Ela tinha carregado e protegido e cuidado daquelas lembranças. Elas sempre estiveram ali, esperando que as encontrássemos.

– *Ay, mis niñas.* – Mimi apertou nossas mãos contra o peito.

– *Viva Cuba libre* – eu disse, com convicção.

– *Pa'lante* – Mimi sussurrou.

Avante.

29

As luzes se acenderam e pisquei enquanto a sala entrava em foco. Voltamos ao presente. Celulares tocaram e xícaras de café foram levadas à cozinha. Ninguém sabia o que dizer, mas Mike, Ana, Alex e Benny foram agradecer a Mimi antes de irem embora. Não era estranho que meus amigos beijassem minha *abuela* ao entrar e sair de casa, mas todos estavam enrolando para sair. O celular de Ana tocou – provavelmente a mãe certificando-se de que a filha não tinha sido eletrocutada –, mas ela também estava hesitante. Tínhamos encontrado algo naquela noite que parecia perdido, a história do amor de Mimi diante do exílio.

Eu me despedi dos outros lá fora, mas fiquei na varanda com Alex. A noite estava abafada e a calçada e a rua, molhadas de chuva. Ele parou no primeiro degrau.

– Que foi? – perguntei.

– Estava pensando sobre uma coisa. Eu não sabia se você iria querer, mas depois de hoje… – Ele enfiou a mão no bolso e tirou um papel dobrado.

Eu sabia o que era antes que ele abrisse, e meu estômago se revirou ao ver o mapa. Ele o estendeu sem dizer nada. Examinei com atenção – esperava ver as mesmas linhas e coordenadas, mas estava tudo diferente. Eu segui o trajeto, e meu coração quase parou quando percebi que aquela viagem o levaria até Cuba. Ergui os olhos para ele.

– Você sempre fala sobre ir mesmo quando não está falando disso. E sei como ficou decepcionada por causa do intercâmbio, mas eu estava pesquisando sobre velejar na ilha e, com os contatos do meu pai, poderíamos atracar na marina e passar o verão ali. Você pode conhecer tudo o que quiser.

Ele listou as leis e regulamentos que tinha pesquisado. Tinha feito aquilo do jeito que eu faria. Por mim. Recuei em pânico, deixando-o sozinho no degrau.

– Não posso.

Ele interrompeu uma frase que estava dizendo.

– Quê?

– Não posso ir. – Não era pânico, mas uma frustração vazia acompanhada por uma raiva e um desespero. Como ele podia me mostrar aquele mapa como se aquilo fosse uma possibilidade para nós? Era um sonho que eu não podia ter, e ele não tinha direito de oferecê-lo. – Como pode me perguntar isso?

Ele recuou, confuso, e odiei ver sua expressão.

– Mas você ia pra lá.

– Era diferente! Eu não ia atravessar o oceano de barco.

Eu desci daquele barco quebrado e... Balancei a cabeça para esquecer o som da voz de Mimi. A noite estava úmida e eu queria sumir.

– Mas estávamos num barco hoje – insistiu ele, sinceramente confuso.

– Nem saímos do porto. E, como você mesmo disse, não é o oceano.

– E, como *você mesma* disse, é uma questão de semântica. – Ele passou a mão com força pelo cabelo. – Se não quer ir comigo, tudo bem, eu nunca... Só não entendo se é por causa do meu barco ou de mim ou...

– Eu tenho a faculdade e o trabalho e preciso me preparar pra ir embora e não posso simplesmente partir num barco. Não vou mais pra Cuba, ok? – Eu estava quase gritando. Será que o vento tinha me ouvido? Eu tinha desafiado demais, fingido por tempo demais, e não conseguia controlar aquela pontada de amargura. Exalei com força e tentei superar aquele sentimento. – E eu vi seu mapa original. Sua viagem era bem mais longa, e não vou estragar isso pra você por causa das minhas neuroses.

As sobrancelhas escuras de Alex franziram.

– Planos podem ser alterados.

– *Não*. Ela disse que, quando a gente começa a mudar os planos pela outra pessoa, é aí que as coisas dão errado. – As palavras de Ana cruzaram minha mente.

– Quê? Quem disse isso?

– Não importa. – Eu lhe devolvi o mapa e fechei as mãos enquanto recuava ainda mais. – Uma viagem pelo mar? Meu Deus, Alex! Olhe para mim. Passei dois anos me preparando para ir embora e no último minuto meus planos desmoronaram e o que eu fiz a respeito disso? *Nada*. Estou procrastinando e esquecendo e não vou ficar diante da sua doca vazia gritando para o mar.

Ele apertou o corrimão e encarou os pés, sem entender. Fitei a lua e cerrei os dentes para conter o soluço que ardia na garganta. Enxuguei os olhos e exalei profundamente. Havia duas mulheres naquela casa destruídas pela perda do amor, e eu não faria aquilo comigo mesma nem com elas. Estava repetindo um padrão e tinha que parar. Eu não podia ter mais uma foto no meu altar.

Quando não disse mais nada, Alex guardou o mapa com cuidado no bolso.

– Desculpe.

Seu pedido de desculpa me fraturou ainda mais.

– Preciso ir. – As palavras saíram baixas e duras; eu tinha finalmente perdido a voz.

– Certo. – Ele assentiu. – Posso te ver amanhã?

– Não, Alex. Não podemos continuar com isso.

Ele me observou, e eu conhecia aquele olhar confuso e vulnerável de tanto ver no espelho. Ele estava tentando entender como tínhamos chegado a esse ponto, que sinais ele tinha perdido – como era possível alguém em quem você confiava não te dar uma chance de se despedir.

– Sinto muito – sussurrei, então abri a porta e corri para dentro.

Fiquei com a mão na maçaneta e torci para ele não bater, porque eu abriria. Abaixei a cabeça contra a porta e fiquei tremendo. Eu era um desastre.

Encontrei Mimi e minha mãe cochichando sentadas, com as luzes apagadas e as velas ainda acesas. Vida e amor passavam entre elas, complicados e vibrantes, sua conexão uma bagunça entrelaçada. Juntas elas eram uma batalha; felizes e tristes, perdidas e reencontradas, ali e em qualquer outro lugar.

Elas ergueram os olhos, transbordando preocupação.

– O que aconteceu? – Mamãe se endireitou.

– Ele me chamou para uma viagem de barco. – Minhas mãos caíram. – E eu disse não porque não quero que ele morra.

Uma compreensão profunda passou pelo rosto delas, e seus ombros caíram. Eu me afundei entre as duas. Mimi me fez um cafuné enquanto mamãe acariciava meu braço.

– Nela me disse para não sair de Cuba com Alvaro – admitiu Mimi.

Eu congelei.

– Tia Nela?

Mimi olhou para mim com censura.

– Que impaciência! Sim, tia Nela.

– Foi ela que levou você a Havana no seu aniversário?

– Não, Nela era a tia de todos. É difícil explicar, mas ela conhecia Cuba muito melhor do que todos os homens furiosos que derramavam tanto sangue. Ela conhecia o espírito da ilha e entendia que estava em dor. Me avisou que nossa terra estava sangrando e que o mar exigiria um sacrifício. Eu parti mesmo assim.

– Por mim – disse mamãe, parecendo exausta de ser o mau augúrio de todos.

– Por amor. – Mimi segurou a mão dela.

Todo o meu planejamento cuidadoso não importava, pois os ventos tinham nos colocado naquele caminho muito tempo antes.

Aqueles mesmos ventos tinham bagunçado os cabelos escuros das mulheres à minha frente enquanto encaravam o horizonte e partiam para o desconhecido. Qual era o meu papel em tudo aquilo? As filhas carregavam legados e maldições tão bem quanto seus corações herdados. Era um equilíbrio delicado e exigente.

— Me conte mais uma, Mimi.

Apoiei a cabeça no pescoço dela, reconfortada pelo cheiro de limão e alecrim. Ela passou a mão por meu cabelo e deu um beijo demorado e doce no topo da minha cabeça.

— *Uno más.*

As três mulheres Santos amaldiçoadas se abraçaram enquanto Mimi contava outra história.

30

Embolada na cama, incapaz de dormir mais que algumas horas, esperei o sol nascer pela janela aberta. A manhã estava fresca, e observei o céu ficar azul-turquesa enquanto imaginava o mar dos mapas de Alex, com suas latitudes e longitudes impossíveis.

Eu já sentia falta dele, mas um novo dia me esperava. Eu só precisava sair da cama.

A cozinha estava vazia e o café esfriava. Esquentei uma xícara e parei na porta do jardim. Mimi não estava lá, mas me acomodei na sua cadeira para esperá-la. Vários ramos de alecrim estavam secando, além de sálvia e tomilho. Abri meu caderno, determinada a criar um cronograma para maio. Faltavam menos de duas semanas, e eu estava decidida a entrar nele com uma decisão.

Tirei a tampa da caneta e me lembrei do meu primeiro diário, um presente de Mimi. *É importante escrever as coisas,* ela havia dito quando me entregara o caderno depois que minha mãe partira pela primeira vez. Aquelas páginas em branco pareceram cheias de esperança. Eu me escondera no seu jardim e rabiscara todas as plantas selvagens e familiares que me mantinham a salvo.

Enquanto traçava uma linha com uma régua, separando os dias das minhas metas, pensei no meu avô. O que ele queria ensinar? Quais seriam seus livros e autores favoritos? Será que dobrava as páginas dos livros e falava com as mãos quando ficava animado? Vento e aço tilintaram quando os sinos de vento começaram a dançar. Entre duas páginas, rabisquei o caule de um ramo de alecrim com traços rápidos e confiantes. Se meu pai tivesse voltado, será que eu teria coragem de sair com Alex? A canção dos sinos ficou mais alta. Lá fora, o céu ainda estava azul-claro; não havia uma nuvem sequer. Era um dia perfeito.

Mas os sinos de vento de minha *abuela* estavam em pânico.

Minha pele formigou com suor, e gelo fluiu no meu sangue. *Instintos*, a voz de minha mãe sussurrou de algum lugar na minha memória. *Sempre escute seus instintos.*

– Mimi? – chamei, mas não houve resposta. O silêncio parecia vazio. Lentamente me endireitei e observei os sinos dançarem, então pulei da cadeira. – Mimi!

Entrei correndo na casa, certa de que ela estaria na cozinha fazendo café e ficaria brava por eu estar gritando. Entretanto, a cozinha estava vazia.

– Mimi?

Eu a encontrei no quarto, e o alívio me fez cair contra o batente. Ela estava se sentando na cama, mas então caiu da beirada. Corri para pegá-la, e seus olhos encontraram os meus por um segundo – talvez uma vida, talvez nossas duas vidas – antes que eu segurasse seu corpo pequeno e imóvel no chão. Logo depois minha mãe me empurrou para o lado, se ajoelhou ao lado de Mimi e começou a ressuscitação cardiopulmonar.

Eu estava congelada, mas minha mãe não diminuiu o ritmo, empurrando o peito de minha avó com movimentos fortes e vigorosos.

– Rosa! Chame uma ambulância! Agora!

O olhar dela estava transbordando de lágrimas, mas ela não parou. Presa em uma tempestade de fúria implacável, ela lutava contra o coração de Mimi.

Fui correndo ligar para a emergência. O operador atendeu e, entre lágrimas, implorei para que viessem. É o coração dela, expliquei. Era forte, mas havia alguma coisa errada. Saí de casa e atravessei a rua. Esmurrei a porta de Dan e Malcolm até que Dan abriu, carregando a filha, e sua irritação virou preocupação.

– O que foi, Rosa?

Eu não conseguia falar. Precisava, mas não conseguia.

– Mimi. – A palavra saiu engasgada.

O rosto de Dan mudou. Meu vizinho pacato transformou-se no paramédico determinado. Ele me entregou Penny, correu para dentro da casa e um segundo depois estava saindo com o que parecia uma mala. Corri atrás dele. No quarto de Mimi, ele caiu ao lado de minha mãe e do peito ainda imóvel de minha *abuela* e assumiu o controle. Minha mãe resistiu por um momento, mas Dan não cedeu espaço nem se explicou. Não havia tempo. Minha mãe envolveu o próprio corpo com os braços e chorou. Eu não conseguia ir até ela. Não conseguia me mexer. Precisava segurar Penny. Não podia deixar que ela se afogasse.

Luzes vermelhas e azuis entraram pela janela e a porta da frente foi escancarada. Bombeiros e paramédicos passaram por mim, enchendo o quarto de renda e lavanda de minha avó com pessoas e seus equipamentos estranhos.

Penny começou a chorar e eu tentei cantarolar a música que Mimi costumava cantar para mim – alguma coisa em espanhol sobre um sapo. Me embaralhei com o primeiro verso enquanto minha avó era colocada numa maca. Dan seguiu com ela, sem parar de fazer a ressuscitação.

Mimi ainda não tinha respirado sozinha.

Eu os segui na névoa. Os vizinhos estavam saindo de casa, cobrindo a boca em choque. Dan entrou na ambulância com minha avó e o outro paramédico olhou para mim. Virei para minha mãe.

– Vá você – falei.

Ela não hesitou e entrou pela porta traseira da ambulância, que se fechou com um baque. Um momento depois, o barulho e o caos desapareceram com eles até que fiquei com Penny na calçada vazia.

Sozinha.

Meus vizinhos correram de um lado para o outro, tentando entender e consolar. A sra. Peña entrou na sua van enquanto Ana correu até a casa de Dan e abriu o carro dele para pegar a cadeirinha de Penny. Todos se moviam com propósito naquele dia impossível.

Penny choramingou e encostou a cabeça no meu ombro. Fiz carinho em suas costas.

Ana veio até mim sem dizer nada. De que serviriam palavras? Nunca conseguíamos encontrá-las quando precisávamos delas.

Palavras eram ilhas que afundavam no silêncio como canções esquecidas. Com uma mão no meu braço, Ana me levou ao carro da mãe dela. Ela fechou a porta e disparamos até o hospital onde os últimos pedaços da minha família lutavam para sobreviver.

31

Minha dor era uma companhia constante na sala de espera do hospital, onde minha mãe estaria sentada se não estivesse perambulando pelo corredor, surtando ou atuando como a representante adulta da família Santos. *Uma parada cardíaca*, eles disseram. O coração de minha *abuela* tinha falhado. Não fazia sentido. Aquele coração era meu abrigo de toda tempestade. Era meu lar.

Eu nunca poderei voltar, Mimi sussurrara muito tempo atrás.

Ele nunca voltou, minha mãe chorou quando eu era pequena demais para entender.

A mulher à minha frente atendeu o telefone. Eu a vi segurar o choro enquanto contava a uma pessoa que ela estava longe demais, que tinha perdido sua chance de dizer adeus. Eu não queria ter nada a ver com despedidas. Queria voltar para casa com Mimi; era o único jeito que poderia sair daquele lugar. Queria estar com Penny de novo, concentrada em segurá-la, mas Dan a tinha levado para casa horas antes. Ele prometera voltar depois com Malcolm e eu ainda estaria ali, naquela cadeira ao lado de Ana e sua mãe.

Elas estavam de mãos dadas, e olhei para minhas palmas vazias enquanto a sra. Peña começava a rezar.

Eu estava à deriva, meus olhos secos e minha boca sem palavras. Estava tentando ficar imóvel para que aquele momento terrível não me encontrasse. Se ficasse escondida, talvez o próximo telefonema terrível não me alcançasse. Se ela levantasse e respirasse de novo, se *ela* me encontrasse de novo, o resto do mundo poderia ter a mim de volta.

A porta abriu e fiquei tensa, esperando minha mãe com notícias que iriam me destruir, mas era Benny. Ana se ergueu e abraçou o irmão, e a mãe envolveu os dois num abraço.

Talvez se eu tivesse um irmão ou um pai... Será que a dor ficava mais leve quando havia outras mãos para carregá-la? Todas aquelas hipóteses rodopiavam como sonhos. A porta não se fechou e, atrás de Benny, Alex entrou na sala.

Seu cabelo estava emaranhado e farinha cobria o avental que ele não tinha tirado. Com pânico nos olhos, ele me encontrou quase imediatamente, e meu nome escapou de seus lábios como uma prece.

As lágrimas finalmente vieram; transbordaram e me fizeram engasgar enquanto eu me levantava e ia até ele. Eu me afundei em seus braços. Ele cheirava a mar e açúcar mascavo. Agarrei sua camisa para me erguer acima das águas e tomei um fôlego desesperado.

❖

Mimi estava na UTI sem conseguir respirar sozinha depois de ter duas paradas cardíacas. Eu deixei essa informação de lado porque, se pensasse sobre isso, iria desmoronar. Ana e sua família saíram de manhã cedo, depois que eu tinha jurado que ficaria bem. Elas precisavam ir para o trabalho e para a escola e eu precisava de espaço. Alex ficou. Sua presença silenciosa era um apoio constante mesmo naquelas terríveis cadeiras da sala de espera. Ele trouxe comida e café que eu e minha mãe mal tocamos, mas, depois de muitas horas sem novidades, mamãe queria que eu fosse para casa.

– Eu quero ficar – insisti.

– Preciso que você vá. Arrume a casa, tome um banho e durma um pouco. Eu estarei aqui com ela se houver qualquer alteração.

Meus olhos queimavam de exaustão, e eu queria desaparecer num banho quente, mas não podia simplesmente ir embora. Mimi estava ali. A voz de minha mãe saiu baixa, mas firme.

– Deixe que eu seja a sua mãe e a filha dela.

Alex me deu uma carona e foi até a porta comigo. A casa estava terrivelmente silenciosa. Não havia velas acesas, o rádio estava desligado e o café não estava coando. Tudo estava imóvel e era horrível.

– Vou preparar algo para você comer.

Ele acendeu as luzes e foi até a cozinha. Eu o observei por um segundo, mas o tempo estava se emaranhando com as minhas esperanças desesperadas. Dei uma olhada na porta do quarto de Mimi e tentei ouvir sua música – os chinelos de contas se arrastando no chão de azulejos, o chacoalhar das suas pulseiras, suas preces sussurradas aos santos. Será que eles a ouviam nesta noite?

– Ei. – Alex interrompeu meus pensamentos e foquei sua silhueta iluminada pela luz quente da cozinha. O cheiro forte de cebolas e pimentas caramelizadas aguçou minha consciência. – Estou aqui.

– Eu sei. – Isso me deixava feliz, mas minha voz estava rouca de cansaço.

Fui tomar um banho e tirar aquelas roupas. O choque da água quente foi revigorante e fiquei parada embaixo da água. Estava esvaziada demais para chorar, mas ansiava por liberação e propósito. Queria ter me ajoelhado e feito a ressuscitação cardiovascular. Queria ter capturado o olhar firme de Dan. Pressionei a mão contra a parede de azulejos e tentei contar minha respiração acelerada. Eu tinha sentado no chão do quarto dela e naquela cadeira da sala de espera e nada tinha mudado. Fechei o punho e me inclinei contra a parede enquanto soluços secos e inúteis me atravessavam.

A água logo ficou fria, minha pele se arrepiou e minha respiração pareceu quente. Queria que os azulejos cedessem sob minhas mãos, porque eu estava congelando sozinha e o mundo estava girando rápido demais.

Ouvi uma batida. Com um susto, inalei com força e tossi embaixo d'água.

– Rosa – Alex chamou.

Dava para ouvir sua preocupação através da porta, mas, considerando o tempo que eu estava ali, sabia que ele estava tentando me dar espaço.

– Já vou sair. – Eu não sabia se as palavras soaram como um grito ou um sussurro.

Tremendo, desliguei o chuveiro e me sequei. Limpei o espelho e encontrei meu reflexo sob o vapor. *Aqui estou eu.* Os olhos de minha mãe, a boca de minha avó. *Elas ainda estão aqui.* Os outros ângulos e feições foram moldados por fantasmas que nunca conheci.

Comi por respeito a Alex e porque era importante sentar à mesa da cozinha e continuar normalmente. Aquele lugar era feito para partilhar refeições. Se eu fizesse isso seria um bom sinal. Uma afirmação positiva que iria salvá-la.

– Quer que eu fique? – ele perguntou.

Eu não disse "Minha *abuela* me mataria", embora fosse meu primeiro pensamento. Se eu ficasse sozinha teria que enfrentar o vazio, mas eu precisava me perder em rituais herdados. Precisava de velas, óleo e uma chama. Precisava de preces sussurradas enquanto a fumaça alcançava aqueles que cuidavam de mim e minha família. Dividida, hesitei até que ele disse:

– Eu volto mais tarde ou de manhã. Ligue ou mande uma mensagem que eu venho na mesma hora.

Grata, eu assenti. Ele lavou os pratos e organizou a cozinha, então me abraçou e beijou o topo da minha cabeça. Se despediu com solenidade, e eu não consegui observá-lo partir.

Fui direto para o jardim. Examinei a estante dela e encontrei velas brancas e seu medalhão favorito de Caridad del Cobre, santo padroeiro de Cuba. Peguei um alfinete e um frasco de óleo. Encontrei três moedas de um centavo e as enfiei no bolso. Voltei ao meu quarto, joguei tudo na escrivaninha e passei o perfume nas mãos e a água-de-colônia no cabelo molhado. O aroma cítrico fez com que eu me sentisse protegida. As mãos dela sempre cheiravam assim enquanto delicadamente acariciavam minha testa e me mostravam como honrar e aprimorar os rituais. Peguei fósforos e acendi todas as velas que encontrei e, com o alfinete, entalhei o nome completo de Mimi na cera enquanto as chamas cresciam.

Finalmente, diante do meu altar ancestral, caí de joelhos. Encostei a testa na foto do meu avô e, como uma criança, implorei pela vida dela ao homem que eu nunca pude conhecer, mas que a amara tanto quanto eu e enfrentara um mar furioso para levá-la à segurança.

– Traga-a de volta para mim.

Meu coração batia num ritmo constante, e o nome de minha *abuela* caiu de meus lábios como um cântico.

Não houve resposta, só minha esperança teimosa.

Horas – ou talvez instantes – depois, eu me ergui. Foi como andar sobre areia molhada, o ar ao meu redor pesado com a energia do ritual. Eu estava exausta.

Peguei meu diário na mochila e caí na cama. Virei uma página em branco para começar uma lista de tudo de que precisaríamos para uma estadia prolongada no hospital e tudo que eu precisava aprender sobre o coração humano. Então um papelzinho branco deslizou dentre as páginas. Estava dobrado e achatado pelo caderno. Quando o toquei, ele se abriu e se tornou um barco. Em letras pequenas e nítidas, eu li *S.S. Rosa* do lado.

Naquelas horas perdidas, Alex tinha me feito um barco.

Saí da cama e fui até a janela aberta. O ar perfumado estava fresco. Eu me inclinei contra o peitoril e ergui o barco de papel contra o luar, imaginando que ele encontraria os ventos certos e chegaria ao lar.

Nós tentamos de todos os jeitos. Lutamos contra mãos invisíveis. Batemos os pés na terra e sussurramos as preces corretas, mas às vezes o destino tem outros planos. Acreditamos que a vida sempre será como é agora e fazemos muitos planos, mas, de repente, nos vemos subindo num barco no meio da noite porque a terra que amamos não é mais segura. O sol se põe, ele não emerge da água e o tempo se esgota.

O telefone toca para dar más notícias.

Acordada às 3h17 da manhã, minha vida se partiu ao meio quando Milagro Carmen Martín Santos deixou este mundo.

Mimi tinha partido, e eu estava longe demais para dizer adeus.

32

Para uma família tão acostumada com a morte, não fazíamos ideia de como organizar um funeral.

Os ossos de nossos mortos estavam perdidos no mar, não enterrados em cemitérios. Mimi seria cremada de acordo com seu desejo, e mamãe e eu voltamos da funerária sem nada. Nós teríamos que esperar uma semana para receber as cinzas por causa da papelada. Tinham se passado dois – talvez três? – dias desde o festival, mas foi um tempo vazio e estranho. Ficamos em pé diante da porta sem saber o que fazer. Talvez a vida sem minha *abuela* fosse ser assim agora. Ouvimos uma batida à porta. Eu a abri e recebi a sra. Peña, que tinha os olhos marejados e carregava potinhos.

– Eu trouxe sopa – disse ela com a voz embargada. – Mas é de tomate.

Ela começou a chorar e mamãe e eu abrimos caminho.

As pessoas continuaram a chegar. Conhecíamos a maioria, mas nem todos. A porta não teve chance de fechar à medida que mais entregas de comida enchiam nossa cozinha e vizinhos emocionados ofereciam condolências sóbrias que eu não sabia como receber. A sra. Peña manteve ordem na cozinha enquanto recipientes de sopa lutavam por espaço contra ensopados. Em seguida, chegaram os clientes de Mimi, todos em lágrimas e trazendo lindos arranjos de flores e frutos dos jardins que Mimi os ajudara a plantar e salvar. Educadamente recusamos quando alguém tentou nos dar uma galinha viva. A sra. Peña perguntou se podíamos abrir parte da comida e dissemos que sim, claro, nunca comeríamos tudo aquilo. Conversas aconteciam ao redor do nosso silêncio conforme as pessoas encontravam outras que precisavam compartilhar sua dor e falar o nome de minha avó. O cheiro de café nos atingiu como uma lembrança antiga.

– Será que é assim que é um funeral? – perguntou mamãe.

Fazia dias que eu não dormia, e o torpor me tornou uma mera espectadora.

– Mimi provavelmente imaginou que não saberíamos o que fazer e organizou o negócio pessoalmente.

Minha mãe deu uma risada rouca.

– Típico.

O sr. Gomez e os outros *viejitos* perfuraram aquela névoa como uma coleção de *abuelos* adotivos. Senti um nó na garganta quando seu perfume e a fumaça de charuto me envolveram. Eles serviram rum para brindar à família e até eu ganhei uma taça.

– A Mimi – disse o sr. Gomez solenemente. – Diga à nossa ilha… – Ele parou e, quando tentou continuar, engasgou de emoção. Balançou a cabeça e tentou de novo, sem sucesso.

– Diga olá por nós – completou mamãe, gentilmente apoiando uma mão no braço dele.

Eu tinha tanta fé em coisas que não conseguia ver, mas agora tinha que aplicá-la a alguém que conhecia e amava profundamente. Alguém que havia partido, mas que ainda era uma parte de mim tanto quanto o ar que eu respirava. Seria possível que seu espírito já estivesse a quilômetros e anos de distância? Ela estava muito inalcançável agora.

Saí de casa e vi meus amigos chegando. Benny trazia girassóis e Alex vinha com caixas de doces. Ana e Mike estavam tentando segurar o choro, mas perderam a batalha quando me viram. Oscar chegou por último, usando jeans escuros e uma camiseta preta, o que era típico, mas as roupas não estavam desbotadas nem sujas de tinta e serragem.

Ele olhou através de mim.

– Sinto muito por sua perda, Liliana.

– Obrigada – respondeu mamãe, parando ao meu lado. Ela tomou minha mão e ele olhou para nós com um leve sorriso, então pousou um olhar demorado em minha mãe. – Eu vi... ficou muito bom. Igualzinho a ele. E me deu uma ideia e... – Ele conferiu o relógio. – Preciso mostrar uma coisa para vocês duas. – Sem dizer nada, ele se virou e começou a se afastar.

Eu não entendi nada. Olhei para Mike, que só suspirou.

– Ele esqueceu de pedir pra vocês o seguirem.

Minha mãe e eu obedecemos, assim como nossos amigos e, depois de um momento de curiosidade, todo o pessoal reunido em casa veio atrás de nós. Nosso grupo cresceu enquanto andávamos.

– O que está acontecendo? – Dan veio correndo, ainda arrumando a gravata, seguido por Malcolm com o carrinho de bebê. – Estávamos indo para sua casa.

– Oscar quer mostrar uma coisa – respondi. – Vocês estão bonitos.

Eles estavam usando ternos escuros. Dan apertou meu ombro e Malcolm me puxou para um abraço.

Quando nós já estávamos perto da praça, me aproximei da minha mãe.

– Foi assim quando meu pai morreu?

– Houve um choque coletivo e uma grande busca, mas eles desistiram depois que encontraram o barco. Não podiam fazer mais nada, e eu tinha que parar de ter esperanças ou não estaria aqui quando você precisasse.

Nosso grupo aumentou à medida que mais vizinhos se juntavam a nós.

– Você seguiu em frente por minha causa?

– Segui em frente por... – A lembrança da nossa última conversa com Mimi pairou entre nós. – Por amor – ela concluiu, tomando minha mão de novo.

A tempestade fizera um estrago e uma neve macia cobria o chão da praça. As vinhas e guirlandas de flores primaveris não tinham aguentando o vento e a chuva, e espalhávamos as pétalas caídas enquanto seguíamos para o lado mais distante da praça, onde Mimi tinha erigido sua tenda. Agora havia um novo banco ali. Eu não entendi até ler a placa com o nome de minha *abuela*.

DEDICADO A MILAGRO SANTOS.
NOSSA MIMI E CURANDEIRA DE PORTO CORAL.

Eu não conseguia falar. Mamãe apertou minha mão.
Oscar parou ao lado do banco em silêncio.
– Ele está trabalhando nisso desde ontem – explicou Mike. – Nem acredito que conseguiu terminar, quer dizer, eu não sentaria ainda porque a tinta pode não ter secado. – Ele deu um sorriso orgulhoso para o mentor, que cruzou os braços. – Mas a ideia é plantar um jardim ao redor, verde e selvagem. Como Mimi.

Oscar deu de ombros, mas sua boca se curvou num pequeno sorriso quando olhou para mamãe.

A tenda tinha sido desmontada, junto com nossa noite perfeita, mas aquele banco permaneceria ali.

Não estávamos na fazenda dela em Cuba, porém mesmo perdendo tanto da vida e da família, e mesmo contra um mar revolto, ela chegou àquele litoral com minha mãe, e sua história não tinha se interrompido. Ela construíra algo verdadeiro, e sua vida tinha importância ali também.

– Obrigada – mamãe sussurrou a todos.

As flores cresceriam livremente aqui. Brotariam e morreriam e nasceriam de novo ao lado de um banco que convidaria as pessoas a sentar e ficar. Mais adiante, havia um mar que você podia imaginar te levando a outro lugar – ou talvez pudesse só ficar ali em Porto Coral, onde o vento cantava suave entre as flores silvestres.

❖

Na volta, mamãe pegou o caminho mais longo. Pensei que quisesse evitar a multidão na praça, mas, quando paramos ao lado do quartel de bombeiros, entendi as palavras de Oscar.

– Você terminou!

A pintura estava completa. Águas azuis plácidas encontravam um céu índigo, e no meio havia um barco simples. A vela branca estava inflada e se mesclava com uma nuvem macia. No leme havia um rapaz de pele marrom com cabelo preto curto e um sorriso contagiante. Ele parecia feliz, saudável e eterno. E na lateral do barco havia o nome: *La Rosa*.

– O barco dele se chamava assim mesmo?

Mamãe assentiu, sorrindo.

– Foi ideia dele te chamar assim. Achei que era estranho dar o nome de uma criança em homenagem a um barco, mas ele disse que era perfeito e um bom presságio. – Ela soltou uma risada com um toque de humor negro. – Minha mãe achava que seria azar, mas tudo era naquela época. Eu queria dar alguma coisa a Ricky.

– Eu não sabia.

– Eu não aprendi a lição com Mimi. – Ela suspirou. – Não quero que ele desapareça ou se torne uma memória assombrada que não podemos mencionar. Não é justo com você nem com ele.

Eu me arrependi de todas as perguntas que tivera medo de fazer a Mimi. Não queria cometer o mesmo erro pelo resto da vida.

❖

Uma semana depois, Mimi voltou para casa.

O lugar estava ainda mais silencioso. Mamãe e eu tínhamos passado os últimos dias pedindo comida da bodega e encolhidas no sofá assistindo aos filmes mais água com açúcar que conseguimos encontrar. À noite, sentávamos do lado de fora para acompanhar as estrelas e imaginar o que havia depois da morte. Não encontramos respostas, mas às vezes uma flor de limoeiro flutuava até nós e parecia uma mensagem.

Ficamos paradas no vestíbulo com a urna de Mimi.

– E agora? – perguntei.

Precisava que minha mãe me desse algo: direção, propósito, a certeza de que sobreviveríamos. Ela levou as cinzas da mãe pelo corredor e eu a segui até meu quarto, onde ela parou diante do meu altar.

Ela me deu a urna e eu balancei a cabeça. Não conseguia.

Meu avô nos olhava de sua foto. Estava embaixo de uma mangueira com os braços cruzados e olhava para um ponto atrás da câmera. Será que a foto sempre fora desse jeito? Ele sorria com o que via. Ou talvez para quem finalmente via de novo.

Tremendo, peguei a urna pesada. Meu altar sempre tinha me acalmado, mas agora eu me sentia fraca. Depois de anos honrando minha família, eu iria colocar alguém que conhecia sobre aquela mesa. Minha *abuela* me olharia de uma foto, porque estava naquelas cinzas em vez de na cozinha misturando amor na sopa ou preparando poções para curar as gengivas de bebês. Não estava no jardim cuidando de suas plantas nem vindo sempre atrás de mim nem arrastando os chinelos pelo corredor para me falar que outro dia iria começar. Estava ali nas minhas mãos, e em breve no meu altar, o que significava que tinha partido para sempre.

Caí de joelhos. Chorando, coloquei a urna ao lado da foto do meu avô.

– Espero que ela o tenha encontrado – sussurrei.

Minha mãe sentou ao meu lado. Ergueu a mão sobre a urna, então pressionou um dedo delicadamente sobre a foto do meu pai.

– Eu também.

As duas últimas mulheres Santos se abraçaram e choraram de saudade de casa.

33

Na manhã seguinte, atravessei a cidade de skate até a bodega para pegar dois cafés da manhã para viagem – minha nova rotina. Mas a janelinha estava vazia, sem nenhum Peña à vista. Fiquei na ponta dos pés e o cheiro familiar de comida me recebeu: bacon, ovos, *pan tostado* com manteiga. Fui chamar o sr. Peña, mas o som baixo e melancólico de um trompete me fez parar.

Cada nota apertava meu coração. Procurei os *viejitos* e os encontrei reunidos na mesa de sempre. O sr. Gomez me olhou e assentiu solenemente. A música terminou numa nota de partir o coração, e o sr. Peña apareceu logo em seguida, parecendo surpreso em me ver e verificando o relógio. O luto deixava tudo fora dos eixos, até o tempo. Sem falar nada, ele preparou dois pratos e recusou o dinheiro quando fui pagar. Eu agradeci e, quando estava indo embora, ele me chamou:

– Rosa.

Virei, surpresa.

– Sim?

– Ela era uma das melhores pessoas que já conheci.

Eu não estava preparada para o verbo no passado. Dei um aceno curto.

– Eu sei.

Ele voltou ao trabalho e retornei imaginando quantas pessoas minha *abuela* tinha feito sentir-se em casa.

❖

Encontrei minha mãe no quarto de Mimi, tocando em figuras de cerâmica e abrindo gavetas pequenas e delicadas, procurando pela mãe em lembranças evocadas por objetos esquecidos. Ou talvez ela quisesse ter a última palavra. Eu as conhecia como adversárias, polos opostos, os extremos de um ímã fadados a serem contrários, mas sem o sul de Mimi para combater o norte da minha mãe, será que ela iria embora? Se fosse, aquele ainda seria meu lar? Eu não queria que Porto Coral se tornasse outra casa perdida.

No jardim, as ervas secavam, esperando algum propósito desconhecido. Abri a janela para deixar a brisa entrar e ouvi a canção suave dos sinos de vento. A terra ao redor do capim-limão estava seca. Peguei a lata, e a saudade me sufocou numa onda súbita. Deixei-a cair e solucei nas mãos.

Eu ainda tinha tantas perguntas para lhe fazer.

– Diga o que eu faço agora – sussurrei para o cômodo vazio, apertando o coração e contando minhas respirações.

A saudade era agonizante, e o tempo só iria piorar aquele sentimento: quanto mais longe eu estivesse daquele momento terrível, mais me afastaria dela.

Era horrível. Eu queria barganhar com o destino, dormir e acordar na manhã do festival. Eu encontraria Mimi e salvaríamos seu coração e impediríamos aquela reviravolta. Eu consertaria tudo.

– Eu posso consertar, deixe-me consertar, deixe-me...

Na mesa à minha frente havia uma pequena pilha com quatro moedas. As três que eu encontrara na noite em que ela morrera estavam no meu bolso desde então. Eu as carregava com uma esperança muda e desesperada de algo que não sabia nomear. Sete moedas. O suficiente para uma oferenda.

Pulei da cadeira e corri para meu skate. Percorri um bom caminho até o calçadão e além, então peguei o skate na mão enquanto caminhava pela areia pela primeira vez.

Uma rajada de vento quase me derrubou. Minha *abuela* me ensinara a ouvir o mundo ao meu redor. Às vezes encontrávamos respostas em cartas ou nas borras no fundo de uma xícara de chá, mas às vezes elas estavam em uma brisa repentina e na lua minguante.

Às vezes estavam nas coisas que mais se temia.

Larguei o skate, percorri a praia vazia e tirei os sapatos. Caminhei até a orla do mar. A água quente varreu minha pele e eu ofeguei.

Apertei as moedas. *Eu estava no mar.* Entrei um pouco mais.

A próxima onda me alcançou e lavou meus tornozelos. Meu coração retumbava nos ouvidos enquanto o sangue corria sob a minha pele. *Oxigênio*, pensei. Água, sangue, fogo. Entrei até os joelhos. A água puxava a bainha da minha saia com mãos confiantes. Soltei uma risada, surpresa.

Minha primeira vez no mar era como voltar para alguma coisa. Pensei em minha mãe e na *abuela*, e elas surgiram nítidas em minha mente. Eu queria ver o que havia do outro lado, descobrir o que fora perdido. Queria saber como seguir em frente. Eu conhecia as antigas preces, mas agora estava no mar e não trazia frutas nem mel. Minha única oferenda era meu coração, minha humildade e aquelas moedas. A linguagem errada pesava na boca.

A água bateu na minha cintura. Fechei os olhos e joguei as moedas em um trecho mais fundo. As únicas coisas que existiam eram eu, o oceano infinito e o horizonte onde o céu o encontrava.

– Rosa!

– Mimi? – gritei, mas quando virei era Ana na praia acenando.

– Quê? – perguntei mais alto que o oceano revolto.

– A ressaca!

– *O quê?*

Antes que ela pudesse explicar, eu fui consumida; jogada e puxada por forças invisíveis. Engolida por um mar violento, chutei e tentei subir para tomar ar. Quando não consegui, o pânico encheu meus pulmões. Balancei os braços, mas não sabia para que direção ficava a superfície.

Não conseguia mais prender o fôlego.

Uma luz brilhou diante de mim. Fui até ela com o peito ardendo e na próxima onda fui pega e arrastada para fora da água. Inspirei e dei de cara com Ana-Maria, encharcada.

– Não viu a bandeira vermelha? – ela berrou enquanto me puxava até a praia.

Olhei ao redor e a encontrei, mas não sabia que significava algo. Tinha ido muito mais longe do que pensava.

– Caralho.

Ana estava ofegante ao nadar por nós duas, mas riu.

– Acho que nunca te ouvi xingar antes.

Ela agarrou minha cintura e cuidadosamente nos movemos com as ondas até a praia. Trêmula, caí na areia, tossindo com força enquanto recuperava o fôlego. Rolei de costas e olhei para Ana.

– Estou viva – declarei, maravilhada.

– E me deve um celular novo. – A calça jeans e a camiseta dela estavam grudadas na pele. – Que merda estava fazendo? Não é uma grande nadadora… e desde quando você entra no mar?

– Não sei. – O luto era exaustivo, e eu estava coberta de água salgada e areia. Apertei os olhos contra a luz do sol, esticada na areia. – Odeio tanto isso.

Ela não disse que lamentava nem que entendia como eu me sentia – só caiu do meu lado, apoiou-se nos cotovelos e inclinou o rosto para o sol.

Depois de um tempo, finalmente fiz a pergunta que se agitava no meu coração como um fantasma melancólico.

– Eu ainda sou cubana?

Ana piscou com a pergunta sincera.

– Estou matando aula e está cedo demais para isso. – Ela suspirou e sentou-se para torcer a areia e a água do cabelo. – Claro que você ainda é cubana. Não é algo que desaparece só porque alguém… – Ela hesitou e me deu um olhar preocupado. – …faleceu.

Observei o oceano. A distância, barcos pontuavam a linha entre o céu e o mar.

– Eu estabelecia condições para mim mesma: se meu espanhol fosse melhor, se eu estudasse em Cuba, se Mimi pudesse voltar para casa... Mas agora ela morreu e, não sei, talvez tudo tenha partido com ela.

Mimi era minha ilha e agora ela não existia mais. Eu não tinha um mapa e não podia voltar.

– Lembro do meu pai dizendo que, quando morresse, queria ser enterrado lá. – Ana deu de ombros e mexeu nos cachos molhados, fingindo que a ideia não a incomodava. – Ele tinha tantos arrependimentos, como se sempre fosse amar a vida que não pôde ter. – Ela pegou um graveto e desenhou uma linha na areia. – A diáspora é um negócio esquisito. O exílio também. E nós vamos ser diferentes do outro lado, mas não é uma coisa ruim.

Pensei nas gerações de mulheres que viviam no meu sangue e quantas vezes deviam ter parado como nós para considerar suas lutas, seus sofrimentos e sonhos. Seus sussurros nadavam nas minhas veias independentemente de onde eu estivesse no mapa. O sol estava quente sobre meu rosto.

– Ei, ficou sabendo que o festival conseguiu o dinheiro?

Sentei bruscamente.

– Sério?

Eu tinha me isolado tanto que não estava a par da contagem final.

– Juro. A universidade aprovou o programa e conseguimos impedir a venda. Jonas disse que o primeiro grupo de *nerds* de biologia deve chegar no verão.

– Uau. – O alívio teimosamente invadiu a minha tristeza. Da praia, eu podia ver o porto agitado, e o movimento nas docas me encheu de um pressentimento atordoante. Eu queria ver as mudanças e as possibilidades. Por enquanto, e talvez por muito tempo, tínhamos salvado algo. Tudo aquilo seria conservado e ficaria ainda mais forte. – Eu devia ter vindo mais à praia.

– Definitivamente teve uma primeira vez impactante. – Ana se alongou e cruzou os tornozelos. – Enfim, já tomou uma decisão sobre a faculdade?

Dei uma risada que soou rouca e um pouco amarga.

– Não tenho ideia do que vou fazer. Eu estava tão segura e agora só estou... cansada.

Tudo era pesado demais no momento, e tentar atravessar a névoa só me deixava mais cansada.

– Tire uma soneca. – Ana fechou os olhos, parecendo contente em ficar deitada sob o sol enquanto ele secava nossas roupas e cabelo.

Eu sentia falta da minha certeza. Antes que o programa de intercâmbio fosse cancelado, eu era tão confiante.

– Mimi sempre dizia que nunca tinha visto águas tão azuis como em Cuba.

Ana fez um ruído de concordância.

– Meu pai também. O mar caribenho é assim.

Eu queria tanto vê-lo, mas também queria que Mimi o pudesse ver de novo.

Meu coração acelerou. Pela primeira vez desde que a perdera, a convicção chutou a porta e dissipou parte da névoa. Eu conhecia aquele sentimento. Sentia falta dele. Ana estava quase dormindo quando saltei nela e a abracei com força.

– Obrigada – sussurrei com veemência em seu ouvido.

– Por quê? – Ela bocejou e deu tapinhas no meu ombro.

– Por me encontrar. – Eu me ergui num pulo e peguei o skate. – Tenho que ir. Venha me encontrar depois.

– Contanto que não seja no mar, sua doida – resmungou ela, mas ouvi o sorriso em sua voz.

Água salgada pingava do meu cabelo e do vestido de algodão enquanto eu corria para casa. Reduzi o passo na praça. A Tartaruga de Ouro estava ao lado do banco de Mimi, e a toquei para dar sorte.

– Rosa! – os *viejitos* gritaram em uníssono. – *¿Qué pasó?* Aonde você vai?

Eu não parei até chegar em casa e entrar correndo pela porta da frente. Minha mãe ergueu os olhos da mesa, onde uma caixinha de joias aberta tocava uma melodia suave.

– Nós vamos para Cuba – anunciei. Ela fechou a caixa com um baque. – E Mimi vai com a gente.

34

— *O quê?* — todos gritaram ao mesmo tempo.

Mais tarde, Ana, a sra. Peña e Malcolm estavam sentados na sala de estar. Minha mãe levou Penny até a janela. Aquele era meu momento com minha família de Porto Coral.

— Minha mãe e eu vamos para Cuba amanhã — repeti.

Ana se inclinou para a frente.

— Meu Deus, Rosa, você não vai tentar ir a nado?

— Quê? Não. Bem, talvez metaforicamente.

Ana virou para a mãe.

— Não pode falar com ela? Seu passaporte está em dia? É melhor irmos junto.

— Você tem aula — apontou a sra. Peña. Então virou-se para minha mãe e perguntou: — Vocês vão mesmo?

Minha mãe assentiu, e era como se elas estivessem tendo uma conversa privada. Aquilo não era nem mesmo uma possibilidade quando elas tinham a minha idade.

— Não entendo — disse Malcolm, com as mãos nos quadris. — Por que estão partindo tão de repente e por quanto tempo? Você ainda tem três semanas de aula e... – Suas mãos caíram quando ele entendeu. – Mimi.

O nome dela tinha peso. Ali, naquele lugar onde ela deveria estar, dizê-lo era como uma prece.

– Vão ser só alguns dias. Só vou perder uma ou duas tarefas, juro.

Ele suspirou, com um olhar gentil e exacerbado para mim.

– Rosa, é seu último semestre. Não estou preocupado com isso e você também não deveria estar.

A porta se abriu e Dan entrou correndo, ainda de uniforme.

– Estou atrasado, o que está acontecendo?

– Rosa vai para Cuba – disse Malcolm.

Dan sorriu.

– Finalmente.

❖

Na manhã seguinte, logo antes do amanhecer, coloquei as passagens de avião e a minha mala pronta na mesa da cozinha. Dentro, eu tinha guardado meu diário e o de Mimi. Eu queria levar tudo dela que pudesse, mas o diário parecia a escolha mais sensata. Com cuidado, embrulhei a urna de Mimi em um dos seus lenços de seda. A cozinha estava em silêncio – nada de pulseiras, nenhum arrastar de chinelos. Nada de sabonete de hortelã ou da sálvia de domingo. A janela da lavanderia estava fechada, e eu não sabia se a abriria outra vez.

Antes do voo, eu tinha que dar um último adeus.

Alex estava sentado na popa do barco tomando café e observou enquanto eu me aproximava. O sol ainda estava se erguendo em um céu rosado, e a marina estava tranquila. Cheguei ao barco e observei todos os novos equipamentos – ele estava se preparando para a viagem. Enfiei as mãos nos bolsos, com medo de chegar perto demais. *Estou abdicando dele*, eu queria gritar para o universo. *Mantenha-o a salvo.*

– Eu vou para Cuba hoje – contei.

Ele olhou para a corda nas mãos.

– É a grande história no Insta dos *viejitos*. Eles estão tentando descobrir seu itinerário. – Ele ergueu o telefone. – Três minutos atrás, postaram que você estava vindo para cá.

– Meu Deus, eles são persistentes. – Olhei para trás. – Bem, não temos um plano – admiti. – O luto enche a gente de pânico quando percebemos como tudo pode acabar depressa, por isso estamos meio que seguindo nossos instintos.

Eu sorri, mas a expressão morreu com a brisa do mar. Queria dizer algo significativo, oferecer as palavras certas para que ele soubesse como os momentos que passamos juntos foram importantes para mim. Eu estava funcionando na base de sofrimento e incerteza, mas, vendo-o naquele barco, lembrei de como tinha gritado ao vento e acreditado que tudo era possível. Ele inclinou a cabeça antes de me olhar de novo com aquela expressão tímida que sempre ficava mais afetuosa comigo, e eu queria esquecer tudo – me perder em seus braços e fugir com ele. Eu sabia que podia lhe dar aquelas palavras, mas, parada ali, com a doca vazia ao nosso lado, não conseguia dizê-las.

– Espero que encontre o que está procurando, Rosa.

– Eu também.

Ele levantou e pegou algo da mesa. Desceu para me encontrar na doca, e a vontade de tocá-lo era tão forte que ficar parada era doloroso. Depois de um momento de hesitação, ele me estendeu o mapa outra vez.

– Alex... – Olhei confusa para ele.

– Essa sempre foi a sua viagem. Mudou com o tempo, mas não acho que seja uma coisa ruim, porque eu também mudei. – Ele deu de ombros, ainda segurando o mapa. – Faça isso por mim. Dê uma olhada no mapa quando estiver lá e veja como chegou longe.

Ele estendeu o papel.

Minha mão roçou a dele delicadamente quando peguei o mapa. O contato breve me fez suspirar, e nos olhamos por um segundo antes de desviar os olhos. Quando examinei o mapa, vi que estava amarrado com uma corda – a corda dele.

– Ah, não posso ficar com isso.

Ele a guardara por muito tempo. Tinha significado demais. Comecei a desfazer o nó.

– Ela vem com o mapa, Rosa. É meio que um conjunto. Você vai fazer um negócio importante, então, quando ficar ansiosa, seja no avião ou quando aterrissar, olhe para os dois e lembre-se de que é uma ótima marinheira.

Comecei a abrir o mapa, mas ele cobriu minha mão para me impedir.

– Depois.

Eu sorri. Aqueles presentes eram sutis, mas importantes. Assim como Alex. Aqueles dias tinham nos mudado. Enrolei o mapa de novo e o enfiei no bolso, então coloquei a corda ao redor do pulso e Alex sorriu, satisfeito.

– Queria ter algo para te dar – falei, olhando as caixas no barco.

– Você já me deu o bastante. Foi minha parceira.

Dei risada. Parecia que tinham se passado cem anos desde a regata.

– Onde você está hoje, Rosa? – ele perguntou.

Sorri apesar das lágrimas que borravam o belo nascer do sol e o padeiro e marinheiro mais lindo que já conheci. Eu sentiria sua falta. Sem Mimi, não sabia qual era o lugar de Porto Coral na minha vida. Eu iria embora depois do verão, mas talvez voltasse um dia e sentasse com ele nas docas. Ele me olharia e sorriria, então nós dois nos lembraríamos de uma primavera que passou rápido demais e tinha gosto de pirulitos de tangerina.

Estreitei os olhos contra o sol.

– Estou prestes a cruzar o oceano.

❖

Apesar de todas as preocupações e da lista de possíveis problemas, tudo resumia-se a um pedaço de papel. Eu já tinha feito um passaporte por causa do intercâmbio, mas ainda era tecnicamente ilegal ir a Cuba como turista americana, por isso precisávamos declarar um motivo para a viagem. As regras estavam em constante mudança, com novas restrições confusas e uma lista de proibições que ditavam onde podíamos ficar, comprar e comer. Quando chegássemos a Cuba, teríamos que lidar com duas moedas: uma para os cubanos, outra para os turistas. Mesmo assim, valia a pena. A maioria dos cidadãos cubanos não conseguia viajar por sua própria terra, então eu poderia aguentar alguns inconvenientes.

– Posso mesmo marcar visita familiar?

Encarei meu visto de viagem, ansiosamente questionando até a ortografia do meu próprio nome. Se eu errasse qualquer coisa, teria que comprar um novo e seriam mais cem dólares. Minha caixinha de economias estava chorando.

– Sim, só que estamos trazendo a família conosco – respondeu mamãe. Ela já tinha acabado de preencher o seu. – Quer um café antes de embarcar?

– Quê? Não temos tempo.

Olhei meu relógio outra vez e murmurei uma prece enquanto marcava a opção no papel. Estávamos dez minutos adiantadas em relação à programação que eu fizera.

– Ainda é cedo e você marcou uma pausa para café no cronograma. Sublinhou duas vezes até.

– Sim, mas o tempo está passando, temos que ficar atentas. – Ajustei minha mochila. Só tínhamos uma mala para despachar, e dentro dela havia a urna com os itens que eu tinha lido que eram necessários, especialmente fora de Havana – coisas como sapatos, escovas de dente e absorventes. Eu me imaginei ofertando-os e fui tomada pelo pânico. – Eu não sei espanhol suficiente para isso. – Mamãe riu. – Nunca respondo em espanhol e nem sempre consigo traduzir!

– Bem-vinda ao bilinguismo. Vai dar tudo certo. – Ela examinou as placas à nossa volta. – Venha, você precisa de café mais que eu.

Compramos nossos *cortaditos* e fomos até o portão. Enquanto esperávamos a chamada de embarque, carreguei meu celular outra vez enquanto mamãe me dava tapinhas no joelho de vez em quando.

– Se continuar balançando a perna assim, vai sair voando.

– Não esqueça que Pedro vai nos pegar no aeroporto – falei.

Peguei meu caderno da mochila e verifiquei minha lista de novo. Risquei o item *Tomar café*.

Ela folheava uma revista.

– Eu lembro, da casa.

– É legal que eles recebam desconhecidos em casa.

– Turistas geram uma boa renda se pensarmos que os cubanos ganham menos de vinte dólares por mês – ela observou.

Meu joelho começou a sacudir de novo e ela o acalmou.

Quando chegou a hora de embarcar, adotei o modo escolar: entre na fila, siga as orientações, espere sua vez. Era quase um alívio, mas, antes que eu me desse conta, estava no meu assento designado rumo ao Caribe. O piloto anunciou nosso destino e eu ainda não acreditava. Queria cimentar aquele momento. Eu, Rosa Santos, estava em um avião com destino a Havana. Mamãe conversava com uma mulher mais velha no assento ao seu lado, e olhei pela janela enquanto corríamos pela pista. Quando começamos a subir, apertei a medalha de Caridad del Cobre que agora usava no pescoço.

Mamãe apertou minha outra mão. Eu esperava ver seu sorriso de sempre, mas seus olhos estavam apertados e sua mandíbula, tensa. Apertei sua mão de volta e ela falou sem abrir os olhos.

– Já peguei tantos voos, mas nunca cruzei o mar. – Eu não sabia todos os lugares que ela já visitara, mas tinha certeza que já tinha feito isso. Ela inspirou devagar e profundamente. – Eu sempre quis ser corajosa... ou desafiadora o bastante. Mas toda vez que pensava nisso só conseguia imaginar um raio e alguém te contando que eu estava perdida no mar.

Ela finalmente olhou para mim e retribuiu meu aperto.

Minha obsessão em conhecer Cuba nunca tinha me permitido considerar o que aquilo significaria para ela. Trouxe sua mão aos meus lábios e dei um beijo rápido contra seus dedos.

– Minha mãe corajosa, voltando ao lugar onde sua existência teve início.

Ela exalou devagar e sorriu.

– Que poeta – reclamou, relaxando um pouco.

A energia no voo era eletrizante. As pessoas estavam vibrando de animação pelas férias, mas algumas também carregavam fantasmas. Era um voo curto, e o mar caribenho logo surgiu embaixo de nós. Todo aquele azul me fez pensar em Alex e toquei a pulseira de corda.

Quando a ilha apareceu, encostei a mão no vidro. Meus olhos passaram por estradas, grupos de casas e prédios e muita vegetação.

O piloto anunciou que estávamos chegando ao Aeroporto Internacional José Martí.

O desembarque passou num borrão. Entrei em filas e tentei olhar além dos ombros à minha frente enquanto meu coração disparava. Desci escadas, e a linguagem e o calor eram familiares – palmeiras e concreto, verde e marrom. Eu conhecia aquela paisagem. Até o movimento do aeroporto tinha um aspecto familiar. Embora houvesse espanhol por todo lado e todas as telas mostrassem Cuba, não era tão diferente assim da Flórida.

Pegamos nossa mala e seguimos para fora com os outros viajantes e os carros que os esperavam. Um homem negro mais velho tinha nossos nomes escritos em um uma folha de papel.

– *Hola* – cumprimentei com um sorriso grande e nervoso.

Os olhos de Pedro se iluminaram.

– Liliana e Rosa Santos?

Em um espanhol que me lembrava de casa, ele nos recebeu em Cuba e nos levou até seu carro, um Cadillac azul antigo. Ele abriu a porta e nos ajudou com as bagagens. Quando se enfiou no tráfego, o ar quente e salgado agitou meu cabelo. Uma rumba tocava sob a estática do rádio. Empolgação começou a dissipar o medo.

Mamãe se inclinou entre os assentos e perguntou sobre as cidades menores no caminho até Havana. Fora da janela, tudo parecia o meio do nada na Flórida, mas minha mente continuava gritando: *Você está em Cuba*.

Afastei o cabelo do rosto. Pedro disse algo que não entendi e sorriu para mim do retrovisor.

– Estamos pegando a rota panorâmica – explicou mamãe.

Passamos ao lado de um quebra-mar, onde ondas enormes batiam uma após a outra, lavando a calçada. Enfiei a cabeça para fora da janela e inspirei com força, fazendo Pedro gargalhar.

Ele nos levou à sua casa no centro de Havana, um prédio amarelo que ficava entre um prédio verde e um cinza. Tinha três andares e sacadas nos dois de cima. Uma mulher mais velha abriu a porta da frente.

– Minha esposa, Marisol.

Ela nos cumprimentou e, quando ouviu minha mãe falar espanhol, nos abraçamos como parentes distantes. As perguntas vieram rápido: quem eram os pais dela, de que parte de Cuba eles vinham e o que achávamos da Flórida. Eu estava feliz por ter mamãe comigo, porque meu espanhol parecia desajeitado e insuficiente, embora eu entendesse quase tudo. Enquanto Marisol nos mostrava a casa, os azulejos, a decoração e as janelas abertas pareciam dolorosamente familiares.

Marisol nos levou ao nosso quarto no segundo andar, onde havia duas camas de solteiro e uma geladeirinha. Mamãe foi pegar café com ela enquanto eu saí na sacada para ver o céu azul, os prédios e o mar. Uma brisa quente beijou minha pele. Eu tinha conseguido – tinha chegado ao outro lado. Coloquei a urna em uma mesinha de metal e apoiei a mão nela. Queria não ter demorado tanto para vir e que minha *abuela* pudesse estar ali também. Aquela brisa balançaria seu cabelo, e ela fecharia os olhos para inspirar fundo. Quando os abrisse, seu lar não teria desaparecido.

Eu só queria sentir minha *abuela* e saber que ela estava bem.

– Minha casa é sua casa – Marisol arriscou a tradução, me assustando.

Seu olhar compreensivo pousou na urna. Eu não era a primeira pessoa que trazia alguém de volta… e não seria a última.

– *Gracias* – respondi, agradecida e determinada.

35

— *Pare de escrever* — disse minha mãe.

Estávamos tomando um café da manhã com ovos, pão e bananas. Não havia manteiga, e as porções eram pequenas, mas deliciosas. Só ficaríamos um dia em Havana antes de seguir para Viñales, onde a família de Mimi tinha morado em uma fazenda. Não tínhamos um plano para depois; teríamos três dias, e parecia que estávamos esperando algum sinal de Mimi que nos indicasse o que fazer. Espalhar suas cinzas? Trazê-la de volta conosco? Estávamos seguindo as batidas de nossos corações em luto.

Mas eu ainda era Rosa Santos, então é claro que tentei bolar um plano.

— Vamos visitar a cidade antiga hoje — expliquei.

Eu queria ver as ruas que Mimi tinha recriado sob sua tenda misteriosa em nossa última noite juntas.

— *Solamente en español* — disse minha mãe, fazendo Marisol rir.

— *Vamos a visitar La Habana Vieja* — falei em um tom formal.

Marisol aplaudiu.

A calçada lá fora estava descolorida de sol. Carros velhos passavam ao lado de ônibus transbordando de passageiros, roupas esvoaçavam nas sacadas acima e crianças chutavam bolas murchas em jogos tumultuados. Adolescentes da minha idade levavam mochilas sem nem olhar para nós e para os outros turistas que tentavam tirar fotos da rua.

Eu me atrapalhei com a câmera.

– Onde estamos, Rosa? – perguntou mamãe.

Ergui a cabeça abruptamente. Será que ela se lembrava? Eu não conseguia ver seus olhos por trás dos óculos escuros, mas seu sorriso era nostálgico. Contra todas as expectativas, eu estava em Cuba.

Eu queria encaixar um semestre inteiro – uma vida inteira – em um dia. Queria ficar o suficiente para aprender os caminhos e para que alguém sentado em sua varanda me reconhecesse como a neta de Milagro e chamasse meu nome. Queria ir à universidade e assistir a uma aula antes de procurar sinais do meu *abuelo*.

Já está aqui, Mimi? Apertei as alças da mochila.

– Vamos achar um mapa – sugeri.

– Você ainda está tentando planejar o dia – mamãe retrucou com um sorriso leve. – Vamos achar uma loja primeiro.

– Você fala, meu espanhol é ruim.

Um táxi levado por bicicleta passou por nós com mais turistas inclinados tirando fotos.

– Seu espanhol é ótimo. Quer pegar um táxi?

– Já cansou, *vieja*?

A manhã estava quente e logo ficaria mais.

– *Come mierda* – ela xingou com um sorriso e partiu pela rua.
– Espere!
Era eu que estava carregando a mochila pesada.
– ¡*Solamente en español*! – ela gritou sem reduzir o passo.
Minha mãe era implacável.

Vários prédios decadentes estavam em reforma, e as ruas estreitas ao redor das obras se encontravam abarrotadas. Passamos por idosos sentados em cadeiras plásticas conversando animadamente, crianças gritando por causa de um jogo – algumas usando chinelos, outras descalças – e adolescentes de mãos dadas desaparecendo em becos. Era fácil distinguir os turistas posando na frente de prédios desbotados e procurando os melhores ângulos. Um grupo sentou para tirar *selfies* com mulheres usando vestidos coloridos e fumando charutos. Eles estavam se delcitando com a beleza atemporal e postariam suas fotos – quando encontrassem uma conexão com a internet – e todos veriam aquelas imagens como a história de Cuba. Eu sabia disso porque eram as fotos que *eu* vira quando pesquisei incessantemente Havana. Mas ali, naquela rua quente e úmida, observei as histórias que aconteciam fora das fotos, vivendo além dos filtros de aplicativos.

Mamãe também observava a atividade ao redor e ergueu os óculos para o topo da cabeça.
– O que foi?
– Não sei – respondi. Outro grupo virou a esquina. O guia segurava uma sombrinha vermelha e soava cubano. – Eu estava tão focada em descobrir onde pertencia e agora estou aqui. – Recuei

para deixar o grupo passar. – Tenho medo que no fim vou ter mais perguntas que respostas.

– É a sua cara.

Encontramos um mapa da cidade e, depois de vagar por horas, paramos em uma vendinha para comer algo. O homem atrás do balcão estava cortando um pedaço enorme de porco assado que distribuía em pequenos sanduíches. Mamãe comprou dois e, enquanto pagava, olhei para o outro lado da rua, onde havia um mercado de flores.

Ela me entregou um sanduíche, já mordendo o seu. Algo sobre o mercado parecia familiar, como se eu já tivesse visto uma foto dele.

Ao lado havia um prédio com uma plaquinha com o número 306. Também havia uma porta azul com um mamoeiro. A porta tinha sido pintada na parede e o grafite era colorido e exuberante.

Mamãe foi até lá e eu a segui. Passamos por diversos murais – a cidade controlada por censura ainda explodia com arte. Ela hesitou com a mão sobre a porta pintada.

– Acho que não conseguiria pintar isso.

Um pouco além, uma senhora estava sentava a uma mesinha. Seu cabelo escuro estava preso e um charuto aceso pendia dos dentes. Ninguém tirava fotos com ela.

– *¿Estás buscando a alguien?* – ela perguntou.

– Ah, não, só estávamos olhando – respondi, esquecendo de falar em espanhol. A senhora inclinou a cabeça e eu queimei de vergonha... e tristeza. Não estava falando com Mimi, que conhecia nosso ritmo bilíngue. – *Perdón* – emendei, mas a mulher me interrompeu.

– Tudo bem. – Ela me deu um olhar enigmático. – Posso falar os dois.

Mamãe ainda estava examinando a pintura. A mulher a observou por um momento antes de abaixar o charuto.

– Você está procurando por ela. – E exalou uma cortina de fumaça.

Mamãe congelou. Lentamente olhei entre elas, a boca seca demais para engolir a próxima bocada. Animação e descrença se reviraram no estômago com o sanduíche. *Me dê um sinal.*

– Está procurando o seu milagre, não é? – A mulher continuou fumando.

Um gato laranja magricelo se esgueirou até seus pés. Meu coração acelerou, pesado no peito. Eu tinha medo de afastar os olhos e descobrir que ela tinha sumido ou sido fruto da minha imaginação.

Ela abaixou o charuto outra vez.

– Eu levo vocês.

– Onde? – perguntou minha mãe com a voz rouca.

– Eu levo vocês até ela.

36

A esperança e o luto podiam levar até mesmo uma garota obcecada por planejamento como eu por caminhos estranhos. Eu e minha mãe estávamos deitadas na traseira da camionete de um caubói cubano, indo sabe-se lá Deus para onde sob o crepúsculo.

Ela estava esticada ao meu lado, em silêncio desde que pegamos nossa mala da *casita*, seguimos a senhora até a camionete e subimos, ignorando os avisos de todas as histórias de horror de viajantes e dos podcasts de assassinato preferidos de Ana.

– Ela me mataria se soubesse onde estou.

Mamãe olhou para o céu e bufou.

– Você está com a sua mãe.

– Exatamente.

Espiei pela janela da camionete. O rádio tocava a amada música *guajira* de Mimi, um *country* fanhoso e rústico. O topo da cabeça da senhora, agora coberto por um lenço, balançava enquanto o caubói dirigia.

– Você acha que ela sabe mesmo algo sobre tia Nela? – perguntei à mamãe, abaixando a voz. – Podemos estar prestes a *encontrar*

Mimi, se me entende. – Apontei para o motorista, então passei o dedo pela garganta.

– Meio mórbido.

Eu a encarei.

– Estou carregando as cinzas de minha *abuela* na mochila enquanto pego carona na camionete de um desconhecido no crepúsculo, mãe.

– *Latinxs* são pessoas excepcionalmente góticas.

A cidade se transformou no campo, e nas margens da estrada empoeirada havia vilarejos com prédios baixos, campos abertos e fazendas de tabaco. Era outro mundo: rural, verde e amplo. Mamãe se sentou e olhou para as terras ao redor. Ela parecia forte e orgulhosa, como uma sereia na proa de um navio, mesmo na traseira de uma camionete.

– Estamos em Viñales? – perguntei, segurando meu cabelo esvoaçante ao vento.

– Acho que sim.

A camionete sofreu um tranco e jogamos as mãos para cima enquanto o caubói parava no acostamento.

– Vamos tentar não morrer – falei para minha mãe, que concordou enquanto pulávamos para fora.

Estava escurecendo e um dos pneus traseiros tinha estourado. A senhora saiu do banco do passageiro – ela teve que pular do assento – e veio até nós. Suspirou quando viu o pneu, agradeceu ao caubói e partiu em direção ao campo.

– Espere, aonde você está indo agora? – perguntei, correndo atrás dela.

– Para lá – ela respondeu.

O pânico deixou um gosto acre na minha boca. Eu era sensata demais para aceitar aquilo, mas estava desesperada para que aquela viagem fizesse sentido. Conseguiria ser paciente. Bem, pelo menos poderia tentar.

– Tem uma casa ali na frente – notou mamãe.

A casa amarela baixa era como um farol.

Enxuguei o suor da testa.

– Será que vão nos ajudar?

A porta da frente abriu e outra senhora emergiu de lá, usando uma calça escura e uma blusa rosa. Alisei a camiseta e tentei arrumar o cabelo. A pobre mulher acharia que éramos turistas que tinham perdido a cabeça – o que, pensando bem, era uma avaliação justa. As duas mulheres se cumprimentaram de modo simples, mas caloroso.

A dona da casa virou para nós e se apresentou como Gloria. Segurando a porta aberta, nos convidou a entrar.

A senhora que nos trouxe disse:

– Essa família precisa do que vocês trazem. Sapatos firmes, escovas de dente e as meninas precisam de ajuda com os ciclos.

Eu estava cansada, faminta e com vontade de chorar, porém, mais que tudo, eu queria acreditar.

– Qual é o seu nome?

– Não importa. O que importa é se você vai ajudar. – Ela virou-se e entrou na casa.

Dei um olhar inquisidor para minha mãe, que parecia tão cansada e sobrecarregada quanto eu.

– Sei lá – ela disse em resposta à minha pergunta silenciosa.
– Mas sei o que Mimi faria.

Pensei na sua tenda misteriosa, nos cadernos com respostas que ela me oferecia em pequenas porções, em infusões que levavam meses para ficar prontas e velas acesas apenas quando a lua estava no ponto certo.

Mamãe suspirou.

– Uma vez na vida, eu queria que algo fosse simples. – Ela arrastou a mala para dentro da casa. – E ela dizia que *eu* era a *bruja* da família.

Gloria também recebia turistas, mas no momento não tinha nenhum ali. Ela nos apresentou a casa com janelas abertas que ofereciam uma brisa agradável e vistas do vale de tirar o fôlego, então nos levou a um quarto dos fundos com um banheiro pequeno.

Sem saber o que fazer naquele momento surreal, tomei um banho. Quando minha mãe foi tomar o dela, sentei a uma mesinha no nosso quarto para tomar nota do dia no meu diário. Eu estava em *Viñales*. A hora dourada fazia tudo parecer um quadro, mas eu não o estava vendo através da tela de um computador. Coloquei a urna na mesa ao meu lado e abri a janela. Mimi tinha nascido naquele lugar.

– Que tal? – perguntei.

Em resposta houve apenas silêncio, porque eu estava falando com uma urna. Detestava ser tão chorona, mas aquela semana me mostrara como era uma coisa boa. Eu sempre me sentia um pouco mais forte e firme depois.

Mamãe voltou ao quarto secando o cabelo e parou atrás de mim para observar as colinas verdes. O céu laranja ganhou um tom bronze enferrujado.

– Será que eu teria gostado de ser filha de fazendeiros?

Imaginei uma versão mais jovem de minha mãe correndo por aquele vale tão selvagem e cheio de vida.

Ela se inclinou para beijar minha testa.

– Mas daí não teria você.

❖

Na manhã seguinte, a vizinha de Gloria trouxe três cavalos. Meus olhos passeavam deles para a senhorinha.

– Sério?

– *Claro que sí.*

De algum modo ela desafiou a gravidade e montou em um com agilidade.

Surpresa, olhei para minha mãe, que deu de ombros.

– *Guajiras* – disse ela.

Montamos e partimos pela estrada de terra atrás da mulher.

– Pare de fazer caretas – ela me repreendeu, trotando ao meu lado. – Você já andou a cavalo.

– Não andei, não. – Eu segurava firme, mas esperava não estar apertando com força demais. Os animais podiam farejar o medo. – Tranquilo – murmurei, então o cavalo balançou a cabeça e reprimi um grito. – O que eu *acabei* de dizer?

– Andou, sim – protestou mamãe. – Estávamos no Colorado,

se não me engano. Você andou num pônei e passamos a semana inteira num rancho de um caubói.

Eu lembrava vagamente de botas roxas e de um chalé. Ficamos encolhidas na frente da lareira sob uma grossa colcha azul enquanto ela conversava com o caubói.

– Espera. Ele era seu namorado?

– Não exatamente.

– Ele sabia que... quer saber, não responda.

– Ai, me desculpe por não levar a sério todo cara que aparecia por aí.

O vale era incrível. Casinhas coloridas com tetos de palha eram cercadas por todos os lados por colinas verdejantes que viravam montanhas. Os campos eram ocupados por fileiras infinitas de tabaco, e burros puxavam arados acompanhados por fazendeiros. Crianças brincavam e trabalhavam, e em algum lugar por ali minha *abuela* tinha corrido.

Havia muitos turistas também. Eles viajavam em grupos, cavalgando, e paravam para visitar as fazendas de tabaco. Mamãe e eu os observamos nos campos enquanto cavalgávamos num ritmo sossegado.

– Alguns anos atrás, vendi uma pintura para uma mulher que sabia que eu era cubana e ela me disse que queria vir para cá.

– Deixe eu adivinhar, ela queria vir antes que tudo mudasse? – Toda vez que ouvia aquilo eu queria cerrar os dentes. – É, seria terrível se coisas como um sistema econômico fracassado, censura e escassez de alimentos mudassem. Não dá para ter uma imprensa livre detonando o clima.

– Cuidado – alertou a senhora. – Cubanos não têm a liberdade de falar tão alto.

A culpa afundou suas garras no meu peito. Eu queria paz e dignidade para as pessoas daquela ilha, o poder de tornar suas vozes ouvidas mesmo quando eram dissidentes. Eu queria que tivessem comida.

Pa'lante, Mimi tinha sussurrado.

Duas horas depois, percebi que era inútil perguntar à nossa guia idosa aonde íamos. Eu tinha perguntado quando paramos para dar de beber aos cavalos e depois em uma barraca que vendia caldo de cana; quando paramos à beira de um rio para pegar pedras e depois em um campo para colher flores. Estávamos ficando sem tempo. Nosso voo era no dia seguinte, e aquela mulher impossível só apontava para a frente e dizia:

– Por aqui.

– Vamos colher flores de novo? – quis saber, suada e delirante.

– Quanta impaciência – resmungou ela, acendendo o charuto.

Voltei até minha mãe, que estava devorando uma manga madura.

– Acha que ela vai nos levar de volta a Havana?

– Bem, estamos em uma ilha. Às vezes é preciso voltar para seguir em frente.

Era a história da minha vida nos últimos tempos.

Retornamos aos cavalos e prosseguimos. A ilha ficou mais selvagem, e parei de tentar rastrear a direção ou o tempo. Eu também podia ser selvagem.

Finalmente, alcançamos o limite do caminho. Além da fileira

de árvores à nossa frente, o oceano rugia. Com cuidado, atravessamos as árvores e fui puxando as rédeas devagar enquanto encarava as águas mais azuis que já tinha visto na vida.

Eu queria chorar, mas dei risada.

– Mimi tinha razão.

A senhora desceu do cavalo e nós a seguimos. Ela parou na beira da água e disse:

– Ela partiu daqui.

Eu estanquei, olhando para a praia vazia.

– O quê?

– Aquela que você carrega. Ele a aguarda.

Dei um passo automático para trás. O ar escapou dos meus pulmões, e olhei para minha mãe. Tínhamos percorrido um longo caminho para aceitar a perda de Mimi, por isso pensei que estava pronta para espalhar suas cinzas. Parecia a coisa certa a fazer quando se encarava a morte. Mas eu não sabia se estava pronta para abrir mão dela. Ainda estava tentando reencontrá-la.

Os olhos de mamãe marejaram. Ela olhou para o mar, então foi em direção a ele.

Fiquei onde estava e olhei para a senhora, que também observava minha mãe.

– Você podia ter avisado que estávamos vindo para cá.

Ela suspirou.

– Avisos nunca ajudam.

Mamãe atravessou a praia, chutando a areia antes de entrar na água. Quando começou a gritar, o vento ficou mais forte e engoliu suas palavras. Tropecei na areia, então me agachei e observei, preocupada, enquanto minha mãe libertava sua frustração. Quando ela parou, o vento ficou mais suave.

Ela virou para mim e, ofegante, perguntou:

– E agora?

O som de um motor interrompeu o silêncio. Um barco vinha em nossa direção, e fui tomada pelo nervosismo. Não podia ser Mimi. Eu sabia disso logicamente, mas, enquanto olhava as águas azuis, algo como os sinos de vento dela roçou minha consciência.

Engoli com força, tão atordoada que não sabia se iria vomitar ou desmaiar. Era um barco pequeno comandado por apenas um menino, que desligou o único motor e nos convidou a embarcar.

Eu segurava a urna, mas não cabia a mim decidir.

– O que acha, mãe? Aceito o que quiser.

Ela estava tensa e mordeu o lábio trêmulo. Eu não sabia quem iria desviar o olhar primeiro: ela ou o mar.

– Eu quero saber quem está lá fora – ela disse à senhora antes de se voltar para mim. – Venha.

Entramos na água morna e o garoto nos ajudou a subir, depois ligou o motor e partimos. O impulso quase me derrubou, mas mamãe me segurou:

– Estou com minha filha num barquinho minúsculo guiado por um menino de oito anos para lançar as cinzas de minha mãe no mar.

– Eu tenho treze – corrigiu o menino.

Ela soltou uma risada um pouco histérica.

O menino desligou o motor e o barco flutuou suavemente. De acordo com nosso guia, estávamos a cinco quilômetros da costa.

Eu não sabia o que fazer. Deveríamos só jogar as cinzas e dizer algumas palavras? Eu precisava de uma orientação da minha mãe, mas ela só apertava a urna contra o peito e observava o horizonte. Seu cabelo escuro balançava na brisa suave. O garoto olhou para o outro lado, nos oferecendo um pouco de privacidade.

Encarar o mar aberto era como ficar diante de meu altar. Os ancestrais queriam ser lembrados.

– Estamos trazendo-a de volta – falei, quebrando o silêncio pesado.

Mamãe olhou para mim. Eu estava ansiosa e insegura, mas continuei.

– Milagro construiu uma vida incrível com amor e magia e nunca, nem por um único momento, deixou de amar você. – Mamãe observava o mar. Lágrimas escorriam livremente por seu rosto. Dei uma risada embargada. – Sou Rosa, aliás. Filha de Liliana e neta de Milagro. Sua neta também.

O barco balançava suavemente conforme o sol afundava no horizonte dourado, oferecendo-nos os últimos resquícios de luz. Mamãe abriu a urna e jogou as cinzas de sua mãe no mar. As águas calmas nos embalavam e, na brisa salgada, captei o aroma de limão e alecrim.

Ao mar, minha mãe sussurrou:

– *Nos vemos, Mami.*

37

Era quase noite quando voltamos à praia. Fiz areia levantar enquanto corria até a mulher.

– A senhora é tia Nela, não é? – perguntei de repente.

Ela me olhou nos olhos.

– Se as cidades dela caírem, se todos morrermos, que Deus a proteja.

Foi como um soco no estômago. Fui tomada pelo luto – frio, agudo e afiado – e finalmente explodi.

– Por que não contou? Por que todo esse enigma inútil? Não podia ter falado: "Ei, aliás, eu sou a Nela"? Meu Deus, nunca consigo uma resposta de verdade. "Seja paciente, tenha fé." Estou exausta!

O garoto se recostou em seu barco e assistiu ao meu surto.

– Por que ela era amaldiçoada? Ela perdeu tudo e não foi suficiente? Não foi pagamento o bastante, então mamãe teve que pagar também? E agora é minha vez? – Imaginei Alex entrando numa tempestade no mar e foi como esfregar sal numa ferida. – Quantas pessoas teremos que perder para pagar a conta e podermos amar de novo?

Nela me observou enquanto eu tentava respirar, tomada por saudades de Mimi.

– Às vezes uma mãe dá à luz o espelho que sua bisavó perdeu – disse ela.

Eu estava cansada de poemas, perguntas complexas e maus agouros. Eu não conhecia minha bisavó, não sabia seu nome nem como ela tinha morrido. Só queria Mimi.

– Quem é você? – perguntou Nela.

– Sério? – Soltei uma risada amarga. – Agora você quer saber? – Apontei um dedo para o mar. – Eu sou a neta deles e a filha dela, mas não é bastante. – Dei as costas para ela e murmurei: – Nunca foi o bastante.

– Você é Rosa *de la família* Santos, e é hora de voltar ao mar.

– O quê?

Tia Nela assoviou ao menino, que voltou ao barco, ligou o motor e se afastou. Ela ergueu minha mochila da areia e abriu o zíper. Esperava que pegasse meu diário – ou o de Mimi –, mas ela tirou as ervas e flores que tinha colhido no caminho. Quando os tinha guardado ali? Depois pegou uma garrafa escura e um coco. Eu não queria desviar os olhos, e imaginei o que mais eu vinha carregando todo aquele tempo. Ela quebrou o coco numa pedra e bebeu um gole das duas metades antes de dividir o conteúdo da garrafa escura entre elas.

Ofereceu uma metade a cada uma de nós.

Sob o pôr do sol, mamãe e eu bebemos do coco. O líquido queimou minha garganta, mas o gosto ficou doce no final. Em seguida, Nela nos deu camisolas brancas, e o ar frio da noite dançou sobre minha pele quando me despi. Ela acendeu um punhado de folhas, e a fumaça doce se ergueu entre nós, enchendo meu nariz e tornando a noite mais nebulosa. Ela inclinou a cabeça para o mar.

– Quer que a gente entre? *Agora?*

Estava escuro e as águas estavam plácidas, mas ainda era o *oceano* de *noite*.

Nela esperou.

Mamãe sacudiu os braços como se estivesse se preparando para nadar. Ou para lutar contra o oceano.

– Certo – sussurrei, relaxando os ombros. – Eu consigo.

Era como Mimi me ensinando quais palavras sussurrar sobre uma vela, como sua mão sobre a minha enquanto me mostrava o jeito de verter o óleo de unção e triturar ervas. Era como afundar num banho quente preparado com flores e sal para purificar minha energia. Eu era capaz.

Mamãe e eu entramos no mar enquanto o cântico de Nela ganhava uma intensidade serena mesmo quando o tom de voz ficou mais alto.

– Sabe o que é estranho? – Mamãe perguntou enquanto entrávamos mais no mar.

Olhei para ela.

– Por onde quer que eu comece?

– Acabamos de espalhar as cinzas de Mimi. Então, tecnicamente, estamos as três no mar.

Nós paramos quando a água bateu na nossa cintura. O mar estava calmo. Deveríamos mergulhar ou só continuar andando?

Nela continuava seu cântico, mas eu não entendia as palavras. E por que o ar subitamente tinha o cheiro do jardim de Mimi?

– E agora? – gritei para trás.

Nela parou e me lançou um olhar irritado.

– Paciência! – gritou.

– É como um sermão de Mimi – resmunguei, passando as mãos pela água escura e calma.

O luar tremeluziu na superfície, e observei as ondinhas que estava criando.

– Seus ancestrais estão muito orgulhosos de vocês – disse Nela com um sorriso na voz.

Virei a cabeça bruscamente.

– Quê?

Uma onda subiu com um rugido ensurdecedor e me engoliu.

Eu desapareci. Em um momento estava no oceano, no próximo eu não era nada. Meus pulmões ardiam por prender o fôlego, mas logo eu teria que soltar o ar. Talvez estivesse me afogando em outra ressaca, mas Ana não estava ali para me salvar. Meu peito e minha garganta estavam queimando, e meus braços e pernas não me levavam a lugar algum. Eu estava morrendo.

Respire, Rosa.

Inspirei e não engasguei. Não havia água; não havia nada. Captei o som de uma bateria e o aroma doce e pungente de jasmim florescendo sob a lua. Minha pele ficou mais quente enquanto ouvi algo chacoalhar por perto.

– Oi?

Não houve resposta, mas rastreei o som e enfim reconheci o

cheiro forte. Inalei profundamente: era a sopa de Mimi fervendo no fogão. Escutei a música suave do seu toca-discos, os estalos falando de distância e saudade. Aquelas sensações familiares me causaram uma dor intensa, mas o peso que eu carregava no peito diminuiu.

Não chore, Rosa.

– Espere!

Eu corri, mas não fui a lugar nenhum. Será que ainda estava no mar? Vozes entrecortadas passaram por mim. Era como estar em um corredor infinito e ouvir trechos de palavras enquanto portas se abriam e fechavam. Eram pedaços de uma língua que eu não conhecia. Estava perdida e sozinha, então reconheci uma voz.

Mimi passou por mim enquanto chamava Alvaro. Uma voz profunda a recebeu com alegria e eu ri. Senti a doçura do limão quando a ouvi dizer meu nome. Estava tudo acontecendo por trás de portas que eu não conseguia ver, mas meu nome passou flutuando – uma, duas, três vezes. Orientações e conversas. Risadas suaves. Uma defesa determinada e orgulhosa. Eles estavam se lembrando de mim, assim como eu me lembrava deles.

Houve um estrondo profundo. O som estava muito distante, mas se movia depressa como um trem ou uma tempestade. O ar estava pesado, úmido e salgado, e a pressão começou a mudar quando o trovão ficou mais alto e um raio cortou a escuridão do céu.

Engasguei com a água salgada, que entrou pelo meu nariz e minha boca, queimando meus pulmões. Eu precisava de ar. Justo quando pensei que estava perdida ou morta, rompi pela superfície.

E percebi que ainda estava em pé na praia.

Era dia. Minha mãe e eu tossíamos desesperadamente, parecendo duas criaturas afogadas na água que batia em nossos joelhos. A maré baixa cobria a areia antes de voltar ao mar – ao mar muito calmo e muito azul.

Tropeçamos na areia e caímos de costas, fazendo um esforço hercúleo para recuperar o fôlego. Ela parecia tão atordoada quanto eu. Afastou o cabelo molhado do rosto e disse:

– Nunca mais bebo de um coco.

Começamos a rir histericamente enquanto um pescador mais velho com pele marrom enrugada passava por nós, balançando a cabeça.

– *Santeros* – resmungou ele, nos fazendo rir ainda mais.

38

A única coisa nos esperando na praia era a minha mochila. Tia Nela tinha sumido tão subitamente quanto havia aparecido. Eu e mamãe cheirávamos a óleo, ervas e magia potente, e nossos vestidos estavam secando ao sol da manhã. Verifiquei a mochila, mas só encontrei o que tínhamos levado de casa. Pendurei-a no ombro.

– Faz alguma ideia de como voltar?

Eu não sabia se deveria perguntar o que tinha acontecido com ela, mas não queria explicar o que tinha acontecido comigo. Só queria reter aquele calor e leveza bem verdadeiros e levar comigo.

– Nem sei onde estamos – respondeu mamãe, mas não parecia muito preocupada.

Ela sorriu e olhou para o mar como se estivesse arrependida de não ter trazido sua câmera.

Voltamos para a estrada e encontramos um carro à espera. O motorista era um rapaz negro que nos observou com olhos arregalados enquanto saía do veículo. Tive medo de que teríamos que dar explicações, mas ele simplesmente perguntou:

– *¿Están listas?*

Prontas? Para o quê?

Mamãe perguntou aonde ele estava oferecendo nos levar.

– Havana – disse ele.

– É claro – respondi. Será que Nela estaria de volta à sua porta azul? Percebi uma coisa e parei. – Meu Deus. Ela é o nosso Yoda.

Minha mãe riu tão alto que teve que se segurar em mim para não cair. Eu nunca tinha ouvido uma risada tão leve dela.

O caminho até Havana levou algumas horas depois de uma parada para um almoço com mamão, arroz e frango assado num pequeno restaurante de beira de estrada. Todos foram simpáticos, mas devíamos estar radiando resquícios de uma magia séria, porque as pessoas nos observavam de modo quase reverente. Luis, nosso motorista, percebeu que vínhamos dos Estados Unidos e falou o caminho inteiro sobre beisebol e Tom Petty. Quando chegamos a Havana, ele nos deixou no meio da cidade antiga.

– Tchau, garotas americanas – ele se despediu com um grande sorriso e um joinha antes de ir embora.

Mamãe e eu encaramos a parede onde tudo começou, mas Nela não estava lá – nem a porta. Em vez disso, havia um mural enorme retratando uma onda azul.

– A vida, minha cara. – Mamãe deu uma risada incrédula. – Eu preciso parar de me surpreender. Venha.

Compramos duas *cajitas*, caixinhas de carne de porco assada, arroz e pepinos marinados em vinagre, e fomos até El Malecón, o grande quebra-mar que separava Havana do oceano.

– Quanto falta para o nosso voo? – perguntei quando nos sentamos. Cruzei as pernas e encarei o mar enquanto comíamos.

– Quatro horas – respondeu ela.

Depois de terminar o seu, inclinou-se e virou a cabeça para o sol.

Tirei um momento para anotar minhas lembranças de viagem no diário, tão nítidas e íntimas. Peguei a caneta e acrescentei minha família perdida a elas. Uma garotinha gargalhando enquanto perseguia uma cabra em Viñales. Sua avó que sempre lhe trazia doces e um mundo vivo, cheio de paz e possibilidade. Em cores, acrescentei um Alvaro sorridente correndo nas escadas da universidade, com um livro embaixo do braço e esperança no coração.

– Nada mal – disse mamãe, espiando sobre meu ombro. Depois de um momento, com a voz baixa e vulnerável, ela disse: – Não precisa me contar tudo, mas... me diga algo para eu saber que ele era real.

Ele?

– Eu não vi nada. – Sua expressão desmoronou. – Mas ouvi Mimi encontrar Alvaro e chamar meu nome e acho que ouvi o papai. Onde quer que estivéssemos, o que quer que fosse aquilo... eles também estavam lá.

O sorriso de mamãe floresceu.

Eu também tinha uma pergunta a fazer. Não aguentava mais.

– O que vai acontecer com a casa? Sei que você não quer ficar em Porto Coral, mas, agora que Mimi não está mais lá, ainda é nosso lar? Vai continuar nossa?

Ela começou a dizer algo, mas parou, sem conseguir explicar.

– Não sou Mimi – disse por fim – e não posso prometer que serei para você o que ela era. Mas aquela casa é nossa. Sempre será nossa e Porto Coral sempre será nosso lar. – Ela balançou as pernas e deu de ombros. – Talvez eu consiga montar meus cavaletes no jardim e abrir a janela de vez em quando.

Era a resposta ao meu último medo, que flutuou para longe como uma nuvem de chuva enquanto o sol me aquecia.

– E você? De acordo com o seu diário, amanhã é primeiro de maio.

– Eu sei. – Peguei meu celular. Não o carregava desde Viñales e só tinha cinco por cento de bateria. Felizmente, El Malecón tinha Wi-Fi agora. Tinha sido um grande passo para o povo de Havana. Corri para garantir um lugar.

Mamãe se inclinou sobre meu ombro.

– Você está me matando de ansiedade, Rosa.

Abri o rascunho do meu último e-mail. Eu não tivera certeza absoluta, mas, claro, tinha preparado uma carta de aceitação. Tinha deixado à espera de uma resposta que enfim encontrei ali. Respirei fundo e apertei *enviar*. Eu iria para a Universidade da Flórida.

– Sério? – inquiriu mamãe, curiosa. – Depois de todo esse drama?

Torci meu cabelo esvoaçante num nó.

– Mas *foi* dramático para mim. Ficar e partir são decisões importantes. A Universidade de Charleston é ótima e o campus é lindo, mas eu só ligava para o intercâmbio. Estudar a poucas horas de casa pode não ser emocionante, mas se morar no estado posso economizar, e isso também é importante. E posso combinar Estudos Latino-Americanos com disciplinas sobre sustentabilidade. Aprender sobre lugares que eu amo, mas também como *fazer* algo por eles.

Ela sorriu.

– Você é tão sensata.

– E talvez no próximo semestre eles abram um intercâmbio para Havana ou Camagüey ou Viñales. Quem sabe? São só dois anos. De todo modo, vou voltar.

Abri a mochila e procurei o mapa de Havana para planejar nossa ida ao aeroporto. Mas, quando desdobrei o papel, não era o mapa de Havana, mas o que Alex me dera.

– Onde conseguiu isso?

– Alex – respondi.

Uma linha azul saía da Flórida e percorria o mar caribenho até mais ou menos onde estávamos.

Olhei para o Estado da Flórida e imaginei minha cidade natal, onde flores brotavam, fogos de artifício explodiam sobre o porto e gatos pretos perceptivos guiavam pessoas pelo calçadão. Onde era possível comprar picolés no parque e os melhores *pastelitos* de queijo e goiabada de um marinheiro caladão. Tracei as linhas que iam até Cuba e meu dedo chegou à costa de Havana, parando num ponto dourado.

Eu tinha certeza de que aquilo não estava ali quando Alex tentara me dar o mapa pela primeira vez. Trouxe o papel bem perto do rosto e encarei o ponto dourado, esperando que desaparecesse, mas continuou ali.

– O que foi? Estamos perdidas de novo?

Havia palavras rabiscadas em tinta preta ao lado do ponto dourado. *No seu último dia, eu estarei na marina Hemingway.* Olhei para minha mãe em choque.

– O que aconteceu?

Mal consegui ouvir minha voz com o coração batendo nos ouvidos.

– Ele é a minha Tartaruga de Ouro.

39

Com o coração na boca, soltei o mapa, mas corri para pegá-lo antes que caísse no mar. Aquilo era louco demais. Impossível.

É o tipo de coisa que eu teria feito se alguém me deixasse encarregada do anuário. Lembrei de minhas palavras quando estávamos indo atrás da Tartaruga. Mas o mais importante é que *ele* tinha se lembrado também.

Mamãe estudou o mapa e sorriu.

– Ah, eu lembro de esconder esse negócio. Seu pai e eu adorávamos aquela ilhota. Bem isolada.

– Eca. – Olhei o relógio, então percebi o que ela tinha dito. – Espera. *Vocês* perderam a Tartaruga?

– Não perdemos, *escondemos*. Daí eu desenhei o mapa e o escondi no anuário.

– Por que nunca me falou?

– Porque a vida aconteceu. Depois que seu pai morreu, eu não estava pensando em aventuras. – Ela sorriu. – Não até você aparecer. Vamos.

Pulamos do quebra-mar e saímos correndo. Era meu último dia, mas meu voo partia em poucas horas. Será que ele tinha realmente ido até lá? Corremos por becos, ziguezagueando pelo tráfego com passos mais seguros. As ondas batiam no quebra-mar, e seguimos em direção à marina. Talvez ele soubesse que eu estava pronta e tudo aquilo fosse real e a noite anterior tivesse acontecido de verdade. Corri mais rápido.

E lembrei que odiava correr.

– Isso é péssimo. – Parei, tossindo.

Mamãe chamou um táxi.

– Só lembre que é você a *vieja*, não eu.

Um Oldsmobile rosa conversível parou ao nosso lado, outro carro clássico. Apesar da pressa, ficamos paradas na rua admirando a cor vibrante do automóvel. Minha mãe riu alto.

– Quem diria que a concha mágica seria um carro vintage rosa em Havana? – brinquei.

– Eu sempre tenho razão. – Ela entrou no carro. – Lembre-se disso, porque a concha está aqui para levá-la à sua próxima aventura.

– *¿Pa' donde van?* – perguntou o motorista.

– À marina Hemingway, e pé na tábua!

Ele se virou.

– *¿Qué?*

– Esquece. – Dei de ombros para minha mãe. – É o que dizem em filmes nessa parte.

O carro se embrenhou no trânsito e percorremos a extensão de El Malecón, passando por um grupo de pessoas assistindo à apresentação de uma banda. Tudo aquilo era demais pra mim – o oceano selvagem, a cantoria e a bateria da rumba e o cheiro do charuto do motorista. Joguei a cabeça para trás e, como um pássaro que avistou seu lar, soltei um grito. *Aqui estamos*, eu disse à ilha da minha família. *Vivas*.

O táxi parou na frente de um prédio azul, e mamãe pagou enquanto eu saía correndo. A partir dali, eu não tinha mais um mapa. Passei por uma piscina e o que parecia ser um pequeno hotel. Havia um canal além dele com barcos atracados: alguns à vela e alguns iates, mais velhos e mais novos, mas nada de Alex. Meus pés vacilaram, e afastei o cabelo do rosto para examinar a fileira outra vez.

Meu coração disparado se acalmou. Tinha sido uma ideia tola e absurda, ainda que fosse um belo sonho.

Mamãe me alcançou enquanto eu examinava os outros barcos.

A porta de um se abriu e um marinheiro fofo saiu dele. Ao meu lado, minha mãe ainda olhava para a outra direção.

A cabeça de Alex pendia sobre o livro em suas mãos. Ele o jogou na mesa e cruzou os braços com um suspiro pesado e preocupado. Estava nervoso, mas brilhava sob o sol. Meu coração voltou a bater. A água e o céu eram absurdamente azuis atrás dele.

Então ele ergueu os olhos e me encontrou. Não consegui controlar meu sorriso, nem ele. Corri e ele pulou do barco para me encontrar no meio do caminho.

Não pude esperar: pulei em seus braços e o beijei. Ele falou contra meus lábios:

– Estava com medo que você não viesse.

– Quase não vim. Achei que o mapa era uma metáfora.

Ele riu, fazendo meu coração cantar. Seus braços fortes apertaram meu corpo, e eu o beijei de novo.

– Você veio raptar minha filha, não é? – perguntou mamãe, aparecendo de repente atrás de nós.

Eu me desvencilhei dos braços dele.

– Mãe!

Ele enfiou as mãos nos bolsos. Eu sabia que não estava procurando sua corda porque ela estava no meu pulso.

– Eu queria te ver antes de partir no verão. Quando voltasse para Porto Coral, você não estaria lá, então eu tinha que aproveitar esta chance.

– Que espontâneo – comentei.

Ele sorriu.

Você me inspirou. Quer dizer, veja aonde chegou. Está brilhando de felicidade.

O que eu poderia dizer? Não tinha certeza do que havia vivenciado nos dois dias anteriores, mas sabia que a garota diante dele não era a mesma que tinha saído de Porto Coral. Algo dentro de mim tinha se expandido sob aquele céu e aquelas águas. Ainda era eu, mas com algo mais. Eu era um horizonte e eu era suficiente.

– O convite para viajar com você ainda está de pé? – perguntei. Era um passo ousado, mas eu tinha um mapa na mochila e estava pronta para voar. – Porque aprendi que a etiqueta marítima requer um convite para subir a bordo.

Seus olhos se arregalaram e ele falou depois de um momento de silêncio confuso.

– Se quiser, claro. Está sempre convidada a subir no meu barco. – Alex fixou a atenção em mim com uma expressão aberta e sincera. E empolgada. – Você quer? Eu pretendia parar nas Bahamas e cruzar o Atlântico.

Eu queria, demais. A imagem se desfraldou como velas em minha mente, mas mordi o lábio quando me lembrei da escola.

– Você só tem aulas por mais algumas semanas – observou mamãe, interrompendo meus pensamentos. – Pode encontrar um computador com internet. Vou dizer a Malcolm que você finalmente relaxou. Só volte antes da formatura. – Ela olhou para Alex. – Formatura – ela repetiu, soando como uma mãe severa.

Fui tomada por lembranças quando retribuí seu olhar: longas viagens de carro com antenas quebradas e janelas abertas e seus dedos gentis no meu cabelo enquanto eu adormecia no seu colo. Violetas e rádios *country* e o tilintar de chaves quando ela engolia o orgulho, enfrentava seus fantasmas e me levava aonde eu queria estar.

Eu a abracei e sussurrei em seu ouvido:

– Obrigada por me trazer aqui.

Ela me apertou por um longo momento.

– Eles têm orgulho de nós – sussurrei.

– Eu também.

Seus olhos brilhavam quando me soltou, mas ela se manteve firme e beijou minha testa. Duas vezes.

Olhei o relógio, então para Alex.

– Preciso comprar umas coisas antes de partir nessa grande aventura com você, marinheiro. Quer ver Havana antes de ir? Posso ser sua guia.

Ele deu um sorriso brilhante que se entrelaçou com as outras coisas que cresciam no meu coração.

– Com certeza – respondeu, pegando minha mão e enfiando um dedo embaixo da minha pulseira. Enquanto seguíamos para Havana, ele me perguntou: – Onde estamos hoje?

Cercada pelas águas mais azuis que já vira, eu sorri e lhe contei.

Agradecimentos

Escrevi este livro para uma garota que se enfurnava em seu quarto roxo com a margarida que sua mãe pintou na parede e assistia a histórias de amor em cidades pequenas e aconchegantes e sonhava em morar lá também. Um lugar bilíngue que recebia e aceitava tudo o que ela era e a encorajava em sua busca por descobrir quem era e o que queria. Esta é minha carta de amor para ela e para você.

Agradeço à minha agente, Laura, que, assim como Rosa, prova que ratos de biblioteca usando cardigãs podem ser apoiadores ferrenhos. Você apoiou a mim e a todas as minhas garotas das flores, e mal posso esperar para saber qual nova história vamos contar. Obrigada a Uwe pela base que criou no #TeamTriada e por me receber e acreditar em mim desde o começo.

Esta história não seria o que se tornou sem minha editora Hannah. Você transformou Porto Coral em um lar. Entendeu Rosa, honrou minha magia, protegeu minha voz e as ajudou a florescer. Garantiu que eu tivesse espaço para sarar depois da tragédia, e essa história se tornou um livro por sua causa. Queria construir um banco para você. Obrigada a todos na Hyperion que defenderam esta história romântica e às vezes dolorosa, mas – como a magia e o amor – cheia de esperança. Serei sempre grata pelo espaço que abriram para mim em sua estante.

Agradeço à minha companheira e capitã Kristy. Eu tive a sorte de encontrar uma melhor amiga cósmica e vamos construir essa casa da árvore até na próxima galáxia. Obrigada a Jaye, meu primeiro sim, que leu esta história quando ela era totalmente diferente. Você fez parecer fácil acreditar em mim mesmo quando eu só recebia rejeições. Agradeço muito por ter fugido comigo para um pomar de laranjas. À Alicia, que escreveu o nome do meu primeiro livro nunca publicado em sua porta – eu te amo para sempre. À Dalia, que guarda minhas histórias adolescentes e sempre soube que eu era capaz de publicar este livro. À Ali, obrigada por ler e amar Rosa quando eu não achava que conseguiria mais. À minha *hermana* e amor de diáspora, Tehlor. Obrigada por cada vela, cartão e por proteger este conciliábulo comigo. Você protegeu meu espírito e meu coração ferido este ano, *y ti quiero siempre*. Quando o anúncio do livro saiu, fiquei chocada com o carinho que recebi de escritores e leitores *latinxs*, e amo e aprecio todos vocês. *Gracias a las Musas*. Meu reino de *croquetas* pertence a Alexis para sempre. Obrigada por desenhar Rosa e Alex, pela carta depois que eu perdi tudo e por se tornar minha prima perdida.

Rosa é uma história do coração, mas, quando se tenta pintar o próprio espírito na página, é difícil não quebrá-lo. Enquanto eu escrevia este livro, passei muitas tardes na piscina, com a fumaça do charuto do meu pai no ar, seus olhos um pouco distantes enquanto me oferecia suas lembranças de infância – aquele que gritou adeus à sua amada tia e ilha através de uma cerca de arame sabendo que nunca mais as veria, tudo em nome da liberdade e da esperança. O sofrimento e sacrifício do meu pai me guiaram como um farol, e eu queria honrá-los. Queria ser digna deles. Enquanto trabalhava nesta história, escrevi apressadamente o nome de suas cidades e as suas lembranças perdidas, desesperada para mantê-los a salvo. Camilo Carlos Moreno era um amante de livros e de aprendizado e foi minha primeira biblioteca. Ele amava ciência e questionamentos. Nossa lua e nosso mapa, era um homem que enfrentou muito, e sua história era repleta de milagres e amor.

Na manhã de domingo mais longa da minha vida, meu pai nos deixou para encontrar seu pai e seus ancestrais. Ele me esperou naquele quarto de hospital onde seus entes queridos sentavam ao seu redor e seguravam sua mão enquanto partia. Minhas últimas palavras ao homem que me deu as minhas foram que eu esperava que as águas fossem tão azuis quanto ele se lembrava.

Naquela semana, comecei a editar este livro.

Com palavras desajeitadas e um coração partido, tentei alcançar uma mão que não conseguia mais encontrar. Nessa dor, fui para casa. A meu irmão e minha irmã, Carlos e Victoria, eu sou melhor quando estou com vocês. Esse triângulo barulhento me salva todos os dias. Vocês são os alicerces desta história, e sei que ele está incrivelmente orgulhoso de nós. E para mamãe, meu porto e meu lar. Você construiu um coração capaz de conter e criar muitas coisas. Sou grata à garota ousada que escapou de sua janela – à mãe jovem e corajosa que me manteve a salvo no meio de um furacão e que segurou minha mão enquanto minha filha chegava ao mundo. Ele construiu esta casa e você manteve o fogo aceso. Essa história de amor é infinita, e tenho orgulho de ser filha de vocês. Pai, sinto muita saudade e lhe devo uma primeira edição. Como vão as estrelas? Vamos manter nossa magia forte e ouvir sua canção.

Abuelo y abuela. Yeya y Abi. Vocês atravessaram quilômetros de mar e terra por seus filhos. A toda a minha família e aos nossos ancestrais: estou aqui por causa da história de todos nós.

Agradeço aos meus bebês, Phoenix e Lucia, que me mostraram que eu também podia fazer magia. E, finalmente, a Craig. Dizem que não se deve encontrar a alma gêmea no Ensino Médio, mas aqui estamos nós. Você leu cada palavra e ouviu cada história e sempre acreditou, mesmo quando eu estava pronta para jogar tudo fora. Você procurou sinais de sorte nos céus por mim, mas eu estava sempre olhando para você.

Às crianças da próxima geração com mapas antigos que tememos estar perdendo algo enquanto criamos coisas novas: vocês são magia e são suficientes.

Viva Cuba Libre.

SUA OPINIÃO É MUITO IMPORTANTE
Mande um e-mail para **opiniao@vreditoras.com.br** com o título deste livro no campo "Assunto".

1ª edição, jul. 2019
FONTES   Dante MT Std 11.5/16.1pt
PAPEL   Lux Cream 60g/m²
IMPRESSÃO   Lisgráfica
LOTE   L46267